KB059127

"나는, 나를 좋아하고 싶어.
에로티컬 위저드로서의 나를."

2 에로티컬 위저드와
12명의 신부
Erotical Wizard
with Twelve Brides

Kaede

Sonia

히지카타 카에데
Hijikata Kaede

노예의 각인이 새겨진,
준페이의 선배이자 신부 중에 한 사람.
공간조차 베어버릴 수 있는 절단 마법을 사용한다.
지금은 속죄하기 위해서 메릴과 함께 다른 노예
마법의 피해자를 찾고 있다.

소니아
라이트펠로우
Sonia Lightfellow

마왕을 쓰러트린 용사의 후손.
기본적으로는 완벽한 아가씨지만,
연애 문제에서만은 조금 서툰 것 같다.
준페이 앞에서 솔직해지지 못하고,
위장 커플 아이디어를 제안한다.

Excelsior

Meryl

엑셀시아
Excelsior

미국에서 활약하는 정의의 마법사.
특기 마법은 마력으로 구현한
한 쌍의 주먹을 조종하는 「코스모 피스트」.
엑셀시아가 활약하는 모습을 찍은 동영상 조회 수가
60억을 넘을 정도로 엄청난 인기를 자랑하는데,
그런 그녀가 갑자기 준페이 앞에 나타난다.
아무래도 메릴이 데리고 온
신부 후보와 관계가 있는 것 같은데…….

메릴
Meryl

자칭 666살인 세계를 여행하는 마법사.
노예의 각인이 새겨진 소녀들을 구하기 위해서,
준페이의 하렘 만들기 계획을 추진하고 있다!
복장에 따라서 사용할 수 있는 마법이 달라지는
특수한 스타일.
참고로 프린세스 드레스는
아주 조금 운이 좋아지는
「운명 간섭계 마법 효과」를 지녔다.

Jyunpei

이치노세 준페이
Ichinose Junpei

원래는 마법을 사용하지 못하는 낙제생이었던 소년.
메릴과 만나면서 자신이
마왕이 전생한 존재라는 것을 알고, 에로 마법에 눈을 뜬다.
지금은 소니아와 함께 수행하는 중이고,
에로 마법을 올바르게 사용하기 위해 노력하고 있다.
이번에 소니아와 여장 커플이 되자마자
메릴이 새로운 신부 후보를 데려오는 등,
순조롭게 하렘 만들기를 진행하고 있다.

어로티컬 위저드와 12명의 신부

Erotical Wizard with Twelve Brides

커버 그림, 본문 일러스트 | **마하야** (RED FLAGSHIP)

CONTENTS

9월이 됐는데도 뜨겁게 내리쬐는 햇살은 여름과 다를 게 없었다.

영국을 필두로 많은 나라가 9월 1일을 새 학년의 첫날로 잡지만, 마법 학교는 만국 공통으로 4월이 새 학년의 시작이다. 이것은 세계 최초의 마법 학교인 런던 학교의 교칙을 따르는 것인데, 그렇다면 왜 런던 학교가 4월에 새 학년을 시작했을까. 그것은 황도 12궁 중에서 첫 번째인 백양궁과 관계가 있다. 천문학이나 점성술을 중시하는 학교 창립 당시의 제도와 전통을 존중하여 천년간 유지해 온 것이다.

그런 이유로 서기 20XX년 9월 1일, 전 세계의 마법 학교와 마찬가지로, 도쿄 마법 학교에서도 2학기가 시작됐다. 수업 없이 개학식만 하고 끝난 덕분에 점심시간이 되기도 전에 기숙사로 돌아온 준페이는, 가방을 내려놓고 한숨을 돌리고는 머리카락을 살짝 정돈하고서 교복을 입은 채로 다시 학교로 향했다.

지금쯤 레드 룸에서는 이 마법 학교의 학생회이자 선도부 겸 사회봉사 단체인 레드하트 브레이브의 멤버가 전부 모여서 회의를 하고 있을 것이다. 첫 번째 의제는 얼마 전에 있었던 사건으로 학교를 떠난 카에데의 후임을 정하는 것이다.

카에데는 학교를 떠나기 전 레드하트 브레이브 멤버와 작별 인사를 했다. 하지만 그 자리에서 후계자는 지명하지 않았다고 한다. 카에데는 떠났고 주임 고문인 콘도 선생님은 얼마 전에 입은 상처가 낫지 않아서 입원 중, 부고문인 오쿠무라 선생님은 장기 휴직 중이라 학교에 없는 상태로 2학기를 맞이하고 말았다. 즉시 앞으로 어떻게 해야 할지를 정해야만 했다.

소니아가 그 회의를 말한 건 지금으로부터 약 30분 전 일이었다.

──길어질 것 같으니까, 준페이 씨는 먼저 돌아가셔도 돼요.

──알았어. 일단 방에 가서 가방 놓고 올게. 그래도 점심은 같이 먹고 싶은데.

──어머나, 그런가요? 그러면 거기서 기다리세요.

준페이는 소니아에게 받은 열쇠를 손에 쥐고 학교 한쪽에 조용히 서 있는 가톨릭 성당 같은 건물 앞으로 향했다.

"오랜만에 왔네. 여기서 메릴이랑 처음 만났었지."

벌써 두 달이나 지난 이야기였다. 준페이는 왠지 그립다는 느낌이 들어서, 건물 뒤쪽으로 갔다.

"그래, 여기였지."

건물 벽과 담장 사이의 좁은 틈새에 웅크리고 앉아서 혼자 투덜대고 있었던 게, 벌써 먼 옛날 일처럼 여겨졌다. 하지만 지금의 난 그때와 전혀 다르다. 메릴과 만나면서 운명이 달라졌다.

"메릴……."

준페이는 감개무량한 얼굴로 메릴이 앉아 있었던 옥상을 올려다봤다. 그때, 마치 운명이 새로운 한 수를 던지기라도 한 것처럼 갑자기 허공이 빛나더니, 사람이 통과할만한 크기의 고리가 나타났다.

──뭐지?

그때, 그 고리 속에서 목소리가 들려왔다.

"오! 방향이 이상하긴 하지만 연결됐다! 역시 메릴은 천재라니까!"

"엥? 이 목소리는……?"

아니나 다를까, 메릴이 고리 안에서 나타나 지붕에 멋지게 착지했다. 메릴은 파란색 수영복 같은 옷에 고양이 귀 모양 헤드밴드를 쓰고 있었다. 손발에는 고양이 발 장갑과 부츠, 목에는 금색 방울, 엉덩이에는 고양이 꼬리까지 달려있었다.

"메, 메릴?! 메릴이잖아!"

"아, 준페이다! 하루만이네 메릴!"

메릴은 지붕 위에서 준페이를 내려다보더니, 입술에 손가락을 대고서 윙크를 날렸다.

준페이는 당황해서 소리쳤다.

"너, 왜 여기 있어?! 어제 비행기 타고 출국하지 않았어?!"

"물론 그랬지! 뉴욕에 도착해서 언제든 이쪽으로 돌아올 수 있는 통로를 만들던 참이야! 이 파란 고양이 귀 의상을 입으면 『어디로든 게이트』라는 마법을 쓸 수 있거든! 여기는 준페이랑 만났던 추억의 장소였으니까…… 그런데 여기서 다시 재회하다니, 역시 메릴이랑 준페이는 운명의 관계일지도?"

"아니, 그건 운명이 아니라 범죄인데?! 공간 전이 마법으로 국경을 넘는 건 범죄인데?!"

"메릴은 그런 거 신경 안 써~!"

준페이가 머리를 손으로 감싸며 신음을 흘리고 있자니 메릴이 웃으며 말했다.

"후후후. 게이트는 무사히 완성했으니 메릴은 돌아갈게! 게이트가 있으니 앞으로는 언제든지 마음껏 만날 수 있어! 그럼, 준페이. 바이바이, 메릴!"

"그러니까 범죄라고, 그거!"

준페이가 소리를 지르거나 말거나, 메릴은 인간의 수준을 벗어난 점프로 머리 위에 열려 있는 게이트 속으로 뛰어들었다. 그리고는 다시 고리에서 거꾸로 머리를 내밀더니 이런 말을 했다.

"아, 맞다! 혹시나 해서 물어보는데, 준페이는 엑셀시아라고 알아?"

준페이는 갑작스러운 질문에 놀라면서도 가슴속에 무언가 울림을 느꼈다.

엑셀시아라고?

"당연히 알지! 엄청 팬이야."

"아하, 그렇구나! 잘됐네! 그럼 뉴욕에서 만나면 사인을 받아줄게! 기대하고 있어. 바이바이~!"

그렇게 말하고, 거꾸로 된 두더지 잡기 게임처럼 메릴의 머리가 구멍으로 쏙 들어갔다. 그러자 게이트가 점점 작아지더니 빛나는 점이 됐다가 이윽고 사라져버렸다. 순식간에 벌어진 일에 준페이는 마치 한여름에 환각이라도 본 것 같은 기분이 들었지만, 이건 결코 꿈이 아니었다.

"……대체 뭐냐고. 영문을 모르겠네. 뭔가 안 좋은 일이 일어날 것 같은 기분이 들어."

하지만 여기에 멍하니 서 있어봤자 열사병에 걸릴 뿐이었다. 준페이는 기분을 다잡고서 건물 문 앞으로 이동했다.

원래는 철로 된 문이었지만, 메릴이 펀치로 부순 뒤 수리하면서 목제로 바뀌었다. 준페이는 나뭇결이 아직도 선명한 그 문의 열쇠 구멍에 열쇠를 넣고 돌렸다.

내부도 처음 들어왔을 때와는 완전히 달라져 있었다. 메릴 침입 사건을 계기로, 마구잡이로 쌓여 있던 물건들과 창고가 되어 반쯤 잊혀 있던 건물을 수선한 것이다. 여름방학에 레드하트 브레이브 멤버들이 총출동하여 창고 안에 있던 물건들을 다시 검토해서, 아직 쓸 수 있는 물건들만 남기고 모조리 폐기한 뒤, 건물을 깨끗하게 청소하고 테이블 세트 같은 것들을 가져다 놨다고 한다.

"레드 룸의 분실(分室)로 쓴다더니만, 완전히 여자들의 사유공간이 돼버렸잖아……."

무엇보다 소니아가 여기 열쇠를 관리하고 있던 게 가장 큰 증거였다.

준페이는 벽 앞에 있는 앤티크 풍 3인용 소파에 앉아 한숨을 돌리기로 했다. 벽이 두꺼운 덕분인지 공기가 선선했다. 실은 여기서 소니아를 기다리는 동안에 혼자서 조용히 마력을 끌어올리는 훈련을 할 생각이었는데, 메릴을 만난 탓에 그럴 기분이 싹 사라지고 말았다.

"엑셀시아라고? 당연히 알지. 좋아해. 아주 좋아한다고. 아무한테도 말한 적 없지만."

준페이는 동경하는 슈퍼 히로인의 동영상을 보기 위해 휴대용 디바이스를 꺼냈다가 여름방학 중에 만든 커뮤니케이션 앱에 그룹 메시지 알림이 뜬 걸 보고 먼저 그쪽을 확인했다. 카에데가 보낸 것이었다.

『준페이, 잘 지내고 있나? 지금 메릴 공과 뉴욕에 있는 호텔에 들어왔다. 이쪽은 밤이지만, 그쪽은 정오겠지. 내일, 각인을 가진 사람을 만나러 가기로 했다. 내가 그랬던 것처럼, 그 실험의 피험자 주변에서 반지와 관련된 사건이 일어날지도 모르니까, 반지 수색도 할 겸 전부 확인하겠다고 한다.』

카에데의 메시지에 준페이의 표정이 진지하게 변했다.

10년 전, 마스터 트릭시가 지배 마법을 실험하는 과정에서 몸에 '노예의 각인'이 새겨진 10명의 소녀가 있다. 그 소녀들의 몸에서 언젠가 '노예의 각인'을 지우는 것이 준페이의 목표였다. 반드시 이루어야 할 목표. 이것만은 양보할 수 없었다. 준페이로서는 메릴이 나머지 아홉 명을 자기 대신 찾아주는 것만으로도 고마운 일이었다.

준페이는 답장을 입력하기 시작했다. 메시지가 도착한 시간은 몇 분 전이니까 카에데는 아직 잠들지 않았겠지.

『사실은 메릴이 조금 전에 이쪽에 왔었어요. 공간 전이 마법으로.』

『범죄군.』

『예. 그런데 메릴 녀석, 카에데 선배에 대해서도 거의 잊어버렸을 정도였는데, 나머지 피험자들이 어디 있는지는 알고 있나요?』

『그건 괜찮아. 일본을 떠나기 전에 어디선가 정보를 입수한 것 같다.』

『그렇다면 다행이네요. 카에데 선배 목적도 이뤄지면 좋겠어요.』

『그래, 고맙다.』

카에데는 메릴을 도우면서, 자신이 메이플로서 조종당하는 동안에 의식불명이 돼버린 사람들을 도울 방법을 찾고 있었다. 그때까지는 준페이와 만나지 않겠다고 했고. 속죄가 끝날 때까지는 메일 등의 문자로만 연락을 주고받기로 했다.

『그럼 이만 자야겠다. 시차에 적응하지 않으면 당장 내일이 힘들 수도 있으니까.』

『안녕히 주무세요.』

잘 자라는 메시지를 입력해서 문자 대화를 마친 뒤에, 준페이는 한참 동안 멍하니 카에데에 대해서 생각했다. 어느새인가 이 메시지를 확인한 사람의 숫자가 1에서 2로 늘어나 있었다. 이 대화 그룹에는 소니아도 있으니까, 소니아가 이 메시지를 보았다는 뜻이다. 그리고 소니아는 회의 중에 휴대용 디바이스를 꺼낼 성격이 아니다. 즉 레드하트 브레이브의 회의가 끝났다는 의미이기도 했다.

"안녕하세요, 준페이 씨."

호랑이도 제 말 하면 온다더니. 문 쪽을 봤더니 금발에 사파이어 블루색 눈동자를 가진 미소녀가 서 있었다. 마법 학교 교복을 입었고, 가슴팍에는 빨간 리본을 맸다. 그 아름다운 얼굴과 박력이 넘치는 가슴팍을 보면 준페이는 아직도 살짝 어질어질한 기분이 들었다.

"소니아⋯⋯."

"저 왔어요."

소니아 라이트펠로우. 영국에서 온 학생으로, 준페이보다 한 학년 선배이자 스승이다. 연인이라고 해도 되는지는 미묘한 상황이지만.

"안녕. 메시지 읽음 표시가 뜨기에 다 끝났나 하고 생각하던 참이야. 회의는 어땠어?"

"예. 많이 부딪치기는 했지만, 무사히 마쳤어요. 준페이 씨야말로 메릴을 만났다고 했는데, 정말인가요?"

"정말이야. 언제든 이쪽으로 돌아올 수 있게 게이트를 연결해 놨다나? 그때 엑셀시아의 사인을 받아다 주겠다고 말해서, 생각난 김에 유니튜브로 동영상이라도 보려던 참이었거든."

"엑셀시아?"

소니아는 눈살을 찌푸리면서 준페이가 앉아 있는 소파 쪽으로 걸어와서는, 우아한 동작으로 준페이 왼쪽 옆자리에 앉아서 몸을 가까이 들이댔다. 그녀의 시선이 준페이가 손에 들고 있던 휴대용 디바이스 쪽으로 향했다. 소니아의 향기를 맡은 준페이는 약간 힘이 들어가서 뻣뻣한 동작으로, 세계 최대의 동영상 공유 서비스 『유니버설 튜브』, 통칭 유니튜브에 접속해서 엑셀시아를 검색했다.

수많은 동영상의 섬네일이 표시되자, 소니아가 화면을 응시했다.

"Excelsior……『숭고한』『고상한』이라는 뜻을 지닌 라틴어군요. 일본어 발음으로는 엑셀시아처럼 되지만, 원래는 엑셀시오르가 정확한 발음이에요."

"아니, 그런 게 아니라, 엑셀시아는 미국의 슈퍼 히로인이야."

"슈퍼 히로인?"

소니아가 눈을 껌벅거렸다. 준페이는 소니아가 아무것도 모른다는 걸 깨닫고 휴대용 디바이스의 화면을 소니아 쪽으로 기울여주면서 말했다.

"일단 보면 알 거야. 자, 이건 엑셀시아 팬의 동영상 채널인데."

채널의 홈 화면에는 핑크색 세미 롱 헤어를 바람에 휘날리는, 스카이 블루색 눈동자에 백, 적, 청 삼색 컬러의 배틀 타이츠를 입은 미소녀의 사진이 올라와 있었다.

"이 사람이 엑셀시아야. 세계적으로 유명한 미국의 저스위즈지."

"아, 저스위즈였군요! 그렇군요. TV 뉴스 같은 데서 본 적이 있어요. 가끔이긴 하지만……."

"저스위즈의 활약상은 전 세계에서 보도하니까 그럴 수 있지. 뭐, 말하자면 일종의 변신 히어로야. 남자들은 대부분 좋아해. 나도 엄청나게 빠졌었지. 어릴 적에 좋아했던 저스위즈는 이미 은퇴했지만, 지금은 엑셀시아가 이어가고 있어. 이 사람은 3년 전에 데뷔했는데, 지금 내가 제일 좋아하는 히로인이야."

준페이의 말에 담긴 뜨거운 열량과 반대로, 소니아의 반응은 어딘가 차가웠다.

"저스위즈…… 저스티스 위저드. 일부 마법사가 자주적으로 범죄자를 체포하거나 사고나 재해가 발생했을 때 구난 활동을 하는 건 어느 나라나 마찬가지인데, 어째서인지 미국에서만 이런 문화가 생겨난 걸까요?"

"최초의 저스위즈는 지금부터 대략 백 년 전으로 거슬러 올라가. 당시 저스티스 위저드는 선명한 색의 요란한 의상을 입고서 복면으로 얼굴을 가린 정체불명의 마법사였어. 미국에서 활약했던 마법사 히어로인 거지. 세월이 흘러 그 사람이 죽은 뒤에, 그 뒤를 잇는 사람들이 나타났어. 미국에서는 그들을 모두 전부 저스위즈라고 부르고 있지."

"그리고 미국인들은 박수갈채와 함께 그들을 받아들였다…… 지금은 마치 무비 스타 같은 취급을 받는 모양이지만, 저는 그다지 마음에 들지 않아요. 유럽의 마법사들은 법이나 전통을 엄중하게 지키고 있는데, 미국의 저스티스 위저드는 너무 자유롭게 굴고 있어요. 세계 마법 연맹──『스타링 실버』의 지원을 받고 있는데도 마법에 관한 법률을 무시하고 히어로 활동을 한다니, 정말이지……."

"문제가 있다고? 뭐, 그럴지도 모르지. 하지만, 그래도 난 영웅 같은 느낌이 들어서 좋아."

준페이는 그렇게 말하면서 동영상 중의 하나를 재생했다. 로큰롤 음악이 울리면서 엑셀시아가 등장했다. 마치 영화 트레일러 같은 느낌이었다.

"이건 무슨 영상인가요?"

"이건 사건이나 사고가 발생해서 엑셀시아가 달려왔을 때, 그 자리에 있던 사람들이 찍은 영상들을 이어붙인 거야. 거기에 음악하고 화면 연출을 추가해서 그럴듯하게 꾸민 거지. 소위 말하는 팬 무비라고 할까."

"그렇군요……. 그나저나 의상이 너무 요란하고 파렴치하지 않나요? 흰색과 빨간색과 파란색, 삼색 컬러 타이츠에 장갑과 롱부츠. 가슴에 커다란 별은 성조기를 모티프로 삼았다는 뜻이겠죠. 어머나, 그런데 마스크는 안 썼군요? 저스위즈는 얼굴을 가리는 게 보통 아니었나요?"

"햇살이 너무 강한 날에는 멋있는 바이저를 쓸 때도 있어. 푸른 눈동자는 검은 눈동자에 비해서 사물이 더 눈부시게 보이고, 자외선에도 약하다고 하니까. 뭐, 어느 쪽이든 마스크는 안 쓰지만."

마스크로 얼굴을 가리지 않는다. 이것은 저스위즈 중에서는 이례적인 일이다. 저스위즈 중에서 엑셀시아만이 유일하게, 그 아름다운 얼굴을 만천하에 드러내고 있었다.

"이유가 있는 건가요?"

"엑셀시아는 머리카락이 분홍색이잖아? 그래서 되레 그걸 이용하는 게 아닐까 하는 추측이 있어. 마력이 어떤 속성을 띠었을 때, 그것이 색소에 영향을 줘서 머리카락이나 눈동자 색이 부자연한 색으로 변하는 경우가 있다는 얘기는 소니아도 알고 있지?"

"예. 그래서 마법사라는 걸 감추기 위한 마법이나 마법 도구가 오래전부터 발달해왔죠."

그렇다. 마법사가 심한 박해를 받던 시절에는 그런 마도구로 머리카락이나 눈동자 색을 바꾸지 않으면 목숨이 위험했다. 그래서 외모를 속이는 마도구는 고금동서의 온갖 곳에서 만들어졌고, 현대에 이르러서는 머리카락 색이 특이한 마법사들이 눈에 띄는 것을 피하고자 이용하고 있다.

"과연, 그렇군요. 평소에는 평범한 색깔의 머리카락으로 지낸다는 거군요. 머리카락은 사람의 인상을 크게 바꾸니까요. 그것만으로도 정체를 감출 수 있을지도 모르겠네요."

소니아가 그렇게 고개를 끄덕였을 때, 스피커에서 와~ 하는 환호성이 들여왔다. 그리고 '엑셀시아! 엑셀시아!'라고 열광적으로 외치는 사람들의 얼굴을 보고, 소니아가 입술을 삐죽 내밀었다.

"대단한 인기네요. 동영상 조회 수도 64억이나……."

"저스위즈는 미국은 물론, 세계적으로도 유명한 스타니까. 그중에서도 엑셀시아는 유일하게 얼굴을 감추지 않는 데다 엄청나게 예쁘기도 하니……."

──게다가 가슴도 크고. 의상도 꽤 섹시하고.

준페이가 마음속으로 그렇게 생각했을 때, 소니아가 바로 코앞에서 준페이를 노려봤다.

"……에로페이."

"그 별명으로 부르지 말라고! 그리고 남의 마음 읽지 마."

준페이가 난처하다는 표정을 짓고 있자니 계속 틀어놓고 있던 동영상에서 남자의 내레이션이 들려왔다. 20XX년 X월 X일, 2인조 남자가 은행에 쳐들어갔다는 것 같다.

그리고 그곳에 멋지게 나타난 엑셀시아가, 강도 두 명을 향해서 파이팅 포즈를 취했다. 그런 엑셀시아의 어깨 위에, 파란색 주먹 한 쌍이 떠 있었다. 오로지 주먹뿐, 손목이나 팔은 없었다. 복싱 글러브 한 쌍처럼 보이기도, 옛날 로봇 애니메이션에 나오던 로켓 펀치처럼 보이기도 했다.

"마력으로 주먹을 구현하는 모양이군요?"

"맞아. 코스모 피스트라고 해. 두 주먹과 마법의 주먹, 총 네 개의 주먹으로 싸우는 쿼드러블 피스트가 엑셀시아의 전투 스타일이야. 마법 분석자(마나리스트)의 얘기에 의하면, 엑셀시아는 코스모 피스트를 제외하면 간단한 자기 강화 마법밖에 못 쓴다는 것 같아. 하지만 그걸로도 충분할 만큼, 엄청나게 범용성이 뛰어난 게 이 코스모 피스트라는 마법이야. 다음 장면을 보면 알 수 있어."

영상 속에서 강도 A가 갑자기 엑셀시아를 향해서 총을 쐈다. 하지만 왼쪽 코스모 피스트가 거대해지더니 방패가 됐고, 총알을 전

21

부 튕겨냈다. 동시에 오른쪽 코스모 피스트가 로켓 펀치처럼 날아가서 강도 A의 배에 꽂혔고, 단번에 상대를 쓰러트려 버렸다.

그 장면을 본 소니아가 "어머나!" 하고 소리를 질렀다.

"마력으로 구현한 주먹의 크기가 달라지다니, 이건 마력을 보내서 주먹을 거대하게 만든 건가요? 그렇다면 마력으로 강화할 수도 있겠군요."

"바로 그거야. 경도와 크기, 파괴력을 모두 자유롭게 조절할 수가 있어."

준페이가 고개를 끄덕였을 때, 화면 속에서는 당황한 강도 B가 산탄총을 겨눴지만, 바로 날아온 마법의 손 두 개가 산탄총을 빼앗았고, 총신을 가볍게 구부려서 밀가루 반죽처럼 뭉쳐버리고는 그것을 장난감을 가지고 놀다가 질려버린 어린애처럼 집어 던져버렸다.

강도 B는 포기하지 않고 품에서 권총을 꺼냈고, 그것을 마구 쏴서 엑셀시아를 견제하며 근처에 세워뒀던 자동차에 탑승했다. 그 모습을 본 엑셀시아가 '놓칠 줄 알고!'라고 소리치자 왼쪽 코스모 피스트가 날아가서 범퍼를 붙잡더니 차를 가볍게 뒤집어버렸다. 그리고 강도 B가 창문으로 엉금엉금 기어 나오자, 오른쪽 코스모 피스트가 강도 B의 멱살을 잡아서 던져버렸다. 강도 B는 땅바닥에 처박혔고, 손에 쥐고 있던 권총을 놓쳐버렸다.

그때 강도 A가 일어나 엑셀시아를 향해서 총을 겨눴다. 발포음이 울리고, 강도 A가 쥐고 있던 권총이 날아갔다. 그리고 화면에 코스모 피스트가 나왔는데, 그 손이 총을 쥐고 있었다. 엑셀시아는 코스모 피스트를 사용해서 강도 B가 떨어트린 권총을 주워서 발사한 것이다.

"이만 포기하시지!"

엑셀시아가 그렇게 소리치자, 2m 정도로 커진 코스모 피스트 두 개가 강도 두 명을 뒤덮어 움켜쥐었다. 마치 사람이 인형을 잡는 것처럼, 거대해진 마법의 손이 강도 두 명을 와일드하게 붙잡았다.

그제야 겨우 순찰차가 도착했고 경찰 두 명이 차에서 내렸다. 엑셀시아는 경찰들에게 마치 찻잔이라도 건네는 것처럼 가볍게 강도들을 넘겼다. 그리고 억지로 순찰차에 태우고 있는 강도들을 향해서 밝은 목소리로 말했다.

"잘 가요 강도 씨. 또 나쁜 짓 하면 안 돼요? 교도소에서 잘 반성하고, 성실하게 살라고!"

그리고는 엑셀시아의 양쪽 허리에 원래 크기로 돌아온 코스모 피스트 두 개가 살짝 닿았나 싶더니, 엑셀시아의 몸을 들어 올렸다. 그대로 빌딩 계곡 사이를 지나 파란 하늘로 날아가는 엑셀시아를 향해서 수많은 시민이 손을 흔들고 환호성을 질렀다. 엑셀시아가 사람들에게 손을 흔들어서 대답하자, 야구 모자를 쓴 아프리카계 어린이가 어머니 손을 뿌리치고 달려왔다.

"엑셀시아! 앞으로도 뉴욕의 평화를 지켜줄 거지!"

"그래, 물론이지. 뉴욕을, 미국을, 그리고 전 세계의 평화를 지킬 거야!"

엑셀시아는 그렇게 말하면서 아이를 향해 엄지손가락을 세워 보이고는 어딘가로 날아가 버렸다.

영상은 거기서 끝났고, 소피아는 한숨을 한번 쉬고는 소파에 몸을 기댔다.

"과연, 실제로 상대하려면 상당히 성가신 마법이군요. 영상으로 보니 알겠어요. 코스모 피스트…… 주먹이라고 했지만, 실제로는 핸드라고 봐야 해요. 원격조종이 가능한 마법의 손인 거죠. 그밖에도 크기를 마음대로 바꿀 수 있는 데다 총탄 정도는 쉽게 막아낼 수 있고, 차를 뒤집을 만큼의 힘과 총을 구겨버릴 정도의 악력, 그리고 자유로운 움직임까지. 나아가 도구까지 쓸 수 있어요. 준페이 씨도 보셨죠? 그 마법의 손으로 강도가 떨어트린 권총을 주워서 쏘는 모습을요."

"그렇지. 사람 손이 할 수 있는 건 다 할 수 있어. 게다가 그게 엑셀시아 주위를 자유자재로 날아다니지. 엄청난 속도로."

"속도도 빠르고 파워도 있어요. 아마 크기는 거기에 보내는 마력의 양에 비례해서 증가한다고 봐야겠죠. 마법 하나로 공격, 방어, 포박은 물론, 자기 자신을 들어 올려서 비행까지 할 수 있다니…… 아마도 뭔가를 만지는 감각도 느껴질 테고. 어쩌면, 코스모 피스트에 비디오카메라를 들려서 날리면, 정찰기로도 쓸 수 있겠죠……."

"……참고로 코스모 피스트를 사용하는 저스위즈는 엑셀시아

가 처음이 아니야. 옛날에 그랑디아라는 이름의 저스위즈가 있었
는데, 그 사람도 엑셀시아처럼 코스모 피스트를 사용했어. 그런
데 어떤 범죄 마법사가 벌인 은행 강도 사건에서 말이야, 어린 여
자아이를 인질로 잡혀서 죽고 말았어. 그 뒤로 10년 정도 지났을
때, 엑셀시아가 나타났어. 그래서 엑셀시아가 그랑디아의 동생이
나 딸이 아닌가, 하는 얘기도 있지."

"그렇군요. 마법은 유전의 영향을 받으니 혈연자라면 같은 마
법을 써도 이상할 건 없죠."

소니아는 고개를 끄덕이고는, 준페이한테서 떨어져서 한숨을
한번 쉬었다.

"정말 많은 걸 배웠어요. 그런데 준페이 씨. 당신, 엑셀시아 씨
를 히어로로서 응원하는 건가요, 아니면 아이돌로 여기고 있는
건가요?"

"……둘 다겠지. 강하고 멋지고, 예쁘니까."

준페이가 솔직하게 대답했더니, 소니아의 눈빛이 날카로워
졌다.

"그런가요."

준페이는 그 대답을 듣고 소니아의 심기가 나빠졌다는 걸 어렴
풋이 깨달았다.

"왜? 내가 엑셀시아 팬이라는 게 기분 나빠?"

"설마. 그럴 리가 있나요. 용사의 후손인 제가, 그런 사소한 일
때문에 일일이 화를 낼 리가 없죠. 하지만, 잠깐 손 좀 내밀어보

세요."

준페이가 시키는 대로 왼손을 내밀었더니, 소니아는 그 손을 자기 왼손으로 살짝 감싸고, 오른손 손끝으로 살짝 꼬집었다. 아니, 꼬집었다기보다는 손등 피부를 살짝 집었다.

"……하나도 안 아픈데?"

"아프게 해드릴까요?"

"아니, 그냥 이대로가 좋아."

준페이는 소니아의 손에서 느껴지는 매끄럽고 시원한 감각이 너무나 기분 좋아서, 언제까지고 이대로 있고 싶었다. 누가 보면 커플이 소파에 앉아서 알콩달콩하는 것처럼 보이겠지. 소피아는 준페이의 손을 잡은 채, 얼굴만 진지한 표정으로 바뀌었다.

"엑셀시아 얘기는 이제 됐어요. 다른 얘기를 하죠."

"그래, 그러자. 레드하트 브레이브 회의는 어떻게 됐어? 카에데 선배 후임은? 어차피 지금 3학년들은 10월이 되면 은퇴할 테니 2학년일 것 같은데……."

"실제로 2학년 여학생 두 명이 입후보했는데, 서로 양보하지 않아서 결정하지 못했어요. 그래서 일단은 3학년인 야마나미 선배가 단장 대행을 맡기로 했습니다. 그리고 제가 하고 싶은 그게 아니라 다른 거예요."

"그럼 하고 싶은 이야기는 뭔데?"

아무래도 진지하게 들어야 할 것 같아서, 준페이는 오른손에 들고 있던 휴대용 디바이스를 바지 주머니에 집어넣었다.

"지금은 이렇게 다른 사람들 몰래 만나고 있지만, 내일부터 본격적으로 수업이 시작되면 저희가 같이 다니는 모습을 다른 사람들도 보게 돼요. 그럼 다들 무슨 일이냐고 물어보겠죠. 그래서 일단, 저희 관계를 다른 사람들한테 어떻게 설명할지를 정해두고 싶어요."

"아, 그건 나도 미리 정해놔야겠다고 생각했었어."

이미 여름방학 동안 소니아와의 관계에 대한 소문이 돌았다. 그 소문에 대해서 어떻게든 대답을 해두지 않으면 나중에 여러모로 귀찮아질 것 같았다.

"그래서, 어떻게 할 건데? 설마 전부 솔직하게 말하자는 건 아니겠지?"

"그건 당연히 안되죠. 다만, 저는 어중간한 대답보다는 차라리 그 사람들이 바라는 답을 던져주는 게 좋을 것 같다고 생각해요."

"바라는 답? 그게 어떤 대답인데?"

눈을 깜박거리는 준페이의 왼손을 이번에는 두 손으로 살며시 감싸 쥔 소니아가, 아래에서 올려다보는 것 같은 시선으로 바라봤다. 고개를 살짝 숙인 채, 볼까지 빨개진 걸 보면 긴장하고 있다는 걸 알 수 있었다.

"그, 그러니까 말이죠…… 차, 차라리 그냥, 저희가 연인 사이라고 말해버리는 쪽이, 좋지 않을까! 그런 얘기에요!"

"……진짜로?"

준페이는 자신의 왼손을 잡은 소니아의 손이 뜨거워진 것 같아

덩달아 얼굴이 붉어졌다.

그 모습을 본 소니아는 마치 물에 빠졌다가 겨우 나온 사람처럼 얼굴을 붉히며 당황해서는 빠르게 말을 쏟아냈다.

"차, 착각하지 마세요! 이건 위장입니다! 결코, 결코 진정한 연인이 되는 건 아니에요! 어차피 그런 소문에 관심을 가진 사람들은 듣고 싶은 대답이 정해져 있을 테니, 차라리 연인이라고 인정해 그들이 원하는 대답을 주는 편이 의심도 덜 살 테고, 에로 마법 특훈을 하는 중에 누가 방해도 하지도 않을 거예요. 비밀도 지킬 수 있을 테고요!"

"그, 그렇구나. 합리적이네. 연인인 척하면서 전부 다 속인다는 얘기구나."

"그, 그래요. 이 또한 용사의 사명이니까요."

"좋은 생각 같은데."

──하지만, 네 진심은 어떤데?

준페이는 소니아의 마음속 문을 박차고 열고서 그렇게 물어보고 싶었다. 하지만 예전에 한번, 그렇게 해본 적이 있었다. 그것은 잊을 수도 없는, 준페이가 마도 갱생원으로 보내지기 전날. 그 공원에서 소니아와 단둘이 있을 때, '날 좋아해?'라고 물었었다. 지금 생각하면 그건 너무 성급했다. 그래서 소니아의 어린 소녀 마음에 상처를 주고 말았다.

──여자들 마음은 잘 모르겠다니까. 그래도, 기다리는 게 좋겠지.

소니아가 언젠가 용사의 사명이라는 명분을 치워버리고, 솔직한 마음으로 상대해줄 그 날을 기다리자. 준페이는 그렇게 결심하고 고개를 한번 끄덕이면서 말했다.

"……알았어. 그럼, 우리 오늘부터 위장 커플 1일이네."

그러자 소니아는 깜짝 놀랐다가, 활짝 핀 꽃처럼 웃었다.

"후, 후후후후후. 결정됐군요. 그럼 바로 시험하고 싶은 에로 마법이 있으니까, 준페이 씨의 방으로 가도록 하죠."

소니아는 그렇게 말하면서 준페이 손을 잡고서 일어나더니, 춤추는 것 같은 걸음걸이로 건물 밖으로 나갔다. 푸른 하늘 아래 강한 햇살을 받으며, 소니아는 여름의 여신처럼 상쾌하게 웃고 있었다. 그런 소니아를 보고 있으니까 위장 커플이면서도 정말로 연인과 손을 잡은 것 같아서, 준페이는 걸음을 옮기는 발이 허공으로 떠버리는 것 같은 기분이 들었다.

◇

준페이의 방은 학생 기숙사(타워 맨션) 19층에 있다. 원래는 미니멀하고 살풍경한 인상이었지만, 소니아가 드나들기 시작하면서부터 이런저런 물건들이 늘어났다.

"그쪽에 대충 앉아서 기다려."

준페이는 러그를 깔아놓은 좌식 테이블 쪽을 가리키고는 부엌에 있는 작은 냉장고에서 녹차 페트병을 꺼내어 잔에 따라서 가지고 왔다. 컵 하나를 소니아에게 건넨 후에 맞은편 자리에 앉자, 소니아가 입을 열었다.

"준페이 씨는 레드하트 브레이브에 고문이 전부 몇 명이나 있는지 알고 계시나요?"

"아니, 여러 명이 있다는 것밖에 몰라."

시험하고 싶은 에로 마법이 있다고 했었는데 갑자기 전혀 다른 이야기가 나와서 당황하며 대답했더니, 소니아는 그 대답에 맞장구를 치고서 계속 말했다.

"다 해서 세 명이에요. 하지만 주임 고문인 콘도 선생님은 지난번 사건에서 입은 상처가 낫지 않아서 입원 중. 부고문인 오쿠무라 선생님은 장기 휴직 신청을 내고 쉬는 중이죠."

"오쿠무라 선생님이라……. 기억은 잃었지만, 마법사를 위험시하는 안티 위즈 사상이 달라지는 건 아니라고, 메릴이 그랬는데."

"예. 오쿠무라 선생님은 마법사를 무서워합니다. 그래서 마법사를 관리하려고 했었죠. 그 계획에 관한 기억이 전부 사라져버린 채, 마법사에 대한 공포만이 남아있는 상태입니다. 어쩌면 다시는 생각을 바꾸지 않을지도 몰라요."

실제로 지배의 마법에 관한 기억을 잃은 오쿠무라의 정신상태가 어떻게 됐는지는 준페이와 소니아도 모른다. 일을 쉬고 있는 게 그 대답에 대한 힌트가 되려나.

"……나머지 한 분은? 오늘 회의엔 그 사람이 나온 거야?"

"예, 생활지도 담당이자 체육 담당인 카츠미 선생님이에요. 하지만 카츠미 선생님은 검도부 고문도 맡고 있어서, 이쪽에는 거의 시간을 낼 수가 없어요. 역시 콘도 선생님이 빨리 복귀하시는 게 제일이겠죠. 다행히 본인도 빨리 현장으로 돌아오기를 바라고 있으니까, 제가 콘도 선생님께 회복 마법을 걸어드리기로 했어요."

준페이는 너무 놀라서 자기도 모르게 자리에서 일어날 뻔했다.

"회복 마법?! 그걸 쓸 수 있는 사람은 정말 한 줌이라고 들었는데? 소니아 너, 할 수 있어?"

"후훗, 물론이죠. 저희 라이트펠로우 가문은 많은 마법사의 피를 적극적으로 받아 들여온 가문이니까요. 당연히 조상 중에 회복 마법에 뛰어난 분도 계셨죠. 그런데 회복 마법이라고 해도 여러 가지가 있는데, 그야말로 큰 의식을 통해서 기적처럼 상처나 병을 고치는 것부터, 자신의 생명 에너지를 나눠주는 것, 본디 인간이 지니지 못한 자연 치유력을 활성화해서 상처를 빠르게 회복시키는 것 등등, 여러 가지가 있어요. 그중에는 알몸으로 서로 끌어안아서 체력이나 마력을 회복하는 것도 있죠."

"알몸?! 서, 설마, 소니아……."

만약에라도 그럴 일은 없겠지만, 준페이는 무심코 표정이 어두워지고 말았다.

그러자 소니아가 피식 웃으며 대답했다.

"안심하세요. 제가 쓰려는 건 본인의 자연 치유력을 높여서 상처를 치유하는 마법이에요. 치유의 지팡이라는 마도구를 사용하는데, 이걸 상대에게 겨누고서 주문을 외우는 게 전부예요. 회복 마법 중에서도 가장 보편적인 방법이죠."

"아, 그거라면 나도 알아."

준페이는 마음을 놓고, 가벼운 투로 말했다.

"한마디로 상처가 빨리 낫게 해주는 거잖아. 수업에서 들었어."

"예. 다만 이 방법은 상처를 빠르게 회복하는 대신 환자의 체력을 소모해요. 너무 서두르다가 조절을 실수하면 너무 많은 체력을 빼앗을 위험이 있지요. 따라서 술자는 부상의 정도나 환자의 컨디션을 살피면서 집중력을 가지고 섬세하게 임해야 해요. 수액을 맞고, 휴식을 취하면서 긴 작업을 하게 되겠죠. 슈퍼 엘리트의 정신력을 지닌, 바로 저만이 할 수 있는 일이에요."

"그렇구나. 그거 정말 힘들겠네."

준페이가 속 편한 감상을 내놓자 소니아가 얼음덩어리라도 던지는 것처럼 말했다.

"그래서 정신집중을 위해 다른 사람은 모두 내보내고 단둘이서만 진행할 예정이에요."

그 말을 들은 순간, 준페이의 가슴에 곧장 시커먼 먹구름이 깔리기 시작했다. 아무리 치료를 위한 조치라고는 하지만 가슴 속에 먹구름이 끼고, 살벌한 천둥소리가 울리는 건 어쩔 수가 없었다.

"그건 즉…… 병실에서 오랫동안 단둘이 있다는 얘기야?"

"그렇게 되겠죠."

"……그렇구나. 치료에 필요한 과정이라면 어쩔 수 없긴 하지만…… 으음……."

준페이는 이 말을 해야 좋을지 망설였지만, 아무것도 안 하고 후회하는 것보다는 저지르고 후회하는 게 낫다는 생각으로, 큰마음 먹고 말을 꺼냈다.

"소니아. 콘도 선생님말인데, 카에데 선배랑 같이 있을 때, 몇 번인가 이야기를 나누어봐서 아는데, 좋은 사람 같더라. 부처님 얼굴인 데다 복귀까지 있으니, 생김새만 봐도 정말 복스러운 얼굴이지. 딸이 마법 학교 중등부에 다닌다고 했는데, 딸 얘기를 할 때면 정말 상냥한 얼굴을 하더라고. 음…… 근데…… 그분도 일단 남자란 말이지?"

어째서인지 병실이라는 밀실에서 긴 시간 동안 단둘이 있는 걸 용납하고 싶지 않았다. 하지만 이건 의료 행위이자 선의다. 그런 질투를 하는 자신이 잘못된 걸지도 모른다. 그리고…….

"어머나, 불쾌한가요?"

"응, 불쾌해."

준페이가 퉁명스레 말했더니, 소니아의 입가가 풀어졌다.

"그럼 다행이군요."

"어?"

흘러가듯 지나간 소니아의 대답에 준페이는 자기도 모르게 되물었다. 하지만 소니아는 바로 표정을 다잡아서 새침한 얼굴을 했다.

"됐어요. 제가 예상했던 반응이네요. 물론, 저도 그렇게까지 무방비하게 임할 생각은 없어요. 콘도 선생님은 믿을만한 분이지만, 대비해도 나쁠 건 없겠죠. 그래서 준페이 씨, 당신이 제게 에로 마법을 걸어줬으면 싶어요."

"에로 마법……?"

갑작스럽긴 했지만, 생각해보니 이 방에 온 것 자체가 시험하고 싶은 에로 마법이 있다는 이유 때문이었다. 갑자기 콘도 선생님 얘기를 꺼낸 이유도 이것 때문인 듯했다.

소니아가 천천히 입을 열었다.

"즉, 버진 프로텍트예요."

"버……! 진짜?!"

오쿠무라 선생님 사건이 해결된 날, 그 해안에서 소니아가 언젠가 모든 마법을 다룰 수 있게 되기 위해 버진 프로텍트를 시험해보자는 이야기를 했지만, 그 뒤로 단 한 번도 얘기가 없었기 때문에, 실제로 사용해볼 시기가 언제가 될지는 생각도 못 하고 있었다. 그런데, 지금 갑자기 얘기가 나오다니.

"지, 진심이야?"

준페이가 큰 소리를 내자, 소니아도 동요했는지 얼굴이 빨개져서 빠르게 쏘아붙였다.

"가, 가까운 시일 내에, 도전해보자고 했잖아요? 이 마법은 상대 여성이 자신 이외의 남성과…… 그러니까, 그게, 아무튼 그런 행위를 하지 못하게 만드는 마법이니까, 질투나 독점욕 같은 감정에 사로잡히는 쪽이 성공할 가능성이 커지지 않을까 싶어서……."

거기서 소니아는 큰마음을 먹은 것처럼, 평소의 다부진 미소를 지어 보였다.

"저 같은 엘리트는 하나의 행동에 여러 의미를 담는 법입니다. 콘도 선생님의 치료를 맡은 것은 준페이 씨에게 이 마법을 성공시키기 위한 것이죠. 그리고 준페이 씨는 모든 에로 마법을 익히고 지배의 마법에 도달해야지만 비로소 카에데 선배나 다른 사람들에게 새겨진 노예의 각인을 지울 수 있잖아요?"

"그건 그렇지만, 버진 프로텍트는……."

준페이가 거기서 말을 흐리자, 소니아도 수치심 때문에 얼굴이 뜨겁게 달아올랐고, 그 상태로 고개를 숙였다.

"이 마법이 어떤 마법인지는 메릴 씨한테 이미 들었죠?"

"듣기는 했는데, 그 녀석은 틀림없이 대충 설명했을 테니까 착오가 있을지도……. 가능하면 한 번 더 설명해줬으면 좋겠는데."

"성희롱이에요!"

소니아가 오른쪽 주먹으로 테이블을 내리쳤다. 엄청난 소리가 나서, 준페이는 소니아가 손을 다친 건 아닌지 걱정됐다. 하지만 소니아는 아무렇지도 않은 얼굴로 오른손을 쓰다듬으면서 말했다.

"이 마법을 설명하는 것 자체가 성희롱이라고요! ……하지만 마법을 쓰려면 그 마법을 잘 이해하는 게 중요하니…… 좋아요. 딱 한 번만 말할 거예요?"

"그래, 부탁해."

준페이가 그렇게 말하면서 자기 가슴을 두드리자, 소니아는 각오를 다졌다는 것처럼 숨을 크게 들이쉬었다.

"버진 프로텍트의 효과는 두 가지! 하나, 이 마법이 걸린 여성을 건드린 남성은 한동안 남성의 기능을 상실합니다. 단, 이것은 직접적인 거세 마법과 달리 간접적이다 보니 효과가 불확실해요. 그래서 두 번째 효과로, 이물질의 침입을 물리적으로 막는 것이 있죠. 이쪽은 절대 무적의 프로텍트예요. 이 2단 방어를 통해서 처녀의 정조를 완벽하게 지키는 것이 버진 프로텍트예요. 하지만 딱 한 사람, 이 마법을 무시할 수 있는 사람이 있는데……."

"그, 그게 나라는 건가……."

준페이가 그렇게 뒷부분을 이어서 말하자, 소니아는 창피하다는 것처럼 고개를 푹 숙여버렸다.

"그래서 말하고 싶지 않았던 거예요! 정말이지, 뭐냐고요, 이 마법은! 신화에 나오는 유니콘이 춤까지 추면서 좋아하겠어요!"

"나한테 물어도 말이지……."

준페이가 당황한 목소리로 말하자, 소니아는 고개를 들고서 준페이를 매섭게 노려봤다.

"그리고 이 마법은 이름 그대로 순결한 처녀에게만 걸 수 있어요. 그리고 일단 한번 마법을 걸면, 설령 순결을 잃는다고 해도 마법은 영원히 사라지지 않죠."

"이런 마법이 있어도 돼?!"

"에로 마법이라는 게 원래 그런 거잖아요!"

준페이도 소니아도 쑥스러움이 밀려오는 탓에 무심코 목소리가 높아져 갔다.

"이 마법을 걸면…… 평생 돌이킬 수 없어. 그래도 괜찮아?"

"사양할 필요 없어요. 이것도 제게 주어진 용사의 사명이니까요."

"또 사명 얘기네. 정말 좋아하는구나, 그 말. 원래는 느긋하게 기다릴 생각이었지만, 이런 마법까지 쓰게 됐으니까, 좀 더 솔직한 말을 듣고 싶은데 말이지."

"어머나, 그렇다면 준페이 씨는 어떤가요? 저한테 버진 프로텍트를 걸고 싶다고, 진심으로 그렇게 생각하나요?"

"응."

준페이는 싸움에 임하는 사람처럼 각오를 다지고 쳐다봤다.

"당연하지. 나는 그렇게 하고 싶어. 그러니까 피하지 않을 거야. 너는 어떤데?"

자세까지 바로잡은 준페이가 정색하고 강하게 물어보자, 소니아는 살짝 당황하면서 시선이 이리저리 흔들렸고, 그 뒤에 겨우, 피기 시작한 꽃 같은 눈빛으로 준페이를 빤히 쳐다봤다.

"걸어줬으면…… 싶어요. 왜냐하면…… 우리는 연인이잖아요. 그러니까 이젠…… 당신 마음대로 하세요!"

소니아는 그렇게 말했지만 그건 가짜 관계다. 주위 사람들이 두 사람의 관계에 관해 설명해달라는 요구를 했을 때 단 한 마디로 입 다물게 만들기 위한, 어디까지나 명목상의 연인이 됐을 뿐이다. 그러나 소니아는 그 명목을 잊어버린 것 같았고, 준페이도 가슴속에서 불꽃이 타오르고 있었다.

"그럼, 그렇게 할게. 네 마음이 바뀌기 전에 하자. 어떻게 하면 돼?"

그랬더니 소니아는 살짝 겁먹은 것 같은 표정을 지었지만, 바로 용기를 짜내고는 진지한 얼굴로 탁자에 손을 짚었고, 일어나서는 손가락으로 준페이의 침대를 가리켰다.

"저기에 앉으세요."

"……알았어."

준페이는 자기 침대 쪽으로 걸어가서는 그 가장자리에 걸터앉았다. 그러자 소니아가 다가가서, 준페이의 다리 사이에, 등을 돌리고 앉았다. 준페이가 뒤쪽에서 소니아를 안는 것 같은 모양이 됐고, 바로 눈앞에 소니아의 머리가 보였다. 준페이는 소니아에게서 느껴지는 향기와 온기 때문에 황홀한 기분도 들고 당혹스럽기도 했다.

"저기…… 이 자세는, 무슨 뜻이야?"

"마, 만지세요."

"뭐? 그래도 돼?"

준페이는 기뻤지만, 게걸스레 덤벼들어서 소니아의 몸을 만져대지는 않았다. 부드럽게, 살며시, 소니아의 가슴을 아래에서 받쳐주는 것처럼 만지고는, 그 무게의 부드러움 때문에 가슴이 압도당하는 기분을 맛봤다.

──오. 이 녀석, 역시 대단한데.

옷을 입은 상태지만, 경험이 적은 준페이에게는 이것도 나름대로 신선한 감촉이었다. 그냥 이대로 소니아를 덮쳐버리고 싶었다. 하지만 그랬다가는 소니아한테 얻어맞겠지. 준페이가 이성이라는 칼을 들고 욕망이라는 이름의 짐승과 싸우고 있는데, 소니아가 가녀린 목소리로 말했다.

"저, 저기……."

"응?"

"거기가, 아니에요."

"거기가 아니라니?"

"가, 가슴이 아니라…… 아래쪽이에요, 아래!"

"뭐, 아래?"

깜짝 놀라서, 튕기듯 손을 뗀 준페이는 다시 천천히 소니아의 배에 손을 댔다.

"……배도 아니고, 더 아래쪽이에요."

"여기보다 아래쪽으로 가면 치마인데……."

준페이의 손은 그것을 두려워하는 것처럼, 교복 위에서 소니아의 배를 꾹 누르고 있었다. 소니아의 잘 단련된 복근의 감촉이 손가락에 느껴졌다.

그러자 소니아가 숨을 크게 들이쉬고, 준페이의 오른손을 자기 다리 사이로 이끌었다.

"뭐야, 자자자자잠깐만!"

손끝이 소니아의 치마에 닿았을 때, 준페이가 자기 손을 다시 소니아의 배로 되돌렸다. 소니아는 얼굴이 새빨개져서 어깨너머로 고개를 돌리고, 살짝 나무라는 것 같은 눈으로 바라봤다.

"여기에 자물쇠를 잠그는 이미지로 하라고, 문서에 적혀있었어요……."

"여기라니……."

"속옷을 입은 상태로 해도 되니까. 아니, 속옷 안에 손을 넣으면 죽여버릴 거예요!"

"뭐라고! 거기에?"

준페이는 머리에 벼락이라도 맞은 것 같은 충격을 받았다. 지금부터 자신이 손을 대야 하는 곳이 어디인지 곧바로 이해했다. 이런 걸 허락해주는 소니아는 대체 어떻게 된 여자인지! 속옷을 입은 상태라고는 해도 그곳을 만져도 된다니!

"소니아…… 넌, 천사나 여신이야."

"훗. 다, 다, 다…… 당연하죠."

상기된 목소리로 그렇게 말한 소니아는, 어깨까지 들썩이면서 숨을 크게 들이쉬고는 다리를 살짝 벌렸다.

"자, 그럼, 하세요."

그렇게 말했지만, 준페이의 오른손은 움직이지 않았다. 얼굴이 새빨개진 건 소니아 혼자만이 아니었다. 준페이도 만만찮게 빨개졌다. 심장 뛰는 소리가 소니아한테도 들릴 것만 같았다.

——말도 안 돼. 내 인생에 이런 순간이 오다니. 뭐, 그냥 만지기만 하는 거지만.

장소가 장소인 만큼 준페이가 나아가지 못하고 얼어있자 소니아가 말했다.

"준페이 씨. 분명히 말해두는데, 제가 이렇게까지 했는데도 겁을 먹고서 버진 프로텍트를 거는 데 실패한다면, 이 마법은 앞으로 일절, 영원히 거절하겠어요."

그 말을 듣고, 준페이의 눈빛이 달라졌다.

"뭐…… 그렇겠지. 그래, 당연한 얘기야."

자신들은 서로 사랑하는 연인 관계가 아니다. 소니아도 살짝 폭주한 상태이기도 하고. 그런데, 여자가 이렇게까지 했는데도 주눅이 들어서 아무것도 못 한다면, 다시 생각하는 것도 당연한 일이다.

──나와 소니아의 운명의 톱니바퀴가 지금은 우연히 서로 맞물려 있지만, 언제 어긋나도 이상하지 않아. 그걸 계속 이어가고 싶다면, 이럴 때는 확실하게 하는 모습을 보여줘야겠지.

소니아를 잃고 싶지 않다. 너무나 사랑스러워서 미치겠다. 영원히 내 것으로 삼고 싶다. 언제부터 이런 감정을 품게 된 걸까. 이상하다고 생각하면서, 준페이가 말했다.

"그럼, 간다."

"……살짝 해야 해요."

기도하는 것 같은 소니아의 목소리에 고개를 끄덕여서 대답한 준페이는, 자기 오른손을 소니아의 치마 속으로 살며시 집어넣어서 그곳을 손으로 건드리고는, 마법을 담아서 아직 눈으로는 본 적이 없는 비밀의 문에 살며시 자물쇠를 걸었다.

◇

　주말인 토요일 아침, 소니아는 콘도 선생님이 입원해 있는 병원으로 향했다. 사복 차림에, 빈손으로. 치유의 지팡이 등의 짐은 수납 마법으로 아공간에 넣어뒀다는 것 같다.

　소니아 옆에서 걸어가던 준페이는 푸른 하늘을 올려다보며 물었다.

　"근데, 콘도 선생님은 어느 병원에 입원해 있는 거야?"

　"마법사들을 적극적으로 받아주는 병원이 마법 학교 근처에 있어요. 마법사 의사 선생님도 계시고, 마법을 사용한 의료 행위도 인정되는 곳이죠."

　"마법을 사용한 의료 행위라…… 그건 즉 의사 중에 회복 마법을 사용할 줄 아는 의사가 없다는 뜻이야?"

　"회복 마법을 사용할 수 있는 마법사 자체가 상당히 보기 드물어요. 제가 특이한 겁니다."

　소니아가 그렇게 말했을 때 신호등이 빨간 불이 됐고, 두 사람은 건널목 앞에서 멈춰 섰다. 소니아가 준페이를 보며 말했다.

　"그런데 준페이 씨, 어디까지 따라올 생각인가요?"

　"그게, 걱정돼서……."

　준페이가 한심한 표정을 지으며 말했더니, 소니아가 살며시 미소를 지었다.

"후훗. 어제는 저도 당신을 부추기기 위해서 그런 말을 했는데, 솔직히 콘도 선생님께는 실례되는 말이었어요. 그렇게 좋은 선생님은 어디 또 없지 않을까요?"

"나도 그렇게 생각하지만……."

콘도 선생님의 됨됨이는 준페이도 알고 있다. 그걸 알면서도 버진 프로젝트까지 걸었으니, 자기가 생각해도 참 속이 좁은 것 같다.

"하지만, 조금 기쁘기도 해요……."

"응?"

눈이 휘둥그레진 준페이에게, 소니아는 짓궂게 웃으면서 말했다.

"그냥, 농담이에요. 절 지켜볼 시간이 있으면, 가서 훈련이라도 하세요. 레드하트 브레이브가 되려면 전투 실력도 중요하니까요."

"……으, 알았어. 그렇게 할게."

뭐, 소니아 뒤만 졸졸 쫓아다니는 것보다, 자신을 단련하는 쪽이 남자답다. 그래, 몸도 마음도 단련해서, 하루빨리 어엿한 마법사가 되자.

"날 선택해준 널 후회하게 할 수는 없으니까."

"좋아요."

그렇게 말하고, 소니아는 녹색 신호로 바뀐 건널목을 혼자 건너가더니, 뒤도 돌아보지 않고 그대로 걸어갔다. 준페이가 조용히 그 뒷모습을 지켜보고 있는데, 옆에서 귀여운 목소리가 들려왔다.

"그냥 보내도 되겠어?"

"그래. 그냥 치료라는데 일일이 질투하는 내가 이상한 거니까. 몸을 움직이면 이런 기분도 풀리겠지. 그리고 무엇보다, 바로 지금, 중대한 문제가 발생했어."

"중대한 문제라니?"

"너 말이야, 메릴!"

준페이가 그렇게 소리치면서 힘차게 고개를 돌렸더니, 사복 차림의 메릴과 눈이 마주쳤다. 메릴은 입는 옷에 따라 마법 스타일이 달라지는 마법사다. 다만 그건 특별한 옷을 입었을 때만 그렇고, 특별한 콘셉트가 없는 평범한 캐주얼 스타일일 경우에는 빛의 고리를 통과해서 옷을 갈아입는 마법만 사용할 수 있다고 한다.

바로 지금 그 캐주얼 스타일을 입고 있는 메일이, 빙긋 웃고 있다.

"야호~ 준페이. 나 또 왔어."

"또 그 어쩌고 게이트로 밀입국한 거야?"

"응! 하지만 고양이 귀 의상을 입으면 눈에 띄기도 하고, 주위 사람들이 메릴을 메릴이라고 알아볼 테니까, 게이트를 통과한 다음에 사복으로 갈아입었어. 어때?"

메릴은 그렇게 말하고는 그 자리에서 춤추는 것처럼 빙글 돌아 보였다. 가련했다.

"뭐…… 예쁘네."

솔직하게 패배를 인정한 준페이의 칭찬을 듣고, 메릴이 기쁘다는 것처럼 웃었다. 준페이도 표정이 풀어졌지만, 물어봐야만 하는 일이 있다는 걸 떠올리고 다시 진지한 표정을 지었다.

"참, 엑셀시아 사인은 어떻게 됐어?"

"못 받았어 메릴."

못 만난 걸까. 하긴, 메릴의 성격을 생각해보면 매사에 대충인 이미지가 있지만.

준페이는 짧게 한숨을 쉬고는 주위를 살짝 둘러봤다. 일단, 메릴은 혼자였다.

"카에데 선배는 없네. 속죄가 끝날 때까지라고 했으니까, 그럴 것 같기는 했지만."

"응, 미국에 두고 왔어 메릴. 그리고, 대신 데려온 게 얘야."

메릴이 그렇게 말하면서 고개를 돌린 곳에는, 지나가는 아줌마가 있었다. 그 아줌마가 지나간 뒤에, 준페이는 차가운 눈으로 메릴을 보면서 말했다.

"아무도 없는데?"

"어라라, 이상하네? 어딜 가버렸지? 길을 잃었나?"

메릴은 그렇게 말하면서, 설명도 하지 않고 걸어가기 시작했다. 그리고는 주위를 이리저리 둘러보는 메릴 옆에서 나란히 걸어가며, 준페이가 물었다.

"대체 누구랑 만나게 해주려는 건데?"

"대충 눈치는 챘을 텐데. 마스터 트릭시가 노예의 각인을 새긴 피해자 중에, 두 명째야. 갈색 머리카락에 안경 쓴 귀여운 여자애. 뉴욕에서 찾아냈거든."

"……또 반지랑 관련된 사건이라도 벌어졌어?"

"아니, 딱히."

속 편한 대답에, 진지한 표정을 짓고 있던 준페이는 김이 빠졌다.

"뭐야, 그럼 대체 왜 돌아온 건데? 뭐가 목적이야?"

"모두랑 결혼해줬으면 좋겠다고 했던 말, 잊었어?"

아무렇지도 않게 대답한 그 말에, 준페이는 발이 얼어붙기라도 한 것처럼 멈춰 섰다.

"그거 진심이었냐?!"

"당연하지! 준페이야말로 무슨 소릴 하는 거야? 전부 임신시키는 것까지가 준페이 미션이야!"

"넌 무슨 말을 하는지 자각이 있어?!"

준페이는 도저히 참지 못하고 메릴의 볼을 꼬집어 잡아당겼다. 묘하게 잘 늘어났다.

그러나 메릴은 그러거나 말거나 웃으며 말했다.

"메릴은 이미 결심했거든~! 난 분명히 한다고 말했어~!"

의기양양한 얼굴로 그렇게 선언하는 메릴.

준페이는 자신의 앞날이 엄청나게 파란만장해지리라는 것을 깨닫고서 아찔해졌다.

그런 준페이에게 메릴이 갑자기 이런 말을 했다.

"맞다 준페이, 그거 해봐. 엠브레이싱 러브 스토리."

"왜 또?"

"운명에 간섭해서 여자아이와의 새로운 만남을 불러오는 마법이잖아? 길을 잃은 것 같은데, 그 마법을 쓰면 바로 찾아낼 수 있을지도 몰라 메릴."

"저기, 운명이라는 건 사람 눈에 보이는 게 아니야. 애초에 엠브레이싱 러브 스토리를 써도 그렇게 된다는 보장이 없다고. 딱히 쓰고 싶지도 않고."

"그럼 준페이랑 메릴은 어떻게 만난 거야? 그때, 준페이는 무의식중에 엠브레이싱 러브 스토리를 성공시켰다고, 메릴은 그렇게 생각해 메릴."

반짝반짝 빛나는 보라색 눈동자를 바라보고 있자니, 준페이의 저항심이 사르르 녹아갔다.

메릴한테 휘둘리는 일도 많았지만, 막다른 골목에 몰려 있던 준페이의 운명의 문을 걷어차서 열어준 것도 메릴이었다. 메릴과 만나지 않았다면 소니아와 만나지도 못했을 테고, 카에데를 구해주지도 못했고, 지금도 그냥 낙제생으로서 고개를 푹 숙이고 살아가고 있었을 거다. 마법이 성공했는지 아닌지는 모르겠지만, 그건 틀림없이 운명적인 만남이었다.

"하아…… 알았어. 네가 그렇게까지 말한다면 어쩔 수 없지. 최대한 해볼게."

"그래, 그래."

기뻐하며 고개를 끄덕이는 메릴을 보며 준페이는 씁쓸하게 웃었다.

주위를 슬쩍 둘러봤다. 아직 아침 8시도 안 된 시간이지만, 그래도 사람들이 그럭저럭 지나다니고 있었다. 바로 옆에 있는 건널목 앞에는 빨간 리본을 맨 초등학교 1학년 정도로 보이는 여자아이가 신호가 바뀌기를 기다리고 있었다.

"여기서 쓰기에는 사람들 눈이 신경 쓰이는데……."

"어차피 몰라 메릴."

"그렇겠지?"

불꽃이나 벼락을 불러내는 것도 아니고, 운명에 간섭하는 마법이 있다는 건 상상도 못 할 테니까. 신호가 초록색 불로 바뀌고, 빨간 리본의 여자아이가 건널목을 건너간다. 그리고 준페이가 운명의 열려고 한, 바로 그 순간.

갑자기. 멀리서 콰앙, 하는 벼락이라도 떨어진 것 같은 소리가 났고, 준페이는 "으억!" 소리를 냈다.

"뭐, 뭐야? 난 아직 아무것도 안 했는데! 안 했지?"

"응, 안 했어. 그냥 사고야. 저 차가 교차로에서 다른 차랑 부딪쳤어 메릴."

메릴이 그렇게 말하면서 은색 세단을 손가락으로 가리켰다. 분명히 차 왼쪽 앞부분에 부딪혀서 생긴 것 같은 흔적이 있었다. 하지만, 차는 멈추지 않았다. 교차로에서 다른 차와 부딪쳤으면서도 속도를 전혀 줄이지 않고서 계속 달렸고, 게다가 이쪽으로 다가오고 있었다. 유리창 너머로 무슨 일이 일어난 건지 모르겠다는 표정을 지은 고령 운전자의 모습이 보였다.

"뭐, 뭐야 이거! 이거, 폭주인가!"

차는 굉음을 울리면서 다른 차를 추월하거나 차체를 긁으며 가속을 이어갔다. 브레이크가 망가진 걸까, 아니면 가속 페달이 되돌아가지 않는 걸까. 그 차가 이윽고 눈앞에 있는 건널목으로 들어섰다. 하필이면, 조금 전에 건널목을 건너기 시작한 빨간 리본의 여자아이가 아직 거기에 있었다. 그 아이는 차를 보고 몸이 굳어져 버렸다.

"안 돼!"

준페이는 재빨리 뛰쳐나가 건널목으로 뛰어들었다. 액션 영화 배우처럼, 여자아이를 끌어안고 땅바닥을 굴러서 폭주 자동차를 피하면 좋겠지만, 현실은 그렇게 만만치가 않았다. 아무리 생각해도 차가 먼저 도착할 상황이었다. 하다못해 여자아이만이라도 살릴 수 있다면 좋겠지만, 두 사람 모두 차에 치인다는 최악의 미래가 눈에 훤히 보였고, 준페이는 눈앞이 새카매지는 기분이 들었다.

──젠장, 틀렸다. 도저히 안 돼!

하지만, 정말로 그럴까. 내가 할 수 있는 일은 하나도 없는 걸까. 사느냐 죽느냐의 그 순간, 준페이는 데드 엔드의 운명에 마법을 걸었다. 뭐든 좋으니까, 기적아, 일어나라!

"엠브레이싱 러브 스토리!"

그리고 다음 순간, 자동차가 하늘로 날아올랐다. 아니, 정확히 말하자면 마력으로 구현한 파란 색으로 빛나는 두 개의 손이 차 밑으로 들어가서 들어 올렸고, 준페이와 여자아이의 머리 위를 통과한 뒤에 차를 뒤집어서 천천히, 소리도 나지 않을 정도로 살며시 바닥에 내려놨다.

뒤늦게 여자아이에게 달려간 준페이에게, 아이가 매달렸다. 그런 아이를 무의식적으로 안아주면서도, 준페이는 자신들을 도와준 신기한 손에 눈이 사로잡혀 있었다. 손목 아랫부분만이 구현된 마법의 손.

"저건……!"

준페이는 그 손의 정체를 알고 있다. 하지만 믿을 수가 없다. 이 손을 이 나라에서 볼 수 있을 리가 없다. 그렇게 생각했을 때, 준페이 뒤에 누군가가 서 있었다.

"위험한 차네."

갑자기 들린 목소리에 준페이가 고개를 돌리자 분홍색 머리카락에 파란색 눈동자의 미소녀의 모습이 눈에 들어왔다. 삼색 장갑과 롱부츠, 가슴팍에 커다란 별이 그려진 홀터넥 배틀 레오타드. 화면을 통해서만 봤던 바로 그 슈퍼 히로인이었다.

"엑셀시아……!"

"어머나, 날 알고 있구나. 나도 많이 유명해졌나 보네."

엑셀시아는 그렇게 말하고서 머리카락을 쓸어 올리며 웃었다. 주위에 구경꾼들이 모여들기 시작했다. 그 사람들을 슬쩍 본 엑셀시아에게로 폭주 차량을 살며시 뒤집어서 세워놓은 마법의 손, 즉 코스모 피스트가 돌아왔다.

둥실둥실 떠 있는 마법의 손과 함께, 엑셀시아가 준페이 앞까지 다가왔나 싶더니, 허리를 살짝 숙여서는 준페이한테 매달려 있는 여자아이와 눈을 맞췄다.

"괜찮니?"

그랬더니 여자아이는 이제야 정신이 돌아왔는지, 준페이한테서 떨어져서는 엑셀시아를 향해 몇 번이고, 몇 번이고 고개를 끄덕였다. 그것을 본 엑셀시아가 방긋 웃었다. 하얀 치아가 엿보였다.

"다치지 않아서 다행이네."

"언니가 구해준 거야?"

"그렇지 뭐. 여기서는 웬만하면 눈에 띄고 싶지 않았지만, 그냥 넘어갈 수도 없으니까."

엑셀시아는 그렇게 말한 뒤에 여자아이의 머리를 쓰다듬었고, 그다음에 준페이를 봤다.

"그 상황에서 재빨리 움직일 수 있다니, 대단한데? 하지만 까딱 잘못했으면 당신까지 죽었어. 영웅 행위를 하고 싶다면 거기에 걸맞은 힘을 키우도록 해."

그런 말씀을 하시는 엑셀시아의 등 뒤에, 메릴이 슬며시 다가와 있었다. 엑셀시아는 그런 줄도 모르고 쿨하게 말했다.

"그럼 사람들도 많이 모였으니까, 난 그만 가볼게. 굿바이, 보이."

갑작스러운 작별 인사에 준페이는 당황했다. 왜 이 나라에 있

는지가 궁금하기도 했지만, 그보다도 자신이 엑셀시아를 팬으로
서 좋아한다는 마음을 전해주고 싶었다.

"잠깐 기다려봐 엑셀시아, 난——!"

준페이는 엑셀시아를 향해서 몸을 내밀었다. 그때, 엑셀시아의
등 뒤로 몰래 다가와 있던 메릴이 "하나~ 둘, 에잇!" 하면서 엑셀
시아의 등을 떠밀었다.

"어?"

완전히 허를 찔려서 눈이 휘둥그레진 엑셀시아가 준페이 쪽으
로 쓰러졌다.

"위험해!"

준페이는 재빨리 몸을 움직여서 쓰러지는 엑셀시아를 안아주
려고 했다. 하지만 준페이가 뻗은 손은 하필이면 엑셀시아의 가
슴을 움켜쥐고 말았다. 그리고 엑셀시아의 아름다운 얼굴이 눈앞
까지 다가왔고, 거짓말처럼 두 사람의 입술이 딱 부딪치고 말았
다. 그 모습을 눈앞에서 목격한 여자아이가 이제야 웃으면서 말
했다.

"아~ 뽀뽀한다!"

그렇다, 이것은 키스였다. 지금은 시야 한가득 엑셀시아의 파
란 눈동자만 보이고, 입술에는 부드러운 감촉이 느껴졌다. 엑셀
시아 쪽이 준페이 쪽으로 몸이 기울어 있어서 어떻게 할 방법이
없었다.

그리고 엑셀시아가 준페이의 어깨에 손을 짚고서 몸을 떼더니,

얼굴이 새빨개져서 소리쳤다.

"내, 내 소중한 퍼스트 키스으으으으!"

직후에 주먹이 번쩍하고 날아왔고, 제대로 얻어맞은 준페이는
바닥에 쓰러지고 말았다. 코스모 피스트를 이용해서 공중으로 날
아오른 엑셀시아가 얼굴이 귀까지 새빨개진 채로 준페이를 향해
소리쳤다.

"바보! 엉큼해! 변태! 외설물, 극악무도, 짐승 같은 에로 마법사!"

엑셀시아는 공중에서 몸을 돌리더니, 눈물을 흘리면서 하늘 저
편으로 날아가 버렸다. 그런 엑셀시아를, 빨간 리본의 여자아이
가 손을 흔들면서 배웅했다.

"언니, 바이바이! 고마워!"

준페이는 아스팔트 바닥에 손을 짚고 일어났다. 얻어맞은 뺨이
아파서 눈물이 나올 것만 같았다. 멀어져가는 엑셀시아를 바라보
고 있자니 메릴이 다가와서, 기쁘다는 표정으로 준페이의 어깨를
두드렸다.

"잘됐네! 준페이. 키스도 하고."

"너 때문에 얻어맞았잖아, 바보야! 계속 팬이었습니다, 앞으로
도 열심히 해주세요, 라는 말을 하려고 했는데, 최악의 인상을 줘
버렸다고!"

"그래도 가슴은 만졌으니까 기쁘잖아?"

준페이는 바닥에 주저앉아서 머리를 쥐어뜯었다.

대체 왜 미국에 있어야 할 엑셀시아가 여기 있는 걸까. 폭주 차

량에서 구해준 이 만남은 우연일까, 아니면 엠브레이싱 러브 스토리의 힘일까. 그리고 엑셀시아가 마지막에 『에로 마법사』라고 했는데, 그것도 그냥 우연일까?

"저기 메릴——"

메릴이 데리고 온 두 번째 피해자는 갈색 머리카락에 안경을 쓴 소녀라고 했는데, 엑셀시아가 나타난 것도 메릴과 관계가 있는 걸까?

그러나 준페이가 질문하려고 고개를 들었을 땐 이미 메릴의 모습은 온데간데없었다. 그 대신에 빨간 리본 여자아이가 말했다.

"어라?"

"그 언니, 어디로 갔는데?"

"뭣……."

준페이는 곤혹스러워하면서도 주위를 둘러봤지만, 메릴은 보이지 않았다. 그 대신에 구경꾼들이 휴대용 디바이스로 사고 현장 사진을 찍어대고 있는 모습이 눈에 들어왔다. 엑셀시아가 뒤집어놓은 차에는 사람들이 몇 명인가 달려가서 창문으로 운전자 노인을 구출하고 있었다. 저 차가 교차로에서 다른 차와 부딪쳤기 때문에 전체적으로 소란스러웠다.

"아, 이거 경찰도 오겠다……."

준페이는 그렇게 투덜대고는 여자아이의 손을 잡고서 일단 인도로 피난했다.

경찰의 현장 검증과 준페이의 자초지종 설명이 끝난 건 그로부터 거의 한 시간이 지난 뒤였다. 사고를 막은 것은 엑셀시아고 준페이는 그 자리에 있었을 뿐이지만, 경찰이 연락처 등을 물어보기에 대답해주었다.

이미 인터넷의 SNS나 유니튜브에는 현장 사진과 영상이 올라와 있었고, 엑셀시아가 일본에 나타났다는 소식으로 전 세계가 시끄러웠다. 하지만 다행히, 준페이와 엑셀시아가 우연히 키스한 장면이 찍힌 사진은 없었다.

그 빨간 리본 여자아이는 어머니가 직접 데리러 왔다.

혼자서 터덜터덜 걸음을 옮기기 시작했을 때, 불쑥 메릴이 돌아왔다.

"준페이!"

"메릴! 너 어디 갔었어? 어디 갈 거면 하다못해 말이라도——"

"파우더 룸에서 바니 슈트로 갈아입고, 인터넷 세계에 올라온 사진이나 동영상 속에서 준페이가 찍힌 걸 전부 지우고 있었어. 개인의 휴대용 디바이스 안에 있는 데이터도 전부 지웠으니까, 안심해도 돼!"

그 말을 들은 준페이는 눈이 휘둥그레졌다. 자신과 엑셀시아가 키스하는 장면이 찍힌 영상을 인터넷에서 찾아볼 수 없었던 건 우연이나 행운이 아니라, 메릴이 열심히 지웠기 때문이었다.

"바니 슈트는 전파 해킹 마법을 쓰는 게 아니었나?"

"정확히는 온갖 전파나 네트워크를 통해서 내용물을 전부 메릴

마음대로 할 수 있는, 메릴의 스페셜한 마법이야 메릴."

"은근슬쩍 위험한 소리를 했는데……."

마법 학교에 몰래 들어온 것, 전파를 해킹했던 것, 공간 전이 마법으로 밀입국한 것 등등, 메릴은 나쁜 사람은 아니지만, 준법 정신이 전혀 존재하지 않았다.

"저기 메릴. 일단 혹시나 해서 물어보는 건데 말이야, 넌 법을 지킬 생각이 있어?"

"없는데? 그런 자잘한 걸 일일이 다 지키다간 정작 급할 때 재빨리 움직일 수가 없잖아! 그리고 어차피 법률을 안 지켜도 메릴은 나쁜 짓 안 하니까 괜찮아!"

"법률을 어기는 자체가 나쁜 짓이라는 인식은 없구나……."

준페이는 한쪽 손으로 얼굴을 가리면서 신음했다. 그래, 이미 알고 있던 일이다. 처음 만났던 날부터 메릴은 자기만의 룰에 따라서 움직였다. 그리고 준페이는 그런 메릴의 눈에 들고 말았다.

"……뭐, 적당히 해."

준페이가 한 말뜻을 이해하지 못한 건지, 메릴은 이상하다는 것처럼 고개를 갸웃거렸다. 그때 어흠, 하고 헛기침 소리가 들려왔다.

준페이가 고개를 돌리니 갈색 머리카락에 안경을 쓴 미소녀가 눈에 들어왔다. 푸른 눈동자에 키는 160cm 중반 정도려나. 셔츠에 청바지 차림이었는데, 몸의 볼륨이 좋았다. 가슴도 상당히 탄력이 있어 보였다.

"누, 누구……?"

"아, 그렇지. 얘가 걔야. 아까 겨우 찾아내서 합류했거든. 갑자기 준페이랑 만나는 게 창피하다고 해서, 숨어서 상황을 지켜보고 있었다나. 그렇지, 에이미?"

메릴의 말에 가볍게 맞장구를 친 안경 쓴 소녀는 자기 몸을 지키려는 것처럼 풍만한 가슴 앞에다 팔짱을 끼고는 날카로운 시선으로 준페이를 봤다.

"처음 뵙겠습니다, 에이미 맥퀸이야. 열여섯 살이고 미국인. 아, 번역 마법이 걸린 액세서리를 착용하고 있으니까, 말은 통하고 있지? 당신에 대해서는 메릴 씨한테서 대충 들었어. 나한테 카에데와 똑같은 각인이 새겨져 있다는 건 이미 들었지? 잘 부탁해, 변태에 에로한데다 엉큼하고 외설적인 에로 마법사!"

"이치노세 준페이야. 처음 만난 사이에 말이 너무 심한 것 같은데 말이야…… 그리고 에로가 두 번 들어갔어."

"실제로도 에로에로하잖아? 이미 연인이 두 명이나 있으면서, 더 늘리려 한다고 들었는데?"

"아니, 그건 메릴이 멋대로……."

준페이가 변명하려던 그때.

"하나, 둘, 에잇!"

메릴이 갑자기 준페이의 등을 떠밀었다. 어느새 준페이의 입술이 에이미의 입술과 맞닿아 있었다. 그러나 준페이의 머릿속을 채운 건 놀라움도, 기쁨도, 감동도 아니었다.

──어라? 이 감촉은…….

조금 전에도 맛봤던 키스라고 생각했을 때, 에이미가 준페이를 밀치고는 얼굴이 새빨개져서 소리쳤다.

"내 세컨드 키스ㅇㅇㅇㅇㅇㅇㅇㅇㅇ!"

다음 순간, 혼신의 보디 블로가 작렬했고, 준페이는 그 자리에서 뒤로 자빠졌다. 거꾸로 뒤집힌 시야 속에서 에이미가 어딘가로 달려가고 있는 모습을 보고 있는데, 메릴이 준페이의 머리 있는 곳으로 다가와서 웅크리고 앉았다.

"준페이, 괜찮아?"

"하나도 안 괜찮아. 엄청난 펀치잖아. 엄청나게 아파. 크윽, 이게 다, 너 때문이야……."

"둘을 커플로 만드는 게 메릴의 목적이니까, 이 방법이 제일 간단할 것 같아서……."

메릴이 그렇게 말하면서 준페이를 일으켜줬다. 준페이가 쉽게 일어나지 못하고 있는데, 뛰어서 이 근처를 한 바퀴 돌고 온 것 같은 에이미가 저쪽에서 다가왔다.

일어난 준페이에게, 멈춰선 에이미가 고개를 살짝 숙이고서 말했다.

"바보, 엉큼이, 변태. 대체, 어떻게 책임질 거야……."

"미, 미안해……."

조금 전까지의 드센 태도에서 180도 달라진, 당장이라도 울음을 터트릴 것 같은 목소리에 준페이는 메릴 탓을 하던 걸 그만두고 진심으로 사과했다. 그리고는 동쪽 하늘의 태양을 흘끗 보고, 조심조심 물었다.

"저기, 그러니까…… 일단 날도 더우니까, 어디 가게로 들어갈까? 내가 살게."

그 말을 들은 에이미는 고개를 끄덕였다.

한여름의 더위를 피해 냉방이 잘 나오는 카페에 들어간 준페이 일행은 죽다 살아난 기분을 맛보면서 안쪽 자리에 가서 앉았다. 4인용 자리에서 준페이 앞쪽에 에이미, 에이미 왼쪽에 메릴이 앉았다. 세 명이 전부 음료를 주문하자, 준페이는 메릴을 보면서 말했다.

"메릴, 잠깐 얘기 좀 정리하자. 네 목적은 반지를 찾아서 파괴하는 거고, 카에데 선배 같은 일을 막기 위해 나머지 아홉 명이 어떤 상태인지 확인하려는 중이야. 어쩌면 카에데 선배처럼 그 사람들 주위에도 반지가 있을지도 모르니까. 그러다가 뉴욕에서 에이미를 만났고. 여기까지는 맞지?"

"응, 그래서 이런저런 얘기를 했어. 준페이에 대해, 에로 마법에 대해, 메릴이랑 카에데에 대해, 에이미에 대해…… 반지로 조종당한 적은 없는 것 같지만, 준페이의 색시로 만들어야겠다 싶어서 데리고 왔어!"

준페이는 그 말을 듣고 테이블 위에 엎어질 뻔했다. 에이미도 얼굴이 새빨개져서 말했다.

"자, 잠깐! 나는 그런 생각으로 온 게 아니야! 마침 일본에 가야 할 일이 생겼고, 그걸 메릴 씨가 도와주는 조건으로 당신과 만나겠다고 했을 뿐이라고……! 분명히 말하는데, 나도 여러모로 바빠. 일부러 내가 해야 할 일을 카에데에게 맡겨가면서까지 여기에 왔다고."

"카에데 선배한테?"

그러자 옆에 있던 메릴이 대답했다.

"응, 그러니까 말이야, 사실 에이미는 뉴욕에서 어떤 활동을 하고 있었는데, 사정이 있어서 여기에 와야만 했거든. 그래서 카에데한테 대신해달라고 부탁했어. 카에데는 아직 속죄를 못 해서 준페이를 만날 수 없다고 했으니까, 마침 잘 됐다 싶었지!"

"그렇구나…… 그래서, 메릴의 마법으로 일본에 왔고, 갑자기 길을 잃었다는 거야?"

준페이가 에이미를 보면서 묻자, 에이미는 살짝 어깨를 으쓱거리고서 말했다.

"길을 잃은 게 아니라 숨어 있었어. 메릴 씨가 당신을 내 연인으로 만들려고 하는데, 솔직히 말해서 어떤 사람인지 궁금하지 않겠어? 그래서 잠시 숨어서 상황을 살피려고 했지. 그랬는데 갑자기 사고가 일어나서……."

"엑셀시아가 나타나 도와줬지."

그렇게 마무리를 지은 준페이는 더 이상 참을 수가 없어서 결국 질문을 던지고 말았다.

"저기, 에이미. 혹시 네가 엑셀시아야?"

그러자 에이미의 얼굴이 노골적으로 굳었다. 안경 너머에서 날카로운 시선이 날아왔다. 그녀의 눈동자 색 또한 엑셀시아와 똑같은 스카이 블루. 얼굴도 놀랄 만큼 닮았다.

"……뭐라고?"

"솔직히 많이 닮았거든. 얼굴도, 목소리도, 입술 감촉도……."

그랬더니 에이미의 얼굴이 불이라도 난 것처럼 확, 하고 새빨개졌다.

"이, 이 변태!"

"아니, 그게……. 혹시 괜찮다면 안경 좀 벗어줄 수 있어?"

"죽어도 싫어!"

에이미는 두 손으로 안경다리를 꼭 누르면서, 이렇게 말했다.

"애초에 엑셀시아는 머리카락이 분홍색이잖아. 난 갈색이고!"

"그건 변명으로도 못 쓰지. 마법사 중에는 마법사라는 걸 감추기 위해서 마법이나 마도구로 머리카락 색을 바꾸는 사람이 있다는 건 나도 알아."

준페이가 강하게 말하자 에이미의 눈빛도 더욱 날카로워졌다. 물을 꿀꺽꿀꺽 마시면서 두 사람의 모습을 지켜보고 있던 메릴이 약간 이상하다는 것처럼 물었다.

"저기 에이미, 아까부터 왜 그렇게 화만 내고 있어?"

"처음 만나자마자 갑자기 입술을 빼앗겼는데 어떻게 실실 웃을 수가 있겠어? 아아, 진짜, 창피해 죽겠네……."

귀까지 새빨개져서 두 손으로 얼굴을 가린 에이미 앞에서, 준페이는 엄청나게 당황했다. 울음이라도 터트리는 게 아닌가 싶었기 때문이다.

"자, 잠깐! 그건 전부 메릴 때문에……!"

그랬더니 변명은 듣지 않겠다는 것처럼 에이미가 세차게 고개를 들었다. 눈물 자국은 없었다. 대신 안경 렌즈 너머에 있는 파란 눈동자가 강하게 빛나고 있었다.

"보나 마나 주특기인 에로 마법으로 그렇게 만든 거지!"

"뭐?! 아냐, 그건…….."

준페이는 말문이 막혔다. 엠브레이싱 러브 스토리를 쓴 덕분에 사고 직전에 운명이 달라졌고, 결과적으로 지금 같은 상황이 됐다. 그렇다면 두 번의 키스는 에로 마법 때문이라고 할 수 있지 않을까? 준페이가 그 가능성을 진지하게 생각하고 있었더니 에이미의 눈이 휘둥그레졌다.

"아~! 역시 그랬구나!"

"아, 아니야!"

아닐지도 모르지만, 일단 아니라고 주장하고, 준페이는 급하게 화제를 바꿨다.

"그것보다 다른 이야기를 좀 하자."

거의 억지로 그렇게 말했을 때 주문한 음료가 나왔고, 준페이는 살았다는 기분으로 아이스 커피를 한 모금 마셨다.

"뭐…… 엑셀시아 얘기는 이제 됐어. 저스위즈는 정체를 숨기는 법이니까, 억지로 알아내고 싶지는 않아. 그보다 여기는 무슨 이유로 온 거야? 볼일이 있다고 했었는데……."

그랬더니 에이미가 레몬 스카시를 마시던 빨대에서 입을 떼고서 말했다.

"사람을 찾으러. 도저히 그냥 둘 수 없는 놈이 있거든. 그놈이 일본에 있다고 해서 쫓아온 거야."

"그래? 어떤 사람인데?"

"우리 아빠랑 엄마를 죽인 남자."

갑자기 튀어나온 무거운 이야기에 준페이는 자기도 모르게 몸이 얼어붙었다. 무슨 말을 해야 좋을지 몰라서 잠시 에이미와 서로 마주보기만 하다가 겨우 소리를 내서 말했다.

"그건, 복수하러 왔다는 이야기야?"

"글쎄……. 그게 옳은 행동은 아니겠지. 그건 나도 알고 있어. 하지만 그놈 얼굴을 볼 때마다, 그놈 이름을 들을 때마다 내 피가 거꾸로 치솟아."

준페이는 에이미한테서 엄청난 박력을 느끼고 깜짝 놀랐다. 기백이 불꽃이 돼서 뿜어져 나온 것만 같았다.

"……그게 어떤 놈인데?"

"개릭. 마법으로 범죄를 저지르고 다니는 녀석이야."

"개, 개릭이라고?! 나 알아! 미국의 유명한 범죄 마법사(크리미널 위저드)잖아! 엑셀시아나 미국의 저스위즈들마저 당해내기 힘들다고 하는……. 예전에 저스위즈 그랑디아를 죽인 그놈이잖아."

그 순간, 에이미의 눈동자에서 뿜어져 나온 냉기가 준페이를 찔렀다. 준페이는 그 너무나 날카로운 눈빛 때문에 자기도 모르게 얼굴을 찌푸렸는데, 그래도 입은 멈추지 않았다.

"그러고 보니까, 그랑디아와 엑셀시아는 똑같이 코스모 피스트라는 마법을 사용하니까 실은 가족이 아닐까 하는 설이 있기는 한데……."

"그래서?"

"아, 미안해. 아무것도 아냐. 그래서, 그놈이 여기에 와 있다고?"

"그렇다고 들었어. 하지만 나 혼자서는 찾을 수가 없거든. 그래서……."

에이미는 거기서 말을 멈추고 메릴 쪽을 봤다. 그러자 메릴이 방긋 웃으면서 말했다.

"메릴한테 맡겨! 반드시 찾아내 줄게. 하지만 그 대신에, 에이미는?"

"이 사람하고 같이 지내면 되는 거지?"

에이미는 포기했다는 것처럼 한숨을 쉬더니, 안경 렌즈 너머에 있는 눈으로 준페이를 봤다.

"그렇게 된 거야. 메릴 씨는 너랑 내가 사이좋게 지내기를 바라는 것 같아."

"아냐, 네가 싫다면 내가——"

내가 메릴과 이야기해 보겠다. 준페이는 그렇게 말하려고 했지만, 에이미는 고개를 저었다.

"딱히 싫은 건 아니야. 그렇게 말하자면 너야말로 어떤데? 갑자기 내 일에 말려들어서 귀찮지는 않고?"

"아냐, 난 그런 생각 안 해. 사정이 사정이니까, 내가 할 수 있는 일이 있다면 도와줄게."

"자, 그럼 결정이야 메릴."

메릴은 만족했다는 것처럼 웃으면서 핫 밀크를 단숨에 마셔버렸고, 손등으로 입가를 닦으면서 자리에서 일어났다.

"그럼 메릴은 개릭 아저씨를 찾으러 갈 테니까, 준페이는 사이 좋게 지내고 있어. 그럼, 바이바이~!"

"어?! 야, 잠깐만! 너랑 연락하고 싶을 때는 어떻게 해야——!"

준페이가 그렇게 물었지만, 메릴은 이미 가게 밖으로 뛰쳐나간 뒤였다. 질려버릴 정도로 행동이 빠르다. 준페이가 멍하니 있자니 에이미가 의자에 몸을 기대면서 씁쓸하게 웃었다.

"그쪽이나 나나, 저 사람한테는 휘둘리기만 하는 것 같네."

"저 녀석이 하는 짓은 항상 엉망진창이거든. 마치 브레이크가 없는 자동차 같아."

그 농담에 에이미가 후훗 하고 웃었지만, 바로 진지한 표정을 짓고는 준페이를 똑바로 바라봤다.

"그래서…… 음, 준페이라고 불러도 돼?"

"응, 괜찮아. 나도 에이미라고 부르고 있으니까."

그랬더니 에이미는 하얀 치아를 드러내고서 기쁘다는 것처럼 웃었다.

"오케이. 그럼 준페이, 잠깐 가만히 있어 줄래?"

당혹스러워하면서도 고개를 끄덕이고, 의자에 앉은 차로 가만히 있는 준페이가 보는 앞에서, 에이미는 자리에서 일어나 테이블 위로 몸을 내밀고 팔을 뻗더니, 준페이의 이마에 손을 댔다. 그리고 중지로 두 번, 준페이의 이마를 때리고는 웃었다. 준페이는 깜짝 놀라서 눈이 휘둥그레졌다.

"뭐야 이거…… 딱밤?"

"그래. 아까의 보복."

"보복이라니, 혹시 키스 얘기야?"

"내 입술을 훔친 건 이걸로 용서해주겠어. 그거 다 마시면 나가자. 기왕에 왔으니까 도쿄 구경이라도 시켜줘."

"그건 좋은데, 그 사람을 찾는 걸 메릴한테 다 맡겨버려도 되는 거야? 크리미널 위저드가 일본에 있다면, 먼저 경찰에 연락해야 할 것 같은데."

"아니, 그건 안 돼. 개릭은 정말 특수한 마법사라서 말이야, 분노나 증오, 적개심이나 모멸 같은 부정적인 감정을 보이면, 그걸 이용해서 자기 마력과 신체 능력을 강화할 수 있어. 미워할수록 강해지는 마법사라는 얘기지."

"미, 미워할수록 강해진다고? 그런 건 들어본 적도 없는데."

"그렇겠지. 이 세상에 단 한 사람, 그 사람만이 쓰는 이단의 마법이니까. 10년 전에 마스터 트릭시의 피험자로 선택됐던 우리 열 명은 하나같이 규격을 벗어난 데다 예외적인 마법사였는데,

개릭도 마찬가지였어. 그 사람이 여성이었다면 틀림없이 트릭시의 손길이 닿았을 테지. 나는 그 녀석의 힘을 『이 세상의 악을 관장하는 마법』이라고 생각해."

"이 세상의 악이라니……."

준페이는 말이 나오질 않았다. 그런 마법사가 있다니, 믿을 수가 없었다. 하지만 에이미는 레몬 스카시를 한 모금 마신 뒤에, 더 무시무시한 사실을 밝혔다.

"예를 들어서 그 사람한테 원한이 없는 사람이라도, 싸우다가 다치면 화가 나겠지? 그러면 바로 끝장이야. 다른 사람이 증오를 품은 시점에서 강해지거든. 많은 적에게 포위당해서 사면초가에 처하게 되면 보통은 절체절명이라고 생각하겠지만, 개릭의 경우에는 반대로 더욱 강해져. 그래서 경찰에 알리면 도리어 불리해지지. 가능한 적은 수로 싸우는 수밖에 없어."

그렇다면 그건 보통 마법사가 아니다. 그 정도로 악명을 떨치면서도 이제껏 체포당하지 않고 살아남은 건 그런 특성 때문인가.

준페이가 굳어 있자니 에이미는 얼굴을 풀어서 미소를 지어 보였다.

"뭐, 안심해. 개릭은 내가 쓰러트릴 테니까."

"그래……."

대답은 그렇게 했지만, 마음속에는 불안이 가득했다.

──타인이 분노와 증오를 품을수록 강해진다고? 그렇다면 그건 너의 천적이라는 뜻이잖아, 에이미.

부모님 원수를 눈앞에 두고서 화를 내지도, 미워하지도 않으면서 싸울 수 있는 사람은 이 세상에 없을 것이다. 그리고 무엇보다, 그런 개릭을 손수 쓰러트리겠다고 말하는 이 소녀의 정체는 대체 뭐란 말인가.

준페이는 자기가 물어보고 싶은 내용은 전부 미뤄두고, 테이블 위에 있던 메뉴판을 집어 들었다.

"에이미, 조금 이르지만, 점심을 먹자."

"뭐?"

"단서도 없이 고민해보아야 의미도 없으니까. 일단 먹을 수 있을 때 먹어두자고. 내가 살게."

"어머나, 괜찮겠어?"

"물론이지."

여자애한테 밥 한 끼 사주는 정도야 대단한 일도 아니다. 그렇게 생각하고 고개를 끄덕였지만, 30분 뒤에, 준페이는 에이미의 무시무시한 식욕을 보고서 비명을 질렀다.

에이미가 배를 채우고 만족스러운 얼굴로 가게에서 나왔을 때, 준페이는 참담한 표정을 짓고 있었다.

"'정말 잘 먹네. 그렇게 잘 먹는 여자는 처음 봤어'라는 얼굴인데?"

"멋대로 사람의 속내를 읽지 말라고……."

고개를 푹 숙인 준페이 옆에서, 에이미가 활짝 웃어 보였다.

"내가 말이야, 이상하게 금세 배가 고프거든. 트레이닝이 취미라서 살이 찌지는 않지만. 아무래도 연비가 나쁜 게 아닐까?"

에이미는 신이 난다는 발걸음으로 걸어가다가, 준페이가 따라오지 않는다는 걸 알고는 뒤를 돌아보면서 팔을 크게 흔들었다.

"뭐 해 준페이. 나한테 도쿄 구경시켜준다고 했잖아?"

"그, 그래……."

준페이는 간신히 마음을 다잡고, 에이미를 데리고 도쿄 관광에 나섰다.

시간이 두 사람 사이의 벽을 허물어줬다. 관광하는 중에 뭔가 특별한 일이 있었던 건 아니지만, 마음을 열어주기만 하면 자연스럽게 신체 접속이 익숙해지는 법이다.

그렇게 저녁 5시가 넘었을 때, 준페이와 에이미는 마법 학교 근처까지 와 있었다. 준페이가 사는 동네를 보고 싶다는 에이미의 요청에 따른 결과였다.

에이미는 이리저리 둘러보며 흥분해서 말했다.

"일본에 오는 건 이번으로 두 번째이지만, 10년 전에 트릭시와 왔을 때는 관광이 아니었으니까 말이지. 모든 게 다 신선해. 그래서, 너희 집은 어디야?"

"집이라고 할까, 난 학생 기숙사에서 살고 있어. 거기라도 괜찮다면 안내해줄게."

준페이는 그렇게 말하며 기숙사 쪽으로 걸어가기 시작했다. 곧 저 멀리 진회색 외벽의 타워 맨션이 보이기 시작했다.

"저기가 학생 기숙사야. 일본에는 마법 학교가 총 일곱 개가 있는데, 마법사는 만 18세까지는 의무적으로 마법 학교에 다녀야 해. 그래서 집이 먼 사람은 대부분 기숙사에 들어가."

"그래? 그럼 준페이도 집이 멀어?"

"나는 멀다고 하기보다는……."

준페이는 말을 흐렸지만, 마음의 문을 열기 위해서 사실대로 말하기로 했다.

"태어난 데는 도쿄가 아니야. 부모님이 이혼했고, 난 어머니를 따라서 도쿄로 왔어. 그 뒤에 어머니가 이쪽에서 재혼했는데, 뭐랄까, 지금 어머니네 집은 있기가 불편해서."

"음, 말 안 해도 알 거 같네. 그나저나, 마법 학교가 의무라니, 일본의 학생들은 참 힘들겠네."

"어, 미국은 안 그래?"

"응. 미국에서도 마법사는 대부분 마법 학교에 다니지만, 세계 마법 연맹(스타링 실버)이 인정한 마법사의 감독 아래 있는 아이는 마법 학교에 다니지 않아도 돼. 나도 평소에는 평범한 학교에 다니고 있어. 주위에는 내가 마법사라는 걸 비밀로 하고서."

"미국에서는 그래도 되는구나……."

나라가 다르면 제도도 다른 법이다. 일본에서는 당연한 의무가 미국에는 없다는 것을 알고, 준페이는 놀라기도 하고 부럽기도

했다. 만약 미국에 태어났다면, 소니아와 같이 런던으로 가게 됐다면, 또는 계속 이 나라에 있으면, 자신의 인생은 과연 어떻게 됐을까.

"저기, 기숙사 입구에 누가 있는데. 엄청 무시무시한 눈으로 우릴 노려보고 있어."

그 목소리를 듣고 정신을 차린 준페이는 무슨 소리인가 궁금해하면서 기숙사 입구 쪽을 봤다. 그랬더니 소니아가 떡 버티고 서서 이쪽을 보고 있었다. 그야말로 불이라도 내뿜을 것 같은 시선으로.

"아차……."

준페이가 그런 신음을 내면서 멈춰 섰더니 이번에는 소니아 쪽에서 빠르게, 발소리를 크게 울리면서 다가왔다.

"안녕하신가요, 준페이 씨."

"응. 콘도 선생님 치료는 어떻게 됐어? 더 오래 걸릴 줄 알았는데……."

"그럴 예정이었는데, 점심때 혼자서 쓸쓸하게 밥을 먹고 있었더니 갑자기 메릴 씨가 찾아왔어요. 에이미 양에 대해, 개릭에 대해, 이야기는 다 들었어요."

"으, 응. 그렇구나. 메릴 녀석, 너한테 설명하러 갔나 보네……."

덕분에 소니아에게 설명할 수고가 줄기는 했지만, 소니아의 심기가 불편해 보이는 게 마음에 걸렸다. 그리고 역시나, 소니아는 벼락을 머금은 것 같은 목소리로 말했다.

"예. 준페이 씨가 에이미 양이라는 여성과 같이 있다고 생각하니 마음이 제 마음 같지 않아서, 도저히 치료에 집중할 수가 없었어요. 그래서 중단하기로 했죠."

"그, 그렇구나. 현명한 판단이네……."

그렇게 칭찬한 준페이를 슬쩍 보고, 소니아는 드디어 본론으로 들어가겠다는 것처럼 험악한 눈으로 에이미를 쳐다봤다. 그런 소니아에게 에이미는 우호적으로 웃는 표정을 지으면서 악수를 하자고 손을 내밀었다.

"Hi~ 네가 소니아구나. 메릴한테 얘기 들었어. 난 에이미, 잘 부탁해."

"……잘 부탁합니다, 에이미 양."

소니아는 어색하게나마 그렇게 말하며 에이미가 내민 손을 잡았다. 어쨌거나 악수는 우호의 상징이다. 준페이는 가슴을 쓸어내리고는 슬쩍 주위를 둘러봤다.

"그런데 메릴은……?"

"메릴 씨는 이야기가 끝나자마자 개릭이라는 못된 자를 찾겠다면서 떠나갔어요. 굳이 찾지 않아도 언젠가 또 불쑥 나타나겠죠."

그 말을 듣고, 에이미의 얼굴에 안도한 미소가 드리웠다.

"다행이다. 일은 제대로 하고 있나 보네."

"그 일의 대가가 준페이 씨와 사이좋게 지내는 건가요?"

소니아가 그렇게 묻자 에이미는 어깨를 살짝 으쓱거려 보이고는 손가락으로 학생 기숙사를 가리켰다.

"얘기가 길어질 것 같은데, 장소를 옮기는 게 어때?"

그렇게 해서 세 사람은 준페이의 방에 모였다. 준페이는 주방에서 차를 준비했고, 소니아와 에이미는 좌식 탁자를 사이에 두고 마주 앉아서 이야기를 나누기 시작했다.

"……과연, 메릴 씨가 개릭인가 하는 크리미널 위저드를 찾아내면 단독으로 싸움에 임할 생각이군요. 목적은 복수인가요?"

묻기 어려운 질문인데도 소니아는 망설임 없이 파고들었다. 준페이는 그 담력에 조마조마하면서도 소니아와 에이미 앞에 찻잔을 놓고, 자신도 러그 위에 양반다리를 하고 앉았다. 준페이를 기준으로 오른쪽이 소니아, 왼쪽이 에이미였다.

"복수 따위, 무슨 의미가 있을까."

말은 그렇게 했지만, 그건 복수를 부정한다는 의미는 아니었다. 하지만 에이미는 할 말을 다 했는지 준페이가 준 차를 마실 뿐, 더 입을 열지 않았다. 그러자 소니아가 눈꼬리를 치켜세우고서 말했다.

"당신의 처지는 동정해요. 응원도 하고요. 정말 개릭이 증오를 자신의 힘으로 바꿔버리는 무시무시한 마법사라면 당신 말대로 여러 사람이 덤비는 건 좋은 방법이 아니겠죠. 하지만 미국의 저 스위즈조차도 당해내지 못한 범죄자를 상대로 혼자서 싸우겠다니, 너무 오만한 건 아닌가요?"

"……시끄러워. 난 이길 거야."

안경 렌즈 너머로 소니아를 노려보는 에이미의 눈동자에는 엄청난 기백이 담겨 있었다. 준페이는 두 사람이 심하게 말다툼하는 게 아닌가 싶어서 조마조마했다. 그리고 소니아는 날카롭게 숨을 들이쉬었지만, 반박하는 말 대신에 천천히, 길게 숨을 내쉬었다.

"……뭐, 좋아요. 개릭에 대한 대처는 메릴 씨가 돌아온 뒤에 다시 생각하도록 하죠. 저로서도 마법을 범죄에 이용하는 크리미널 위저드는 용서할 수 없어요. 제가 할 수 있는 일이라면 뭐든지 하겠습니다. 하지만 지금, 제가 문제로 삼고 싶은 것은, 메릴 씨가 개릭을 찾아주는 대신에 당신에게 제시한 조건이에요!"

거기서 소니아의 시선이 준페이에게 향했다.

"준페이 씨. 제가 콘도 선생님을 치료하느라 땀을 흘리는 동안, 당신은 메릴 씨의 일부다처제 계획에 넘어가서 에이미 양과 데이트를 즐기고 있었던 거죠?"

"아니. 그냥 관광 안내를 했을 뿐인데?"

"그런 걸 데이트라고 하는 거예요!"

소니가 그렇게 소리치자 에이미가 당황해서 변명했다.

"자, 잠깐만! 나는 딱히 그런 게……! 그냥 같이 행동했을 뿐인데……."

"저는 그런 행동 자체를 용서할 수가 없어요."

그건 조금 지나친 발언이 아닐까? 준페이는 그렇게 생각했다.

결국 에이미도 화가 났는지 눈빛과 말투가 공격적으로 변해 갔다.

"그럼 뭔데? 준페이랑 같이 있으려면 너한테 허가를 받아야 한다는 거야? 난 메릴 씨의 협력이 필요하고, 메릴 씨는 그 조건으로 준페이랑 같이 있으라고 했어. 그게 다야. 당신이 참견할 일이 아니라고. 그렇게 이 남자가 좋으면 목줄이라도 채워서 끌고 다니지?"

준페이가 움찔해서는 자기도 모르게 목을 만져보고 있자니 소니아는 볼이 빨개져서 고개를 홱 돌렸다.

"아뇨, 저는 딱히, 준페이 씨를 좋아해서 그러는 게 아니라……."

"뭐어? 지금 농담해? 자기감정도 확실하게 정하지 않았으면서 그런 말을 한 거야?"

에이미의 화가 끓어오르는 걸 느끼고, 준페이가 급하게 끼어들었다.

"그만, 그만, 너무 뜨거워지지 말라고."

"그렇지만 준페이!"

"난 기다리기로 정했어. 그러니까 괜찮아."

"기다리겠다고?"

에이미가 미간을 찌푸리며 그렇게 물었지만, 곧 말뜻을 이해했는지 점차 표정을 풀었다. 그리고는 곧 안경 너머로 보이는 그녀의 눈동자에 장난기가 돌기 시작했다.

"……호오, 그렇게나 아끼고 있구나~."

말 그대로였지만, 차마 부끄러워서 수긍하지는 못했다. 에이미는 웃음기가 담긴 목소리로 말했다.

"오케이, 두 사람의 관계는 내가 뭐라고 할 일이 아니었어. 하지만."

거기서, 에이미가 도전적인 눈으로 소니아를 노려봤다.

"——난 내 목적을 위해서 준페이랑 같이 행동할 거야. 그쪽이 뭐라고 하건 말이지. 그게 싫다면, '난 그 사람을 사랑하니까 그 사람한테서 떨어져'라고 말해봐."

"사, 사랑? 크으윽⋯⋯."

소니아는 얼굴이 빨개지더니 이까지 갈기 시작했다. 지금까지 소니아와 에로 마법 특훈을 하면서 아슬아슬한 일들도 이래저래 많았지만, 마지막까지도 용사의 사명이라는 명분만은 계속 유지해왔다. 그것이 소니아의 소녀다운 부분이고, 그걸 알기에 준페이도 굳이 기다려왔지만, 에이미는 그걸 이해할 수 없는지 눈살을 찌푸렸다.

"왜 굳어 있어? 겨우 그 한마디를 못 하는 거야?"

그랬더니 소니아는 준페이를 슬쩍 본 뒤에, 눈을 다른 쪽으로 돌리고 입을 삐죽 내밀었다.

"그, 그야⋯⋯ 사랑한다고 인정해버리면, 선을 넘어버릴 테니까⋯⋯."

"⋯⋯어?! 아니, 잠깐!"

깜짝 놀라서 소리를 지른 에이미가 네발로 기어서 소니아 옆으로 다가가더니 소곤거리는 목소리로 이야기를 시작했다.

"갑자기 그렇게까지 깊이 생각할 필요는 없지 않아?!"

"하지만 에로 마법이……."

그런 대화가 전혀 들리지 않는다면 차라리 좋았을 텐데 애매하게 귀에 들려왔다. 그래서 준페이는 어떻게든 마음을 달래보려고 차가운 차를 마셨다.

마침내 에이미가 원래 자리로 돌아오자, 소니아는 마음이 진정됐다는 것처럼 말했다.

"……좋아요, 에이미 양. 지금은 제가 양보하겠어요. 하지만 조건이 하나 있어요. 제가 선생님께 회복 마법을 걸어드리기 위해서 내일도 종일 자리를 비워야 해요. 그러니까 그동안에 당신이 저 대신에 준페이 씨와 에로 마법 특훈을 해주세요."

"뭐, 뭐라고! 자, 잠깐만! 에로 마법이라면 야한 일만 일어나는 마법이잖아! 싫어!"

그 격렬한 거절을 보고 소니아는 기다리고 있었다는 것처럼 빙긋 웃었다.

"어머나, 그런가요. 준페이 씨는 당신을 위해서 자기 수행 시간까지 희생하고 있는데, 당신은 준페이 씨의 성장을 위해서 그 정도도 못 하겠다니, 불공평하군요. 그런 건, 준페이 씨의 마법 스승으로서 도저히 인정할 수가 없군요. 그럼——"

"잠깐, 소니아."

뭔가 안 좋은 느낌이 든 준페이가 끼어들려던 순간.

"……오케이. 그런 얘기라면 알았어."

에이미의 말을 들은 준페이는 깜짝 놀랐고, 소니아도 눈이 휘둥그레졌다.

"지금…… 뭐라고 하셨나요?"

"준페이랑 에로 마법 특훈을 하면 되는 거잖아. 좋아, 할게, 얼마든지 해줄게."

"저, 정말로 괜찮겠어요? 에로 마법인데요? 야한 일만 일어나는 마법이라고요. 이런 짓에 저런 짓까지 전부 당할 수도 있는데요?"

"그렇겠지. 그런데 소니아 양. 당신 말이야, 내가 준페이한테 엄청나게 야한 짓을 해도 되겠어?"

"예? 아, 아니, 그건 안 돼요! 그런 파렴치한……."

거기까지 말한 소니아는 깜짝 놀라서 손으로 자기 입을 막았다. 한편, 에이미는 이겼다는 것처럼 하얀 치아를 드러내고서 웃고 있다.

"그렇겠지~. 그런 건 싫겠지~. 그럼 에로 마법 중에서도 비교적 가볍고 건전한 걸 골라줄 거지, 소니아 양?"

소니아는 아무 대답도 내놓지 못했다. 에이미를 몰아붙이려고 했지만, 질투심을 거꾸로 이용한 에이미한테 반격당하고 말았다. 에이미는 이 틈을 타 엄청난 기백을 담아서 소니아를 몰아붙였다.

"잘 들어, 소니아. 난 어설픈 각오로 여기까지 온 게 아니야. 내가 그놈에게 복수할지 어떨지는 아직 모르겠지만, 그놈을 몰아넣기 위해서라면 뭐든지 할 거야. 에로 마법이 됐건, 뭐가 됐던!"

소니아가 분하다는 것처럼 입술을 일그러뜨리는 걸 보고 준페이는 마음속으로 생각했다.

——에이미가 이겼군.

그리고 소니아는 될 대로 되라는 것처럼 소리쳤다.

"알겠어요! 당신은 로드 오브 하트에 도전해 주세요!"

준페이는 고개를 갸웃했다.

"로드 오브 하트? 나도 모르는 마법인데……?"

그랬더니 소니아는 지금까지 손도 안 댔던 차를 한 모금 마시고는 후, 하고 숨을 내쉬고서 이야기를 시작했다.

"로드 오브 하트란, 남녀 간에 서로 마력을 순환하는 마법이에요. 상대에게 마력을 주거나, 반대로 가져오는 거죠."

"즉, 주입과 흡수란 말이군. 동양의 방중술처럼 야한 행위를 통해서 마력을 순환하는 의식 자체는 그리 희귀한 건 아니지만, 에로 마법 버전이 있을 줄이야."

요점을 잘 파악한 에이미의 말에 소니아는 기쁘다는 것처럼 미소를 지었다.

"맞아요. 이걸 이용하면 마법을 너무 많이 사용해서 고갈된 마력을 보충하거나, 평소에는 사용하지 못했던 강력한 마법을 사용하기 위한 마력을 모을 수가 있어요. 그 마력의 순환 경로는 몸과 마음이 깊이 이어지면 이어질수록 강해지고, 보다 효율적으로 마법을 보낼 수 있게 되죠."

"모, 몸과 마음이라니……."

에이미는 얼굴이 빨개졌고, 소니아도 창피하다는 것처럼 준페이를 슬쩍 봤다.

"가장 빠른 방법은 알몸으로 사랑을 나누는 건데……."

"푸흡!"

마침 차를 마시고 있던 준페이가 심하게 사레가 들려서 차를 뿜어버리고 말았다. 그런 준페이 옆으로 다가온 소니아가 준페이의 등을 살며시 문질러주면서 말했다.

"뭐, 굳이 그렇게까지 하지 않아도 손을 잡거나 입을 맞추기만 해면 가능해요. 무엇보다 중요한 건 서로의 마음이 통하는 거니까요. 서로에게 신뢰와 애정이 있으면 신체적 접촉은 가벼운 것이라도 상관없어요."

겨우 호흡이 안정된 준페이는 그 말을 듣고서 진심으로 안심했다. 에이미도 마음이 놓였는지 바로 환하게 웃으며 힘이 넘치는 목소리로 말했다.

"그럼 손만 잡아도 된다는 거네?"

"예, 그래요. 하지만 그만큼 마력의 순환 효율은 떨어지니까, 손을 잡는 정도로 로드 오브 하트를 성공시키려면 상당히 친밀한——"

"뭐야, 간단하잖아! 마음 같은 건 같이 있으면 저절로 이어지는 법이니까. 그렇지 준페이?"

"그야…… 뭐, 그렇지."

준페이가 낙관적으로 말했더니, 소니아는 현기증이 난다는 것처럼 한 손으로 이마를 짚었다.

"큭, 뭔가 이상해요! 제 시나리오에서는 에이미 양이 『에로 마법 따위는 상대 못 해!』라고 말하면서 준페이 씨 앞에서 도망쳐야 했는데……!"

소니아는 그렇게 패배자의 말을 늘어놓은 뒤에, 갑자기 진지한 얼굴로 말했다.

"참고로 이 마법에는 한 가지 주의사항이 있어요. 마력을 주고받을 때, 드문 일이기는 하지만 자기도 모르게 서로의 기억이나 사고, 감정이 흘러 들어가는 경우가 있어요. 조심하지 않으면, 머릿속을 상대한테 다 보여줄 수도 있는데, 괜찮으신가요?"

"엑? 정말이야?"

준페이는 자기도 모르게 경계했지만, 에이미는 속 편하게 웃었다.

"자주 일어나는 건 아니고, 어쩌다 일어나는 사고라는 얘기잖아. 괜찮아, 그 정도 위험은 감수할게. 준페이도 불만 없지?"

"……에이미가 괜찮다면, 나도 괜찮아."

"오케이! 그럼 복잡한 얘기는 이걸로 끝! 다 같이 밥이라도 먹자. 나, 너희랑 친구가 되고 싶어."

에이미가 그렇게 말하고는 호쾌하게 찻잔을 비운 뒤에 자리에서 일어나더니, 넋 나간 표정의 소니아를 내려다보며 환하게 웃었다.

"조금 시비조가 되기도 했지만, 그렇다고 널 싫어하는 건 아니야."

"저, 저도 딱히, 싫어하는 건……."

그렇게 호의를 보이는 게 싫지는 않은지, 볼이 발그레해져서 에이미를 슬쩍슬쩍 보고 있는 소니아도 왠지 기뻐 보인다. 그 모습을 보고 준페이가 무릎을 탁, 쳤다.

"그거 잘됐네. 에이미, 꼭 소니아랑 친구가 돼줘. 얘가 의외로 친구가 별로 없으니까, 겁먹지 말고 어울리다 보면 금세 친해질 수 있을 거야."

"저, 저를, 간단히 농락할 수 있는 여자라는 것처럼 말하지 마세요! 그리고 저도 레드 하트 브레이브 분들과는 제대로 교류하고 있다고요!"

하지만 레드하트 브레이브의 동료들과 친해지는 데까지 시간이 오래 걸렸었다고, 카에데 선배한테 들은 적이 있다. 그도 그럴 것이, 소니아는 일단 생김새가 너무 예뻐서 이성, 동성 할 것 없이 가까이 다가가기 힘들다. 가문도 좋고, 언행까지 완벽하면 더더욱 다가가기 힘들겠지. 하지만 시실, 소니아는 아주 상냥한 성격이다. 그 상냥한 성격의 은혜를 누구보다 많이 누리고 있는 사람이, 바로 준페이 본인이다.

"……고마워."

"뭐, 뭔가요. 갑자기."

"아니, 그냥. 네가 정말 상냥해서, 내가 큰 도움을 받고 있다는 얘기야."

"……흐, 흥. 그나저나 친구 얘기가 나와서 말인데, 준페이 씨야말로 어떤가요?"

준페이는 대답하고 싶지 않았다. 하지만 따지고 보면 자신이

농담처럼 던진 말 때문에 이런 이야기가 나오게 됐다. 부메랑이
돌아온 꼴이니 어쩔 수 없다고 생각하고, 준페이는 살짝 웃으면
서 말했다.

"옛날에는 있었어. 하지만 다들 성장해 가는데, 나만 낙제생이
다 보니……."

"낙제생이라니?"

"어? 메릴한테 얘기 못 들었어? 내가 에로 마법사라는 걸 알게
된 건 아주 최근의 일이야. 그전까지는 계속, 제대로 쓸 줄 아는
마법이 하나도 없는 낙제생이었거든. 지금도 에로 마법에 대한
걸 사람들한테 말할 수 없으니까, 표면적으로는 낙제생처럼 행동
하고 있지."

"그래서, 괴롭힘이라도 당했어?"

"아니, 괜찮아. 그런 건 없었어. 바보 취급하는 녀석도 있었지
만, 같은 반 애들이 대부분 착했거든. 하지만 그 착하고 상냥한
마음씨가 되레 괴롭고 부담이 돼서, 내가 알아서 거리를 뒀어. 예
전에 자주 같이 놀았던 친구랑도 소원해지고 말았지……."

한마디로 스스로 만든 껍질 속에 틀어박혔다는 뜻이다. 그리고
점점 뒤떨어져 가는 준페이에게 손을 내밀어준 사람이 카에데였
다. 메릴과 만나고, 소니아와 만났다.

"하지만 지금은 에로 마법을 익히고, 레드하트 브레이브의 일
원이 되고, 카에데 선배네 각인을 없애고 내 힘을 시험하고 싶다
는 목표가 생겼으니까, 행복해."

"준페이……."

에이미는 약간 숙연한 표정을 지었지만, 그런 건 자기답지 않다고 생각했는지 바로 보는 사람도 힘이 날 것만 같은 활기 넘치는 미소를 지어 보였다.

"그럼 다행이네. 그런데 각인을 지우겠다니. 너, 그런 생각을 하고 있었어?"

"그것도 메릴이 말 안 했어? 그 녀석은 너무 대충이라서 문제라니까."

준페이는 한심하다는 기분을 맛보면서, 에이미의 오른쪽 새끼손가락에 있는 금색 반지를 봤다. 평범한 장신구처럼 보이지만, 사실 그것은 지배의 반지다. 하위 반지의 명령을 막기 위한 부적 같은 것이다. 하지만 이도 완벽하지는 않다.

"만약 플래티나나 미스릴 반지를 가진 놈이 네 각인을 눈치챈다면, 너는 그 녀석한테 지배당하게 돼. 카에데 선배나 아직 이름을 모르는 나머지 여덟 명도 마찬가지고. 다들 언제 누구한테 지배당할지 모르는 일이야. 그래서 이 세상의 반지를 전부 완전히 파괴해버리거나 너희들의 각인을 지워버리는 것, 둘 중 하나는 반드시 해낼 거야. 둘 다 할 수 있으면 더 좋고."

"그랬구나……."

색일까, 온도일까, 아니면 빛일까. 어쨌거나 준페이를 보는 에이미의 눈이 뭔가 달라졌다. 그리고는 장난을 걸어왔다.

"……뭐, 그렇게라도 해야 카에데랑 아기를 만들 수 있을 테니까."

"푸흡!"

깜짝 놀라서 입에 거품을 문 준페이를 보고 깔깔 웃으면서 에이미가 계속해서 말했다.

"메릴 씨한테 들었어. 너, 소니아랑 카에데, 양쪽 다 결혼할 생각이라면서? 그래서 소니아를 만나면 물어볼 생각이었는데, 넌 그래도 되겠어?"

"따, 딱히 저는 준페이 씨와 결혼하겠다고 말한 적 없어요! 만약에, 만에 하나, 결혼한다고 해도, 그건 용사의 사명을 다한 뒤에나 생각할 일이지, 연애 감정은⋯⋯."

"아~ 그래, 알았어, 알았어. 진짜 귀찮은 성격이네. 그럼 카에데에 대해서는 어떻게 생각하는데?"

그랬더니 소니아가 말문이 막혔고, 감정을 읽을 수 없는 눈으로 준페이를 쳐다봤다.

"준페이 씨."

"예."

"제가 착하다고 열 번 말하세요."

"소니아는 착해, 소니아는 착해――."

준페이는 손가락으로 세어 가면서, 딱 열 번을 채웠다. 다 끝났을 무렵에는, 소니아가 부드러운 미소를 지으면서 에이미를 쳐다보고 있었다.

"⋯⋯카에데 씨에 대해서는 인정하겠습니다."

"큭큭큭. 준페이, 너도 큰일이네. 큭큭."

"시끄러워. 뭔데, 의미심장한 웃음은?"

"그야……."

거기서 에이미는 더 이상 못 참겠다는 것처럼, 배를 쥐고 폭소했다.

그 뒤에 정말로 저녁 식사를 하러 가려고 하다가, 갑자기 소니아가 에이미에게 물었다.

"그런데 당신, 오늘 밤엔 어떻게 할 생각인가요? 메릴 씨의 마법으로 불법 입국했다고 들었는데…… 설마, 여기서 묵을 생각은 아니겠죠?"

"그럴 리가! 불법 입국인 건 사실이지만, 그렇다고 대뜸 남자랑 같은 방에서 잘 리가 없잖아? 밤에 잘 때는 여기로 가라고, 메릴 씨가……."

그렇게 말하면서 에이미가 주머니에서 메모지를 한 장 꺼내서 보여줬다. 그걸 받아 든 소니아는 내용을 한번 쓱 보고는 주먹을 꽉 쥐어서 구겨버렸다.

"이 메모지에 적혀있는 주소라면…… 이미 도착했군요."

"뭐?"

에이미는 눈이 휘둥그레져서 깜짝 놀랐고, 준페이는 소니아가 구겨버린 메모지를 빼앗아서 자기 눈으로 거기 적혀있는 주소를 확인했다.

"그래. 그 메릴이니까, 당연히 이렇게 되겠지."

"뭐~!"

그렇게 소리친 에이미에게, 소니아가 한숨을 쉬면서 말했다.

"……어쩔 수 없군요. 에이미 양, 오늘 밤에는 제 방에서 주무세요. 내일, 제가 어떻게든 호텔을 알아봐 드릴 테니까."

"와우, 소니아! 고마워. 덕분에 살았어. 이걸로 우리는 공범이네?"

에이미가 기쁘게 웃으며 윙크를 날리자, 소니아는 살짝 어지럽다는 표정이었다.

"아아, 정말이지. 대체 왜 이렇게 된 건지……."

◇

다음날, 일요일 아침. 학생 기숙사 앞에 준페이와 소니아, 에이미가 모여 있었다.

"오늘은 무슨 일이 있어도 콘도 선생님의 치료를 끝내겠어요. 제가 없는 동안, 준페이 씨는 에이미 양과 로드 오브 하트 훈련을 해두세요."

그렇게 말한 소니아가 미소까지 지었기 때문에, 준페이는 곤혹스러운 기분에 눈살을 찌푸렸다.

"정말 괜찮겠어? 화 안 내?"

"저는 그렇게 속이 좁지 않답니다. 그리고 어젯밤에 에이미 씨랑 이미 얘기를 다 해놨어요."

"뭐를?"

준페이가 되묻자 에이미가 소니아에게 공손하게 고개를 숙이며 말했다.

"당신이 1호, 카에데가 2호, 그리고 저는 3호입니다."

그 비굴한 모습에 너무 놀라서 찍소리도 못하는 준페이에게, 소니아가 의기양양하게 말했다.

"보셨나요, 준페이 씨? 이 사람이 성심성의껏 대한다면, 저도 인(仁)을 베풀 거랍니다. 맹자에도 인과 예(禮)는 서로 주고받는 것이라고 하잖아요."

"성서가 아니라 맹자가 나오는구나……."

"제가 서양의 온갖 서책들은 15세 전에 다 독파해서, 지금은 동양 책에 빠져 있답니다. 호호호호호."

소니아는 전형적인 소리로 웃고는, 갑자기 준페이의 볼에 손을 댔다.

"그럼, 평안하시길."

"그, 그래. 조심하고."

그렇게 해서 소니아는 의기양양하게 병원을 향해 걸어갔다. 에이미와 나란히 서서 그 모습을 지켜본 준페이는 곁눈질로 에이미의 모습을 슬쩍 봤다. 그랬더니 에이미는 소니아를 향해서 메~롱을 했고, 그 뒤에는 장난에 성공한 어린아이처럼 준페이를 보면서 웃었다.

"이 나라 사람들은 우스운 상대한테 이렇게 하지? 메~롱, 하고."

"에이미……."

준페이는 한마디 해주고 싶었지만, 그것보다 신경 쓰이는 일이 있어서 조심스레 물었다.

"……3호면 되겠어?"

"착각하지 마. 난 네 신부가 되겠다는 말은 단 한마디도 한 적 없어. 메릴 씨가 멋대로 그러려고 하는 것뿐이지. 그래서, 오늘은 어쩔 거야? 일요일이니까 학교는 안 가도 되겠지만, 넌 매일 아침 이 시간이면 일어나서 로드워크를 한다고 들었는데?"

"응. 뭐라고 할까, 난 원래 남자라면 몸을 단련해야 한다고 생각하기 때문에 패션 같은 감각으로 운동을 하고 있는데, 지금은 그것 때문만이 아니야. 문무 양쪽을 전부 단련해야 레드하트 브레이브에 들어갈 수 있다고 하니까. 더 단련해서 지금보다 더 탄탄한 몸을 만들고 싶어."

"흐음. 레드하트 브레이브라면 도쿄 마법 학교의 엘리트 클럽이었지 아마. 자신의 사회적인 계급을 올리고 싶다는 거야?"

"그렇지. 언제까지고 낙제생이면…… 이미 소니아한테 버진 프로텍트 걸어버렸으니까. 파트너로서 소니아를 창피하게 만들 수는 없잖아. 그리고 레드하트 브레이브는 정의의 집단이야. 카에데 선배가 리더를 맡았었으니까 틀림없어. 나도 그 사람들 동료가 되면, 가슴을 활짝 펴고 당당하게 살 수 있을까, 싶거든."

다른 사람들에게 도움이 되는, 다른 사람들을 기쁘게 해주는, 그런 삶을 살게 되면 자신을 좋아할 수 있다. 카에데가 준 답은, 지금도 준페이의 마음속에서 불새처럼 날개를 퍼덕이고 있다.

"누구나 내일의 내가 오늘의 나보다 뛰어나기를 바라잖아? 성장하고 싶은 건 당연한 거야."

"아, 그래? 그렇다면 1호는 소니아로 결정이네."

에이미가 웃으면서 한 말에, 준페이는 눈이 휘둥그레졌다.

"3호는 안 할 거라면서?"

에이미는 그 질문에 대답하지 않고, 왼손으로 준페이의 오른손을 잡았다.

"자, 가자."

"뭐?"

"러닝 할 거잖아? 같이 하자. 나도 트레이닝은 하고 있으니까."

"손잡은 채로 뛰자고?"

"안 그러면 로드 오브 하트 훈련을 할 수가 없잖아. 참고로 난 신체 강화 마법을 쓸 수 있지만, 마법을 안 써도 내가 체력이 더 좋을 거야. 그러니까 내가 끌어줄게."

"……오호? 그거 재미있는 소리군. 겨뤄볼래?"

"바라는 바야!"

그렇게 말하고, 에이미는 준페이의 손을 잡아끌면서 달려 나갔다. 처음에는 달리는 속도도 호흡도 서로 맞지 않았지만 달리는 중에 서서히 박자가 맞기 시작했고, 1km를 주파했을 무렵에는 심장 고동까지 서로 맞춰진 것 같았다. 어쨌거나, 이 페이스라면 따라갈 수 있다. 그렇게 생각하고 빙긋 웃는 준페이. 그러고 있는데, 갈색 머리카락을 바람에 휘날리고 있는 에이미가 준페이 쪽을 돌아보면서 말했다.

"자, 지금부터가 진짜야! 슬슬 속도를 올려서 간다."

"뭐?"

지금부터가 진짜라니, 거짓말인 줄 알았는데 진짜였다. 기어를 올리고 준페이를 잡아 쓸면서 파워풀하게 달리는 에이미는, 마치 중전차 같았다.

중전차 에이미한테 잡아끌려서 30분하고 조금 더 되는 시간에 10km나 되는 거리를 달려버린 준페이는, 땀에 흠뻑 젖어서 넋이 나가 있었다.

"……말도 안 돼. 이 거리를 이런 속도로 뛴 건 처음이야."

"한 시간 동안 느릿느릿 달리는 것보다, 30분 만에 10km를 뛰고 끝내는 게 더 좋잖아?"

그건 그렇지 하고 속으로 동의해버린 준페이는, 자신의 발상에 진저리치면서 에이미를 대리고 시내에 있는 카페로 들어갔다. 아직 학생인 준페이에게 이틀 연속으로 카페에 가는 건 경제적으로 조금 힘든 일이지만, 에어컨 바람이 나오는 시원한 곳에 들어가고 싶었기에 어쩔 수 없었다.

준페이는 음료만 주문하려고 했지만, 에이미가 준페이 몫까지 식사를 주문해버렸다. 그리고 테이블 위에 차려진 수많은 접시를 보고, 준페이는 얼굴이 어두워졌다.

"파스타에 피자에 토스트에 샐러드에 햄버그…… 아무리 봐도

5인분은 되는 것 같은데?"

"너랑 내가 다 먹으면 되잖아."

"너무 많다고!"

"뭐야, 한심하긴. 사랑하는 소니아랑 같이 레드하트 어쩌고가 되기 위해서 몸을 키우겠다고 했잖아? 이거 다 먹으면 근력 운동을 시작할 거야."

"먹자마자 운동은 무리라고……."

준페이는 포크 대신에 휴대용 디바이스를 손에 집었고, 인터넷에 접속해서 뉴스와 동영상을 보기 시작했다. 에이미가 식사하던 손을 멈추고 준페이에게 물었다.

"뭐 보고 있어?"

"어제 있었던 엑셀시아랑 관련된 일이야. 역시 뉴스가 꽤 올라왔네. 일본은 물론이고 미국에서도 화제야. 우리의 엑셀시아가 도쿄에 나타났다. 대체 왜? 라고. 메릴이 일을 잘해준 덕분에 네 얼굴이 나온 영상은 없네. 다행이다."

"어제 뉴스잖아. 아직도 관심이 있어?"

포크로 준페이를 가리키면서 물어본 에이미를 보고, 준페이는 살짝 놀라서 말했다.

"어라, 내가 말 안 했던가? 내가 말이야, 엄청난 엑셀시아 팬이거든."

준페이가 아무렇지도 않게 말한 순간, 에이미의 눈과 입이 떡 벌어졌다. 그 표정과 움직임이 너무 큰 탓에, 안경이 흘러내렸을 정도였다.

──역시 닮았네.

에이미의 얼굴은 역시 엑셀시아와 많이 닮았다. 그 점을 철저하게 추궁하고 싶은 기분도 굴뚝같지만 그런 기분을 간신히 억누르고, 준페이는 미소를 지었다.

"어제는 그 사람을 만나서 정말 안심했어. 사실은 그때 응원하고 있습니다, 열심히 해주세요, 라는 말을 하고 싶었는데, 메릴 때문에 일이 그렇게……."

"그, 그랬구나."

에이미는 창피하다는 것처럼 살짝 고개를 숙이고는, 피자 한 조각을 날름 해치워버렸다. 그런 에이미에게, 준페이가 말했다.

"그러는 에이미 너야말로, 미국 사람인데도 관심 없어? 엑셀시아인데?"

"별로…… 난 저스위즈 중에서는 옵시디언 소드를 좋아하거든. 준페이야말로 뭔데? 일본인 주제에 엑셀시아 팬이라니…… 특이하네."

"무슨 소리야, 엑셀시아는 전 세계에서 인기가 있잖아."

"그럴 수도 있겠지만, 안티도 많잖아? 나, 예전에 인터넷에서 봤어……."

"그야 뭐 유명인이라면 괜히 욕을 먹는 일도 있겠지. 그래도 난 좋아해. 범죄와 싸우고, 사고가 일어나면 달려오고, 범인한테 큰 상처를 입히지 않고 경찰한테 넘기고. 정말 좋은 사람이야."

그랬더니 에이미는 고개를 숙인 채 으음, 하고 신음을 흘리기 시작했다. 그런가 싶더니, 갑자기 포크로 햄버그를 푹 찔렀고, 그것을 준페이의 파스타 접시에 옮겨 놨다.

"내 햄버그 다 줄게!"

"필요 없다니까!"

"아무리 단련해도 먹질 않으면 몸이 커지지 않아. 하루에 다섯 끼는 먹는 게 이상적이야."

"하루에 다섯 끼라니, 네가 무슨 운동선수라도 돼?"

"비슷하지."

에이미는 샐러드가 산더미처럼 쌓여 있는 유리그릇도 준페이 쪽으로 밀었다. 그 그릇을 본 준페이는 결국 포기했고, 에이미와 둘이서 테이블 위에 있는 음식을 다 먹어 치우기로 했다.

식사를 마치고 담소도 끝낸 뒤에 가게 밖으로 나왔더니, 9월이라는 걸 믿을 수 없을 만큼 뜨거운 바람이 휘몰아쳤다.

"……아무래도 너무 많이 먹었어. 운동할 상황이 아니야. 잠깐 걷자."

"어쩔 수 없네."

에이미는 그렇게 말하더니 준페이한테 몸을 기대고는 갑자기 팔짱을 꼈다. 그리고는 깜짝 놀라서 경직된 준페이한테 장난스러운 미소를 지어 보였다.

"로드 오브 하트 훈련, 손을 잡기에서 팔짱 끼기로 단계를 올려줄게. 이쪽이 효과가 더 좋을 것 같지 않아?"

"뭐, 그렇긴 하겠네……."

로드 오브 하트는 육체와 정신적인 연결이 깊으면 깊을수록 마력 순환 효율이 높아진다고 한다. 손을 잡는 것보다는 팔짱을 끼는 쪽이 더 좋겠지.

"그런데, 갑자기 왜?"

"그냥, 메릴 씨가 시키는 대로 하려는 건 아니지만, 놀랍게도 일단 지금은 네가 싫지는 않거든. 키스했을 때는 나도 모르게 때렸지만…… 미안해."

"아냐, 괜찮아. 여자라면 당연한 반응이니까."

준페이가 그렇게 말하면서 미소를 지었을 때였다. 아주 잠깐이기는 했지만, 두 사람 사이에 핏줄이 연결돼서 통한 것 같은 감각이 느껴졌다. 에이미가 팔짱을 끼고 있는 팔을 보면서 말했다.

"지금 그거, 느꼈어?"

"그래. 아주 조금이기는 하지만, 마력이 통했어……."

아직 성공했다고 하기는 힘들다. 하지만 마력이 오가는 일이 벌어졌다는 건, 준페이와 에이미 두 사람 사이에 마음의 거리가 가까워졌다는 뜻이겠지. 그것을 마법적인 현상으로 확실하게 느끼고 나니, 준페이는 왠지 쑥스러운 기분이 들어서 입을 다물고 말았다. 에이미도 말수가 적어졌다. 에이미의 옆얼굴이 살짝 발그레해진 것처럼 보이는 건 더위 때문만은 아니겠지.

이렇게 해서 일요일은 평화롭게 끝났고, 소니아도 밤 무렵에 콘도 선생님의 치료를 마치고서 돌아왔다. 그리고 소니아가 에이미에게 호텔을 소개해줬고, 하룻밤이 지나, 격동의 월요일이 시작됐다.

월요일 방과 후.

준페이는 소니아와 같이 레드 룸 한복판에 서 있었다.

그 두 사람 주변에는 레드하트 브레이브의 멤버 14명과 고문 교사 둘이 의자에 앉거나 벽 앞에 선 자세로 둘러싸고서 시선을 보내고 있었다. 그중에 한 명, 보이시한 미소녀인 2학년 나가쿠라 아이가 당혹감이 묻어나는 말투로 물었다.

"저기, 소니아. 이게 무슨 일이야? 오늘은 콘도 선생님이 돌아오시니까 전부 집합하기로 한 거 아니었어? 오쿠무라 선생님은 안 계시지만."

"맞아요. 그래서, 하는 김에 여러분께 이 사람을 소개해드릴까 싶어서요."

그렇게 말하고, 소니아가 준페이의 어깨에 손을 얹었다.

"여러분, 여기 있는 이치노세 준페이 씨를 기억하고 계시나요? 예전에 저와 결투를 했던 그 사람입니다. 이 사람에게 제 조수를 맡길까 해요."

놀라움의 파문이 조용히 퍼져나가는 속에서, 소니아는 지난번 결투를 통해서 낙제생이었던 준페이에게 마법의 길이 열렸다는 사실과 준페이가 낙제생을 벗어나서 레드하트 브레이브의 일원이 되고자 한다는 것 등을 말했다. 그동안, 준페이는 온갖 호기심 어린 시선에 노출된 탓에 긴장해버렸고, 허리춤에서 손을 맞잡은 열중쉬어 자세로 가만히 서 있었다.

"──그렇게 된 일이랍니다."

소니아가 이야기를 마치자, 나가쿠라 아이가 감탄의 한숨을 쉬었다.

"오호? 소니아, 결투 때는 그렇게 화를 내더니, 뭐야? 싸운 뒤에 사이가 좋아진다든지, 그런 소년 만화 같은 드라마가 있었던 거야?"

"사이가 좋아진 정도가 아니라, 교제하고 있어요. 제 연인이랍니다."

잠시 정적이 흐르더니 "으아아악!" 하고 제각기 큰소리를 질렀다. 엄청나게 놀란 표정으로 굳어 있는 사람도 있었다. 준페이는 또 쩔쩔매기 시작했다.

──그야 연인이라는 걸로 하자고 이야기하기는 했지만…….

설마 이렇게까지 당당하게 선언할 줄은 몰랐기에 준페이의 등에 식은땀이 줄줄 흘렀다.

소니아가 낭랑한 목소리로 말했다.

"아무튼, 저는 이 사람을 사랑하고 말았어요. 하지만 제 약혼자가 이 학교에서 성적이 제일 밑바닥인 낙제생이라니, 용납할 수 없는 일이지요. 그래서 저는 그를 더 높은 곳으로 올려보내기로 했습니다. 그리고 그 첫걸음으로, 일단 제 조수를 맡길 생각입니다."

거기서 말을 마친 소니아는, 안쪽 자리에 앉아 있는 남자를 바라보면서 물었다.

"어떠신가요, 콘도 선생님?"

소니아가 말을 걸자, 콘도 선생님은 빙긋하고 미소를 지었다. 콘도 선생님은 올해로 48세인 엄청난 실력의 마법사로, 레드하트 브레이브의 주임 고문을 맡고 있다. 키가 크고 덩치도 상당한데, 지금도 정말 퇴원 직후인가 싶을 만큼 살이 쪄있었다. 저 두꺼운 지방 밑에 엄청난 근육이 숨어 있다는 소문이 있다. 얼굴은 그야말로 불상, 눈가에는 서글서글하고 상냥한 미소를 머금고 있어서, 카에데는 『귀신 히지카타, 부처님 콘도』라고 불렀었다.

그 콘도 선생님은 긴 테이블 위에 양쪽 팔꿈치를 대고서 팔짱을 낀 자세로, 고개를 한번 끄덕인 뒤에 말했다.

"문제없습니다. 학생이 좋은 방향을 향해서 의욕을 발휘하고 있지 않습니까. 저는 정말 기쁘군요. 마침 3학년이 은퇴하고 새로 1학년 멤버를 모집하는 시기이니, 내부 추천으로 받아들이기로 하죠. 여러분은 어떻게 생각하시나요?"

"도전하겠다면 응원할게!"

2학년 남학생 하라다가 제일 먼저 그렇게 말하자 준페이는 감동했다.

"정말 괜찮겠어요?"

"응? 뭐가?"

"아뇨 그, 저는 '낙제생 주제에 건방지게' 같은 소리를 들을 줄 알았거든요……."

"무슨 소리야. 우리 학교에서 제일가는 낙제생이 레드하트 브레이브가 됐다는 사례가 생기면, 학교를 위해서도, 미래의 후배들을 위해서도 좋은 일이 아니겠어? 옛날에 이런 선배가 있었으니까, 너희도 포기하지 말고 열심히 해봐, 라고 말할 수 있겠지?"

그 말을 듣고 고개를 끄덕이는 사람들을 보고, 준페이는 깜짝 놀라서 쓰러질 뻔했다.

"어, 어라? 틀림없이 무시당하거나 바보 취급당할 줄 알았는데, 다들 의외로 착하네요⋯⋯?"

"그렇게 쪼잔한 사람은 여기 없어요."

그러자 안경을 쓴 미소녀가 그렇게 말했다. 가슴팍의 리본이 빨간색인 걸 보니 2학년인 듯했다.

"저기, 선배는⋯⋯."

"오키타 하나요라고 해요. 당신과는 한번, 전화 통화를 한 적이 있답니다."

준페이가 기억이 영 안 난다는 듯 고개를 갸웃거리자, 하나요가 갑자기 이런 말을 했다.

"──상황, 이해했습니다. 수업 중입니다만 바로 인원을 보내도록 하겠습니다. 당신은 피난해 주세요. 절대로 혼자서 수상한 사람을 잡으려고 해서는 안 됩니다."

"아! 내가 신고했을 때!"

"그리고 네가 소니아 치맛자락을 뒤집었을 때 소니아를 붙잡아 준 사람 중 한 명이 바로 이 몸! 나가쿠라 아이 선배님이시란 말이지. 나머지 한 사람은 하나요였고.”

나가쿠라 아이가 갑자기 끼어들자 하나요가 짜증 난다는 것처럼 노려봤다. 그 모습을 본 소니아가 준페이에게 귀엣말을 했다.

“카에데 씨의 자리를 노리고 다투고 있다는 2학년 여학생 두 사람이 바로 이분들이에요.”

“아하……. 그럼 이 둘 중 한 명이 다음 단장이 되는 건가. 생각보다 온화해서 안심했어. 소니아랑 처음 만났을 때처럼 엄청 심한 소리를 듣는 건 아닌가 각오했었는데.”

“그건 저를 욕보인 당신이 잘못했기 때문이에요!”

소니아가 사정없이 준페이의 볼을 꼬집었다. 그 모습을 본 나가쿠라 아이가 큰 소리로 말했다.

“야, 염장 지르지 마! 그리고 말이야, 남자 친구를 조수로 삼는 건 아무래도 좋은데, 최소한의 실력은 있어야 하지 않겠어? 학교 안에서만 다닌다면 몰라도, 우리는 교외 활동도 해야 한다고.”

“맞아요. 어설픈 사람은 데리고 갈 수 없어요. 마법, 정말로 쓸 수 있나요?”

아이와 하나요의 말에, 웃고 있던 소니아가 바로 진지한 표정을 지었다.

“준페이 씨의 마법에 대해서는 대략 짐작이 가고 있어요. 조금 다루기 힘들기는 하지만, 제 예상이 맞는다면 세상의 절반과 싸울 수 있을 만큼의 인재랍니다.”

——한마디로 여자가 상대라면 싸울 수 있다는 뜻이잖아!

준페이는 마음속 그렇게 외쳤다.

그러자 뭔가 석연찮았는지 안경을 쓴 3학년 남학생 야마나미가 복잡한 표정을 지으면서 말했다.

"마법이 사람의 가치를 정하는 건 아니야. 마법이 없어도 평범하게 살아갈 수 있으니까. 하지만 레드하트 브레이브의 멤버는 이야기가 달라. 우리는 마법사의 유용성을 보여줘야 하는 사람이야. 그런데 마법을 쓸 수 없다는 건 말도 안 되는 이야기지. 안 그래, 소니아?"

"예, 물론이죠. 이 사람의 마법은 신경에 작용하는 독 계통 마법입니다. 하지만 반드시 상대에게 효과가 있는 건 아니라서……그 부분을 아직 검증하는 중이에요."

"독인가…… 뭐, 그거라면 사람에 따라서 효과에 차이가 있어도 이상하진 않지……."

야마나미가 그렇게 중얼거렸을 때, 소니아가 준페이에게 속삭였다.

"이분은 단장 대리 야마나미 선배. 즉, 현재 리더를 맡은 사람이에요. 예전에 카에데 씨랑 같이 콘도 선생님을 병문안했던 것도 이 사람이었어요."

소니아의 말이 끝났을 때, 콘도 선생님이 온화한 목소리로 말했다.

"야마나미 군. 이치노세 군의 마법은 나중에 확인해도 되지 않을까요? 그보다 조수 일을 할 수 있는지를 시험해 봐야지요."

콘도 선생님이 따뜻하면서도 엄격한 눈으로 준페이를 바라보며 말을 이었다.

"이치노세 군. 소니아 양의 조수 겸 수습 레드하트 브레이브가 되기 위한 자질이 있는지 시험해도 되겠습니까?"

준페이는 허리를 곧게 펴고 대답했다.

"예. 당연히 거쳐야 할 길이죠. 뭐든지 말씀해 주세요."

그러자 콘도 선생님이 빙긋 웃었다.

"뭐, 단순한 미션입니다. 사실은 바로 얼마 전에, 미국의 슈퍼 히로인이자 저스위즈인 엑셀시아가 일본에 온 건 알고 계시나요?"

"무, 물론 알고 있습니다."

알고 말고 정도가 아니라, 준페이 자신도 그 현장에 있었고 바로 코앞에서 엑셀시아를 봤다.

"엑셀시아는 전 세계 모든 사람이 알고 있는 정의의 히로인이니까요."

"예, 그렇죠. 하지만 여기서는 미국처럼 마법사가 자기 마음대로 히어로 활동을 할 수가 없습니다. 자, 여기서 미션을 드리겠습니다. 엑셀시아를 찾아내서 일본에 온 목적을 알아내 주세요. 그리고 가능하다면 협력 관계를 맺고 싶습니다. 기간은 일주일. 만약 당신이 이를 해낸다면 수습으로 인정해 드리겠습니다."

그러자 준페이가 대답하기도 전에, 소니아가 입을 열었다.

"잠깐만 기다려주세요, 콘도 선생님. 엑셀시아가 어디 있는지, 그리고 그 전체에 대한 단서 같은 건 없나요? 없다면, 그건 불가

능에 가까운 일이 아닐까요?"

"그렇겠지요. 하지만 그래야 의미가 있지 않겠습니까? 이건 어린애들 심부름이 아닙니다. 너무 쉬우면 시험하는 의미가 없지요. 그리고 이 일은 달리 긴급한 것도, 위험한 것도 아닙니다. 그저 정체를 숨기고 있는 그 사람을 찾아내는 게 어려울 뿐이지요."

콘도 선생님은 소니아의 말에 그렇게 대답하고는, 다시 준페이를 보면서 말했다.

"어떻게 하시겠습니까, 이치노세 군?"

"하겠습니다!"

"훌륭한 대답입니다. 그럼, 부탁드리겠습니다. 그리고 혹시 몰라서 말해두는데, 이번 일은 반드시 당신이 주도해야 합니다. 특히, 소니아 양의 도움을 받아서는 안 됩니다. 다른 사람의 힘을 활용하는 건 재능이지만, 이번 경우에는 이치노세 군이 소니아 양의 힘을 이용하는 게 아니라, 소니아 양이 당신을 도와주는 꼴이니까요."

"알겠습니다."

준페이는 고개를 끄덕이고는 소니아 쪽을 보고 미소를 지었다.

"아무래도 당분간은 따로 행동해야겠네."

그랬더니 소니아가 준페이에게 다가왔고, 두 사람의 실내화 앞코가 서로 닿았다. 그대로 소니아가 준페이를 똑바로 바라보고 있었더니, 나가쿠라 아이가 놀려댔다.

"오, 뽀뽀하려고? 하는 거야?"

"안 합니다!"

소니아는 잡아먹을 기세로 소리치고는 평소 분위기로 돌아와서 팔짱을 꼈다.

"뭐, 열심히 해보세요. 이건 한마디로 사람 찾기. 게다가 상대가 엑셀시아라면, 설마 이 나라에서 나쁜 짓을 시작하지는 않을 테니까, 위험하지는 않을 거예요."

"그래. 그런 의미에서 본다면 비교적 쉬운 미션이네."

——그리고 나는 엑셀시아가 누구인지 짐작하고 있다.

하지만 본인이 끝까지 부정하는 경우에는 어떻게 해야 할까.

준페이가 그런 생각을 하고 있었더니, 콘도 선생님이 갑자기 생각났다는 것처럼 말했다.

"아, 다른 이야기인데, 누구, 오쿠무라 선생님이 어떻게 되셨는지 아는 사람 있습니까?"

"오쿠무라 선생님은 장기 휴직을 신청했다고 들었는데요?"

야마나미가 말했다.

"그렇습니다만, 연락 자체가 안 되고 있습니다. 저도 아직 제 컨디션이 아니다 보니, 고문이 저와 카츠미 선생님밖에 없으면 아무래도 말이죠······."

준페이와 소니아는 순간적으로 얼굴을 마주 봤다. 오쿠무라가 일을 쉬고 있다는 건 알고 있었지만, 연락도 안 된다고 하니까 조금 마음에 걸렸다. 하지만 그런 이야기를 할 시간은 없었다.

"아, 이치노세 군은 그만 가 봐도 됩니다. 엑셀시아를 꼭 찾아내기를 기대합니다."

그렇게 은근슬쩍 나가라는 말을 듣고, 준페이는 입을 꾹 다물었다. 자신은 아직 그들의 동료로서 이 방에 있을 자격이 없다. 자신의 힘과 자질을 보여줘야만 한다.

"알겠습니다. 그럼, 실례하겠습니다."

준페이는 그렇게 말한 뒤에 소니아에게도 인사를 하고, 발을 돌려서 방에서 나갔다. 그리고 밖에 나온 뒤에, 레드 룸의 특별히 주문한 빨간색 문을 보면서 생각했다.

──다음에 이 문이 열릴 때는, 내가 엑셀시아를 찾아냈을 때다.

준페이는 굳게 결심하고서 몸을 돌려서 걸어가기 시작했고, 뜨겁게 타오르는 마음을 가슴에 품은 채, 휴대용 디바이스를 꺼내서 어떤 사람에게 전화를 걸었다. 그리고 신호가 두 번 울린 뒤에 상대가 전화를 받았다.

"여보세요, 에이미? 지금 당장 만났으면 싶은데."

저녁 무렵.

에이미는 준페이와 모 전철역에서 만나자마자 오늘 있었던 일들을 이야기했다.

"메릴 씨한테는 아직 전혀 연락이 없고, 그냥 놀고만 있을 수도 없으니까 나 혼자서 나름대로 개릭을 찾아봤는데, 단서가 하나도 없었어. 그런데 오늘 점심에 말이야——"

이렇게 보면 에이미도 그저 수다를 좋아하는 평범한 여자애였다. 하지만 에이미는 마스터 트릭시가 노예의 각인을 새긴 열 명 중 한 명. 카에데와 마찬가지로 규격을 벗어난 마법사일 것이다.

아무런 대답도 없는 준페이에게, 안경 렌즈 너머에 있는 에이미의 눈동자가 당혹스러운 시선을 보냈다.

"왜 그래, 준페이?"

지금이 기회라는 심정으로, 준페이는 이렇게 말을 꺼냈다.

"너, 역시 엑셀시아지?"

"뭐야 뜬금없이. 저번에 아니라고 했잖아?"

"그래? 그러면 말이야, 내가 엑셀시아를 만나려면 어떻게 해야 좋을 것 같아?"

"어? 잠깐만! 처음부터 설명해봐. 왜 엑셀시아를 만나고 싶다는 건데?"

준페이는 서두르고 싶은 마음을 달래면서 콘도 선생님이 준 미션에 관해 이야기했다.

"——그렇게 됐어. 즉 나는 어떻게든 엑셀시아를 찾아내야지만 레드하트 브레이브에 들어갈 수 있다는 거지.

그랬더니 에이미는 입을 꾹 다물고 생각에 잠긴 표정을 지었다. 준페이는 초조한 기분이 들었다.

"저기, 에이미?"

"······그래. 좋아, 하나 조언을 해줄게. 미국에서는 말이야, 저스위즈는 보통 사건이나 사고가 발생했을 때 나타나. 그저께도 그랬잖아? 폭주 자동차 사고가 있었기 때문에 엑셀시아가 모습을 드러냈어. 이 말뜻을 알겠어?"

"사건이나 사고가 일어나는 장소에 가라는 거야? 하지만 그런 일이 일어난다는 걸 미리 알고 있다면, 보통은 일어나지 않게 막지 않겠어? 그렇다고 내가 그런 일을 일으킬 수도 없고……."

"후후후, 맞아. 엑셀시아를 만나기 위해서 사건이나 사고를 일으키겠다고 했다면, 한 방 날려줄 생각이었어."

"……그럼 어떻게 하면 되는데?"

"글쎄. 치안이 좋지 않은 곳에 가보든지? 사건과 마주칠지도 모르잖아?"

다소 엉뚱한 대답에 준페이는 뚱한 표정을 지었다. 하지만 지금으로서는 그게 가장 가능성이 큰 방법이었다.

"알았어, 그렇게 할게."

"……정말?"

에이미는 놀리는 것 같은 눈빛이었지만, 준페이는 진지한 표정으로 에이미를 바라봤다.

"다른 방법은 생각나지 않으니까. 가능성이 조금이라도 있다면, 그걸 해봐야지."

그랬더니 에이미는 살짝 후회하는 것 같은 얼굴로 준페이에게 손을 내밀었다.

"오케이, 네가 바보라는 건 잘 알았으니까, 휴대용 디바이스 이리 줘."

　준페이가 약간 망설이면서도 시키는 대로 했더니, 에이미는 그 디바이스를 받아서 바르게 조작한 다음에 준페이한테 돌려줬다.

　"이걸로 됐어. GPS를 이용해서 네가 어디 있는지 추적할 수 있게 해놨으니까, 위험할 때는 내가 도와줄게. 그럼, 오늘은 따로 행동하자."

　그렇게 말하고, 에이미는 준페이 옆을 지나서 걸어갔다. 준페이는 당황해서 뒤를 돌아봤지만, 그렇다고 에이미를 붙잡을 이유도 없다.

　"……조심해! 만약에 개릭을 찾아내더라도 무리는 하지 말고."

　그 대답에 엄지손가락을 세워서 대답한 에이미의 뒷모습을, 준페이는 한참 동안 지켜봤다.

◇

　마법 학교 학생 기숙사에도 몇 가지 규칙이 있다. 그중에 하나가 오후 10시에 문을 닫는다는 것이다. 하지만 관리자 측에 레드하트 브레이브가 위탁한 임무를 수행하기 위해서라는 이유로 야간 외출을 신청했더니, 바로 콘도 선생님께 확인한 뒤에 쉽사리 허가가 나왔다.

　"좋았어, 역시 레드하트 브레이브라니까."

　준페이도 이 시간에 밖에서 돌아다닌 기억은 거의 없었다. 미지근한 밤바람 속을 신이 나서 걸어갔다. 복장은 하얀 셔츠 재킷 아래에 검은색 셔츠, 청바지, 까만색 신발. 셔츠 재킷은 7부 소매의 얇은 소재로 된 것인데, 9월이라서 밤에는 쌀쌀할지도 모른다는 생각에 걸치고 나왔다.

준페이가 향한 곳은 이 시간에도 사람들로 북적이는 도심의 번화가였다. 낮에는 몇 번인가 와본 적이 있었지만, 밤이 되니까 인상이 전혀 달랐다.

"밤에는 이런 느낌이구나……."

어떤 곳이건 낮과 밤의 얼굴이 다르고, 반짝반짝 빛나는 밤거리를 걸어 다니니까 그것만으로도 기분이 고양되었다. 하지만 오늘 이곳에 온 목적은 달리 있었다.

"……이 주변이, 범죄 건수가 꽤 많았지."

밤이 되면 술을 마시는 사람들이 많다. 돌아다니는 사람도 많고. 즉 범죄나 싸움이 벌어져도 이상하지 않다. 물론 엑셀시아가 그런 것들을 일일이 중재하고 다닐지는 모르는 일이지만.

──하지만 에이미가 엑셀시아라면, 그녀가 나한테 '치안이 안 좋은 곳으로 가라'고 말한 것에 뭔가 의도가 있을 것이다.

그런 생각을 하면서 걸어가던 준페이는 남자 2인조와 엇갈려 지나가다가 갑자기 옆구리 뒤쪽에 충격을 느꼈다. 놀라서 뒤를 돌아보니, 남자가 발을 멈추고 이쪽을 노려보고 있었다.

지금 무슨 일이 일어난 걸까. 준페이는 경직된 채로, 믿기 힘든 사실을 확인하고서 깜짝 놀랐다.

——이 자식, 지금 날 때렸지. 엇갈려 지나가면서.

한 녀석이 바로 옆으로 지나가면서 백 너클로 준페이의 등을 때린 것이다. 그리고 준페이가 뒤를 돌아봤을 때는, 두 사람 모두 멈춰 서서는 준페이를 노려보고 있었다. 준페이가 돌아보리라는 걸 알고 있었다는 뜻이다. 즉 모든 게 의도적인 행동이다.

"야, 뭘 쳐다보는데."

남자들이 실실 웃으면서 준페이에게 다가왔다. 다치지 않을 정도였다고는 해도, 처음 본 사람한테 주먹질을 해놓고 이렇게 나오다니.

"그건 내가 할 소린데? 지금 네가 날 때렸잖아. 갑자기."

"누가 때렸다는 거야? 헛소리도 정도껏 해야지. 사과해, 인마."

"뭐? 웃기지 마, 왜 시비를 걸고 난린데. 사과는 그쪽이 해야지."

"시비는 네가 걸었잖아. 사과하라고."

상대가 계속 우기자 준페이는 화가 나서 주먹을 쥐었다. 하지만 지금 자신은 레드하트 브레이브의 이름을 대고 외출한 상태. 그리고 무엇보다 마법사다. 만약 싸움이 벌어지고 경찰 신세를 지게 되면, 소니아를 실망하게 만드는 결과가 벌어지겠지.

결국, 준페이는 억지로 화를 삼키고서 남자에게 말했다.

"……미안해. 내가 착각했어."

말로는 사과했지만, 얼굴은 전혀 미안하다는 표정이 아니었다. 그게 마음에 안 들었는지, 다른 남자가 준페이 뒤쪽으로 다가와서 친한 척하며 어깨를 붙잡았다.

"너 말이야, 잠깐 같이 좀 가자."

"이거 놔."

"잔말 말고 따라오라고."

이쪽은 혼자, 상대는 두 명. 게다가 이미 뒤를 잡힌 상태니까 쉽사리 도망갈 수가 없다. 그렇다고 날뛰다가 상대가 다치기라도 하면, 준페이도 무사히 넘어갈 수 없을 것이다.

──일이 진짜 귀찮아졌네. 젠장.

사건이 일어나지 않을까 싶어서 밤중에 치안이 안 좋은 곳까지 오기는 했는데, 설마 준페이 자신이 사선의 당사자가 되리라고는 생각도 못 했다.

그렇게 해서 남자 두 사람 사이에 끼어서 끌려간 곳은, 큰길에서 벗어난 인기척 없는 뒷골목이었다. 영업이 끝난 가게의 셔터에 등을 처박힌 준페이에게, 남자가 말했다.

"돈을 내놓을래, 머리 박고 빌래, 얻어맞을래. 네가 골라."

"……대체 뭐 하자는 거야, 너희들."

준페이가 그렇게 대답하자, 남자 중에 한 사람이 준페이가 등을 기대고 있는 셔터를 세게 걷어찼다. 자기도 모르게 얼굴을 찌푸릴 정도로 요란한 소리가 났다. 준페이가 깜짝 놀라서 움찔하자 남자가 말했다.

"머리 박고 빌겠다면, 동영상 찍어서 네 친구들한테 뿌릴 거다."

"동영상 찍을 때 자기소개도 확실하게 하고. 그나저나 너 이름이 뭐냐, 좀 알려주라."

남자는 실실 웃으면서 준페이한테 몸을 붙였다 싶더니, 갑자기 지갑이 들어있는 주머니에 손을 집어넣었다.

"야, 그만둬! 작작 좀──!"

　몸을 건드리자, 더 이상 참을 수가 없었다. 그냥 한바탕 날뛸까? 소니아도 틀림없이 용서해줄 거야. 준페이의 분노가 폭발하려고 한 그 순간.

　뒤에서 뻗어온 손이, 준페이의 지갑을 잡으려고 하던 남자의 뒷덜미를 움켜쥐고 잡아당겨서 뒤로 자빠트렸다. "크윽" 소리를 내며 엉덩방아를 찧은 남자를 보고, 다른 남자가 깜짝 놀라서 "으악!" 소리를 질렀다. 남자의 뒷덜미를 잡은 손은, 손만 둥둥 떠 있었다. 창백한 색으로 빛나는 마법의 손이다.

　──이 마력의 손은…… 설마!

　준페이가 깜짝 놀랐을 때, 맑은 목소리가 들려왔다.

"거기까지. 상당히 한심하네, 너희."

　위쪽을 올려다보니, 거기에는 파랗고 거대한 손이 허공에 떠 있었고, 그 손을 발판으로 삼아서, 배틀 레오타드를 입은 미소녀가 이쪽을 내려다보고 있었다.

"엑셀시아……!"

　준페이의 말을 듣고, 남자들도 그녀의 정체를 알아차린 것 같았다.

"엑셀시아라고?! 이 자식, 폭주 자동차 뉴스에 나왔던 그놈이야! 미국에 어쩌고 하는, 마법사!"

"알고 있으면 쓸데없이 저항하지 말라고. 바보 같은 짓은 그만하고 빨리 집에나 가. 안 그러면……."

코스모 피스트 오른손이 주먹 모양으로 변했고, 서 있는 남자의 머리를 콩, 하고 때렸다. 그걸 시작으로 주먹이 벌처럼 날아다니면서, 위력을 줄인 주먹으로 남자를 마구 두들겼다.

"아! 아야! 그만해! 이 자식!"

남자가 그렇게 말한 순간, 그의 복부에 주먹이 강하게 꽂혔다. 남자는 "끄억!" 하고 돼지 비명 같은 소리를 내더니, 공중제비를 한번 한 뒤에 바닥에 쓰러졌다.

엑셀시아가 두 사람을 차가운 눈으로 내려다보면서 말했다.

"난 너희 같은 놈들이 제일 싫어. 당장 꺼져."

하지만 명치를 얻어맞은 남자는 네 발로 엎드려서 심하게 기침만 할 뿐, 일어서지 못했다. 그러자, 또 한 사람이 엑셀시아를 증오한다는 눈으로 노려봤다.

"마, 마법사가 힘도 없는 일반인을 공격하는 거냐!"

"난 굿 위저드가 아니라 저스티스 위저드야. 차이를 모르겠어? 저스티스는 필요하다면 싸우기를 마다하지 않지."

그렇게 말한 엑셀시아의 눈빛이, 남자의 의지를 완전히 꺾어버린 것 같다.

"젠장! 두고 보자! 썩을!"

남자는 그렇게 내뱉고는, 아직도 일어나지 못한 다른 남자를 부축해서 큰길 쪽으로 도망쳤다.

준페이가 그 모습을 멍하니 지켜보고 있었더니, 엑셀시아가 준페이 바로 옆에 착지했다. 준페이는 그런 엑셀시아에게 하고 싶은 말이 엄청나게 많았지만, 일단 이 말부터 했다.

"고마워, 덕분에 살았어."

그랬더니 엑셀시아는 눈꼬리를 치켜세우고서 손가락으로 준페이의 가슴을 찌르면서 말했다.

"너 말이야! 그 꼴이 대체 뭔데? 그런 놈들은 그냥 해치워버리라고!"

"어, 언제부터 보고 있었던 거야? 그리고 말이야, 난 마법 학교 학생이라고. 마법사가 일반인이랑 싸우면 큰일이 난단 말이야. 그건 미국에서도 똑같을 텐데?"

"그런 룰을 전부 무시하고 범죄와 싸우는 게 저스위즈라고!"

엑셀시아는 그렇게 말하더니, 갑자기 코스모 피스트 왼손 위에 올라탔다. 그 모습을 보고 준페이가 당황해서 소리쳤다.

"아, 잠깐만! 난 이치노세 준페이라고 해. 너한테 물어볼 게——!"

"우연이네. 나도 당신한테 볼 일이 있었어, 에로 마법사 씨."

준페이는 심장을 세게 얻어맞은 것처럼 놀랐다.

"그걸 어떻게 아는 거지?"

아니, 그 얼굴. 그 목소리. 그 말투. 그리고 무엇보다 정체불명에 신출귀몰인 엑셀시아가 오늘 밤, 이 타이밍에 준페이 앞에 나타났다는 사실. 준페이가 에로 마법사라는 사실을 알고 있는 것. 그 모든 것들이, 어떤 한 가지 사실을 가리키고 있다.

"너, 역시……."

준페이는 끝까지 말하지 않았다. 갑자기 뒤쪽에서 거대한 코스모 피스트 오른손이 준페이의 몸을 움켜쥐었기 때문이다. 갑작스러운 일에 깜짝 놀란 준페이를, 코스모 피스트가 공중으로 들어 올렸다. 완전히 맹금류한테 붙잡힌 물고기 같은 꼴이었다.

"이, 이거 뭐야! 잠깐만!"

"여기선 얘기하기 그러니까, 자리를 옮기자. 날아갈 거야!"

"벌써 날고 있잖아!"

그런 준페이의 말을 무시하고, 엑셀시아는 코스모 피스트 왼손에 올라탔다. 그리고는 오른손으로 쥐고 있는 준페이를 데리고 밤하늘로 빨려드는 것처럼 날아올랐다.

준페이를 데려간 곳은 어떤 호텔의 옥상이었다. 바닥에는 동그란 원 속에 알파벳 『H』가 그려져 있다. 즉, 비상시에 헬리포트로 사용하는 곳이다.

그런 넓은 곳에 툭 던지듯이 내려놓자, 준페이는 넘어져 버렸다. 한편, 엑셀시아는 아주 우아하게 착지했다. 한쪽 무릎을 꿇은 자세로 일어난 준페이는, 높은 곳에 부는 바람 때문에 살짝 겁을 먹으면서도 엑셀시아를 쳐다봤다. 코스모 피스트 두 개를 수호견처럼 거느린 엑셀시아는, 팔짱을 끼고서 준페이를 노려봤다.

"이치노세 준페이. 먼저 당신 용건을 들어줄게."

물어보고 싶은 것이 아주 많았지만, 제일 처음 물어볼 내용은

이미 정해져 있었다.

"……네가 우리나라에 온 이유를 알고 싶어. 그리고 여기 있는 동안에는 이쪽 마법사들과 연계를 취해줬으면 싶고. 마법 학교를 통해서 널 적절한 기관에 소개해 줄게. 어때?"

"그래, 좋아."

너무 간단하게 돌아온 대답에, 준페이는 기쁘기보다 당황스러 웠다. 저스위즈는 조직에 속하지 않고 단독으로 행동하는 경우가 많고, 현장에서도 경찰이나 다른 저스위즈와 일시적으로 협력하 는 게 고작이다. 그래서 이쪽에 온 목적은 알아낼 수 있어도 협력 을 얻기는 어렵다고 생각했는데……

"저, 정말로?"

"그래. 하지만 조건이 있어. 나랑 승부하자. 네가 나한테 이기 면 뭐든지 시키는 대로 해줄게, 에로 마법사."

"뭐? 승부라니, 배틀? 전투? 번역 마법이 잘못된 건 아니겠지?"

"물론이지. 마법을 사용한, 당신과 나의 배틀."

엑셀시아가 웃으면서 긍정하자, 준페이는 깜짝 놀랐다. 상대는 산전수전 다 겪은 저스티스 위저드, 평범하게 싸워서는 이길 리 가 없다. 하지만 엑셀시아는 여자다.

——상대가 여자라면 작게나마 가능성이 있을지도 모르지. 다 만……

"이유가 뭐지? 왜 싸워야 하는데?"

"나한테 이길 수 있는 남자가 아니면 인정하고 싶지 않거든.

그럼, 준비는 됐어?"

엑셀시아가 파이팅 포즈를 취하는 것을 보고, 준페이도 반사적으로 경계에 들어갔다.

엑셀시아는 그걸 싸우겠다는 의사 표명으로 받아들였다.

"Go!"

엑셀시아가 땅을 박차고 돌진해왔다. 두 코스모 피스트가 준페이의 왼쪽 위와 오른쪽 아래에서 날아왔다. 엑셀시아와 자유자재로 날아다니는 마법 주먹이 동시에 세 방향에서 공격해오자, 준페이는 당황했다. 게다가 엑셀시아는 코스모 피스트의 크기를 점점 줄이고 있었다. 갈수록 공격이 벌처럼 날카롭게 변하고 있었다. 눈으로 보고 피하기도 점차 힘들어졌다.

——너무 커도 상대하기 어려울 텐데, 작아지는 것도 만만치 않게 성가시네!

자유자재로 날아다니고 크기까지 마음대로 바꾸는 마법 주먹은 무시하고, 준페이는 가슴 앞에서 팔을 X자 모양으로 교차하고는, 달려오는 엑셀시아한테 될 대로 되라는 것처럼 부딪쳤다.

——지는 게 당연한 싸움이니 겁낼 거 없어. 일단 부딪쳐 보자!

그런 준페이의 생각을 읽었는지, 엑셀시아가 빙긋 웃었다.

"정면 승부구나!"

엑셀시아는 머리를 낮추고 오른쪽 어깨를 내밀어서 숄더 태클을 걸어왔다. 준페이도 물러나지 않았다. 그리고 두 사람은 정면에서 제대로 부딪쳤고, 둘 다 비틀거렸다. 재빨리 자세를 바로잡은 엑셀시아가 하이킥을 날렸다. 준페이가 상반신을 위로 젖혀서 피했더니, 엑셀시아는 눈이 휘둥그레져서 휘파람을 불었다.

"아, 피할 줄 아네. 기쁘기도 하고, 짜증 나기도 하고……."

"하하."

준페이가 의기양양하게 웃은 그때, 갑자기 왼쪽 옆구리에 타격이 느껴졌다. 눈을 돌려봤더니 오른쪽 코스모 피스트가 옆구리에 박혀 있었다.

──크기가 이렇게 작아졌는데도 진짜 아프네!

준페이는 잽싸게 거리를 벌리려고 했지만, 오른쪽 발을 붙잡힌 탓에 그 자리에서 움직일 수가 없었다. 왼쪽 코스모 피스트가 땅에서 솟아난 손이라도 되는 양, 준페이의 오른쪽 발목을 움켜쥐고 있었다.

"젠장!"

준페이는 오른발을 붙잡은 코스모 피스트를 뿌리치려고 했지만, 그때 엑셀시아가 마력을 주입하자 코스모 피스트가 크기와 무게를 더해갔다. 준페이는 거대한 족쇄를 찬 것 같은 꼴이 됐다.

"이럴 수가……."

엑셀시아가 미소를 지으며 깜짝 놀란 준페이에게 다가갔다. 그리고──

"크헉!"

인정사정없는 보디 블로를 날렸다. 준페이는 괴로워하면서 앞으로 고꾸라졌고, 그러면서 왼손으로 엑셀시아의 어깨를 붙잡았다.

그런 준페이의 귀에 대고, 엑셀시아가 속삭였다.

"뭐 하는 거야, 내가 네 말을 들어줬으면 하는 거잖아? 그러면 날 이겨야지."

"그래, 맞아……."

준페이의 눈빛이 달라져 있었다. 한 방 맞고 나니 정신이 들었다. 이건 기회다.

──엑셀시아를 쓰러트려서, 레드하트 브레이브에 들어갈 기회를 손에 쥐겠어!

의욕이 생긴 준페이의 몸에 마력이 빠르게 차올랐다. 그걸 느꼈는지, 엑셀시아는 준페이의 몸을 밀치고서 뒤로 물러났다. 어느샌가 코스모 피스트가 2m 정도로 거대해져, 엑셀시아의 좌우를 지키는 방패로 변해있었다.

"이제야 의욕이 생긴 것 같네, 에로 마법사. 자, 나한테 보여줘. 당신의 에로 마법이라는 걸! 그게 얼마나 파렴치한 마법인지는 모르겠지만, 난 절대로 지지 않아!"

"그렇게 보고 싶다면야! 클로스 테이커!"

그 순간, 준페이의 오른손에 핑크색 속옷이 나타났다.

"어?"

엑셀시아는 자기한테 무슨 일이 일어났는지 이해하지 못한 듯했다. 하지만 곧 무언가를 확인하듯 쭈뼛쭈뼛 자기 아랫배 언저리를 만져보기 시작했다.

"……없어."

한편, 준페이는 아직 따뜻한 속옷을 최대한 쳐다보지 않으면서 잘 접었고, 자기 발밑에 살며시 내려놨다. 그런 준페이를, 얼굴이 새빨개진 엑셀시아가 부들부들 떨면서 손가락으로 가리켰다.

"그, 그거…… 내, 내…… 팬티……!"

"너한테서 평상심과 집중력을 빼앗기 위해서 해봤어. 뭐, 이건 일단 여기다 놔둘게. 자, 이걸로 너는 속옷을 안 입은 상태가 됐는데, 더 할 거야?"

"다, 다다, 다, 당연하지!"

기세는 좋지만, 그게 전부다. 역시 속옷을 빼앗긴 것 때문에 크게 동요한 것 같았다. 그 틈을 노려서, 준페이는 훌륭할 만큼 빠른 속도로 마력을 끌어올렸고, 그것을 이용해서 다음 마법으로 이어갔다.

"클로스 브레이커!"

준페이가 그렇게 외치면서 주먹을 내지른 다음 순간, 엑셀시아의 배틀 레오타드가 순식간에 날아가 버렸고, 달빛 아래에 눈부시게 빛나는 알몸이 드러났다. 엑셀시아는 얼빠진 표정을 지었지만, 곧바로 사태를 파악하고 코스모 피스트를 이용해 자신의 몸을 가렸다.

그 매혹적인 육체에 시선을 빼앗겼던 준페이는 안심과 실망이 섞인 표정으로 말했다.

"지금 그건 클로스 브레이크. 여자를 알몸으로 만드는 마법이야."

"에로 마법이라는 건 전부 그런 것들뿐인 거야?! 넌 창피하지도 않아?!"

"뭐, 나도 처음엔 싫었어. 정말 충격이었지. 하지만 나한텐 이 마법밖에 없어. 그리고 이 마법을 잘 사용해서 노예의 각인이 새겨진 여자애들을 구할 거야. 그러면 나는……."

――절단 마법은 지금도 싫어한다. 하지만 그걸 쓰는 나 자신을 좋아하게 되기는 했다.

갑자기, 언젠가 카에데가 했던 말이 머릿속에 떠올랐고, 준페이는 미소를 지었다.

"난, 나 자신을 좋아하고 싶어. 에로티컬 위저드인 나를."

"……자신의 마법을 받아들였다는 얘기네."

그 말을 듣고, 준페이는 어깨를 살짝 으쓱거린 뒤에 말했다.

"자, 그 모습으로는 싸우지 못할 것 같은데? 슬슬 항복을……."

"……안 졌어. 알몸이 된 게, 뭐 어쨌다는 건데?"

"뭐?"

"날 얕보지 말라고! 난 전사야. 알몸이 돼도 싸울 수 있어!"

단단한 봉오리가 벌어지는 것처럼, 엑셀시아의 몸을 감싸고 있던 코스모 피스트의 손가락 열 개가 천천히 벌어졌다. 엑셀시아의 유방이, 소중한 부분이 준페이의 시야에 들어왔다.

상황이 이렇게 되자 준페이는 도리어 당황해서 허둥지둥하기 시작했다.

"아니, 야, 잠깐만! 너 눈물까지 글썽거리고 있잖아! 무리하지 말라고!"

"시끄러워, 변태! 난 질 수 없어! 그러니까, 그러니까—— 에잇!"

옷 대신 엑셀시아의 몸을 가려주고 있던 코스모 피스트가 꽃처럼 벌어지고, 사랑의 여신 같은 육체가 달빛 아래에 노출됐다. 그리고 엑셀시아가 핑크색 머리카락을 휘날리면서 달려들었다. 너무 창피해서 머리가 어떻게 됐는지, 그야말로 멧돼지가 돌진하는 것 같은 느낌이었다.

준페이는 자신이 있던 셔츠 재킷을 재빨리 벗었다. 그리고는 자신을 향해 날아온 엑셀시아의 철권을 가슴으로 당당하게 받아내면서 방금 벗은 셔츠 재킷을 엑셀시아의 어깨에 살짝 걸쳐줬다. 그리고.

"내가 졌어!"

"어?"

엑셀시아가 고개를 갸웃하며 준페이를 쳐다봤다.

"……어째서?"

"널 알몸으로 만들어서 움직이지 못하게 할 생각이었는데, 그래도 싸우겠다면 나는 방법이 없어. 네 마음이 이겼어, 엑셀시아. 아니, 에이미."

엑셀시아가 놀라서 눈을 껌뻑이자 준페이는 진지한 표정으로 말했다.

"네가 아까 알몸이 됐을 때, 아주 잠깐이지만 아랫배에 있는 각인이 보였거든. 그걸로 알았지. 카에데 선배가 보여준 것과 똑같았으니까."

머릿속에 떠오른 것은 카에데가 떠나기 전날 밤의 일. 갑자기 준페이의 방을 찾아온 카에데가 갑자기 바지 앞쪽을 풀었나 싶더니, 배꼽 아래쪽을 보여줬다. 노예의 각인은 거기에 새겨져 있었다. 평생 지워지지 않는 문신 같은 그것은, 끔찍한 노예의 증거였다.

——이게 노예의 각인이다. 남자는 등에 스페이드 모양, 여자는 아랫배에 하트 모양 각인이 새겨진다는 것 같다. 우리 열 명은 전부 여자니까, 여기에 각인이 있다.

"……그걸 처음 봤을 때, 난 너무 화가 났어. 그게 있는 한 카에데 선배는 누군가에게 자유를 빼앗길 위험을 안고 있어야 하니까. 그래서 나는 그걸 내 손으로 없애버리겠다고 맹세했어. 그리고 그게 너한테도 있었지. 잘못 봤을 리가 없어. 즉, 그 각인은 네가 에이미라는 증거야."

그 힘이 담긴 목소리를 듣고 엑셀시아는 잠시 멍한 표정을 지었지만, 코스모 피스트를 조작해서 다시 자기 몸을 가리더니 훗, 하고 웃었다.

"아~ 다 들켜버렸네. 내가 졌어."

"그럼 비긴 건가?"

준페이의 제안에 엑셀시아, 가 아니라 에이미가 웃으면서 고개를 끄덕였다.

그리고 몇 분이 지나…….

"이제 됐어. 이쪽 봐도 돼."

그 말을 듣고, 준페이는 몸을 돌렸다. 아무래도 에이미는 준페이가 개켜서 내려놨던 핑크색 속옷을 입고, 준페이가 준 셔츠 재킷을 걸치고 있었다. 꽤 자극적인 차림새였기에, 준페이는 자기도 모르게 얼굴이 빨개져서 눈을 돌렸다.

그런 준페이한테 다가온 에이미가 놀리는 것처럼 말했다.

"뭐야, 이제 와서 부끄러워하기는. 소니아 몸 보면서 많이 익숙해진 거 아니었어?"

"이거랑 그건 다른 이야기지! 소니아랑은 에로 마법으로 이런저런 걸 하기는 해도 그건 어디까지나 훈련이니까, 나도 여러모로 참고 있다고! 이게 얼마나 괴로운지, 넌 죽어도 모를 거야."

"알고 싶지도 않아, 이 변태."

에이미는 그렇게 말하고 손가락으로 준페이의 이마를 톡, 하고 퉁기고는, 발밑에 널려 있는 배틀 레오타드와 장갑, 부츠의 파편들을 둘러봤다. 그 순간 준페이의 클로스 브레이크로 찢어진 파편들이 마치 살아있는 생물처럼 움직이기 시작했다. 준페이는 깜짝 놀라서 소리쳤다.

"뭐, 뭐야 이거!"

"내 배틀 레오타드는 마도구의 일종이라서 방탄, 방검, 마법 방어는 물론이고 자기 수복 기능까지 갖추고 있어. 뭐, 이렇게까지 갈기갈기 찢어지면, 아무래도 원래 모양으로 돌아가는 데까지 시간이 꽤 걸릴 것 같지만."

에이미는 그렇게 말하면서 코스모 피스트를 어딘가로 날렸다. 그리고 돌아온 코스모 피스트는, 작은 검은색 스포츠 백을 들고 있었다.

"소니아가 소개해 준 호텔이 여기거든. 방 창문을 열어놔서, 코스모 피스트가 들어가서 가방을 들고 오게 했지."

"눈으로 보이지도 않는데, 그런 게 가능해?"

"처음 봤을 때 뭐가 어디에 있는지는 파악해뒀으니까. 그러기 위한 훈련도 했고. 평소에도 내 두 손과 코스모 피스트를 사용해서 요리와 청소를 병행하거든."

에이미는 그런 이야기를 하면서 가방을 열어 안경 케이스를 꺼내서는 평소에 사용하던 투박한 안경을 썼다. 그랬더니 그 순간, 핑크색 머리카락이 갈색으로 물들었다.

"아하, 그 안경이 머리카락 색을 감추기 위한 아이템이었구나."

"그뿐만 아니라, 날 바라보는 사람한테 다른 인상을 주는 효과도 있어. 안면 인식 시스템도 속일 수 있지. 정말 편리하지? 사람들 앞에서 안경을 벗을 수가 없다는 흠이 있긴 하지만, 마법은 아직 과학에 밀리지 않는다고."

그런 얘기를 하는 사이에 엑셀시아의 배틀 레오타드가 원래 모양을 돌아갔다. 준페이가 뒤를 돌아보고 있는 사이에 에이미가 레오타드로 갈아입었고, 다시 고개를 돌렸을 때는 케이스에 넣은 마법 안경을 다시 가방 안에 집어넣고 있었다.

"이거, 고마워."

에이미는 그렇게 말하면서 준페이에게 셔츠 재킷을 건네고는, 코스모 피스트에 가방을 다시 방에 돌려다 놓게 했다. 한편, 셔츠 재킷을 다시 입은 준페이는, 코스모 피스트가 돌아올 때까지 기다렸다가 말을 꺼냈다.

"이제야 얘기를 할 수 있겠네. 물어볼 게 정말 많거든……."

엑셀시아의 정체는 에이미고, 평소에는 수수한 안경 쓴 여학생으로 위장하고 있다. 그리고 지금은 범죄 마법사 개릭을 쫓아서 일본에 와 있다.

"개릭 얘기는 진짜였던 거지? 그럼 엑셀시아가 여기 온 목적은 개릭과 결판을 내기 위해서라고 생각해도 되는 건가?"

"뭐, 대충 그렇지."

"그럼 개릭이 너희 부모님 목숨을 빼앗았다는 것도……."

"그것도 사실이야. 사람들이 말하는 것처럼, 같은 코스모 피스트를 사용했던 저스위즈 그랑디아는 사실 우리 아빠야. 그때 그랑디아가 현장에 있던 여자아이가 인질로 잡혀서 손도 써보지 못하고 살해당했다는 이야기는 알지? 그 인질로 잡혔던 얼간이가, 바로 나야. 그때 엄마도 돌아가셨어."

표정을 지우고서 술술 말한 에이미는 추위를 견디려는 것처럼 자기 몸을 끌어안았다.

준페이는 엑셀시아를 응원해왔던 만큼, 그녀가 크리미널 위저드로서 악명을 떨치고 있는 개릭에게 몇 번이나 도전했다는 것도 잘 알고 있었다. 지금까지는 정의를 위해서라고 생각했었는데, 거기에 그녀 본인의 복수심도 섞여 있었던 걸까.

그리고 에이미는 고개를 숙이고 입술을 깨무는, 차분하지 못한 분위기다.

"에이미, 미안해. 괜한 질문을 했나 보네."

"그게 아니야. 그게 아닌데, 뭔가, 이상해."

에이미의 눈에서 뭔가 궁지에 몰린 사람 같은 빛을 보고, 준페이가 고개를 갸웃거렸다.

"왜 그러는데?"

"아까부터 계속, 몸 안에 있는 마력이 멋대로 술렁대고 진정되질 않아. 시간이 지나면 나을 줄 알았는데, 반대야. 팝콘 봉투처럼 부풀어 오르다가, 터져버릴 것 같아."

"마력이 폭주하려는 거야 메릴."

갑자기 들려온 목소리에, 준페이도 에이미도 깜짝 놀라서 고개를 돌렸다. 대체 언제부터 있었던 걸까. 닌자 복장을 한 메릴이 밤의 어둠 속에 녹아들어 있었다. 메릴은 펄쩍 뛰어서 준페이와 에이미 앞에 착지했다.

"메릴 등장!"

"개릭은?"

에이미가 얼굴을 찌푸리며 따지듯 물었다. 그러자 메릴은 에이미의 몸 상태를 살펴보며 대답했다.

"단서는 포착했어 메릴. 그래서 돌아왔는데, 뭔가 재미있는 일이 일어나서 보고 있었지. 그런데 에이미, 많이 달아올랐나 보네."

"그야, 싸웠으니까……."

"하지만 알몸이 된 적은 없었겠지. 메릴이 보기에 뭔가 스위치가 켜진 것처럼 마력 폭주 상태가 벌어지려 하고 있어 메릴."

"마력 폭주라니, 컨트롤이 안 된다는 거야?"

준페이가 물었다.

"일단 하고는 있는데……."

어느샌가 에이미의 호흡이 거칠어져 있었다. 얼굴에는 구슬 같은 땀까지 맺혀 있었다. 괴로워 보이는 모습에 걱정이 된 준페이가 얼굴을 흐리자, 메릴이 말했다.

"저기 말이야 준페이. 에이미는 마력량이 엄청나거든. 마스터 트릭시가 선택한 열 명의 피해자는 하나같이 규격을 벗어난 마법사라는 얘기는 기억하지? 그런데 왜 마법 손을 원격으로 조종하거나 간단한 신체 강화 마법밖에 쓸 줄 모르는 에이미가 선택됐을까? 짐작이 가?"

"나는 코스모 피스트도 그만한 가치가 있다고 생각하지만…… 으음, 단순히 에이미가 가지고 있는 마력이 엄청나게 많다……?"

"맞아, 파워 타입 마법사라는 얘기지. 메릴이 알고 있는 한에서는 사상 최강의 마력 탱크야 메릴."

"탱크라고 하지 마! 나도 여자라고!"

그렇게 작은 발작이라도 일으킨 것처럼 말한 것을 계기로 에이미 안에 있는 마력이 꿈틀대기 시작했다. 마법사의 육감으로 마력을 느낀 준페이는, 눈앞에 있는 에이미가 마치 소우주처럼 느껴졌다. 무심코 압도될 만한 무시무시한 마력이었다. 에이미도 자기 자신 때문에 초조해하고 있었다.

"큰일 났다⋯⋯ 이거, 한번 발산해야 할 것 같은데⋯⋯."

"발산이라니⋯⋯."

"마력을 가득 담은 코스모 피스트로 뭔가를 때리는 거야. 그러면 파괴력에 따라서 마력을 소비할 수 있어. 하지만⋯⋯."

"살살 때릴 수는 없는 거지?"

준페이가 먼저 물어보자, 에이미는 비지땀을 흘리면서 고개를 끄덕였다.

"미안해, 아마 무리야. 도쿄가 날아갈 정도로 거대한 크레이터가 생길 것 같아."

"그러면 안 되잖아! 안 돼, 말도 안 돼! 이거 어쩔 거야!"

준페이가 소리치자 메릴이 쿡쿡 웃으면서 말했다.

"괜찮아. 준페이는 마침 로드 오브 하트 훈련을 하던 중이잖아? 준페이가 에이미랑 야한 짓을 해서 폭주하는 마력을 흡수하면 문제없어 메릴!"

"그렇구나⋯⋯ 아니, 잠깐만! 네가 그걸 어떻게 알고 있는 건데?!"

"낮말은 새가 듣고 밤말은 쥐가 듣는다! 메릴 인법으로 도청했지! 솔직히 궁금하잖아?"

즉, 마법으로 준페이 쪽 상황을 수시로 감시하고 있었다는 얘기였다. 준페이는 화가 났지만, 메릴이 하는 짓이 다 그런 거라고 마음을 바꾼 뒤에, 쑥스러워하면서 에이미 쪽을 봤다.

에이미도 준페이를 봤고, 눈이 마주치자 얼굴이 빨개져서 고개를 숙였다.

"저기, 키스라든지, 할 거야?"

"그래야겠지. 도쿄를 통째로 날릴 만한 마력이라면 아주 굵직한 마력 회로를 만들어야 하니까, 손을 잡는 정도로는 부족할 거야."

다행이라고 해야 할까, 키스라면 벌써 두 번이나 했다. 메릴 때문이기는 하지만, 처음 만났을 때 엑셀시아와 에이미 양쪽 상태에서 입술을 맞대고 말았다.

그런데 이렇게 자기 의지로 해야 하는 상황이 되니까, 마지막한 걸음을 내디딜 수가 없었다.

그때, 메릴이 끼어들었다.

"그냥 끝까지 해도 되는데?"

"안 해! 넌 그냥 가만히 좀 있어!"

"예～."

닌자 복장을 한 메릴은 검은 복면을 쓴 채, 두 손으로 자기 입가를 가렸다.

그런데 에이미가 얼굴을 붉히며 고개를 숙이고 이런 말을 했다.

"저기 말이야. 끝까지 가는 건 너무 극단적이지만, 주위에 피해를 줄 수는 없으니까…… 효율적으로 마력을 보낼 수 있다면, 조금 더 대담한 짓을 하는 게 좋을 것 같기도……."

"어?!"

준페이가 화들짝 놀라 쳐다보자 에이미가 당황해서 말했다.

"무, 물론 너무 심한 건 안 돼! 하지만 어느 정도는 어쩔 수 없는……."

"그, 그래도 되겠어?"

그렇게 묻는 준페이의 입속은 바짝 말랐고, 목소리도 갈라져 있었다. 그런 준페이를 상냥한 눈으로 보면서, 에이미가 말했다.

"저기, 말이야. 아까, 사실은 알몸이 돼서 싸우는 건 정말 싫었고, 괴로웠어. 그런데 네가 내 주먹을 맞으면서까지 재킷을 입혀줬을 때, 정말 기뻤거든. 꼭 그것 때문만은 아니지만, 아, 진짜, 내가 지금 무슨 소리를 하는 거야……."

거기서 말을 자른 에이미가, 뭔가 용기를 낸 것 같은 표정을 지었다.

"너야말로, 나랑 키스하는 게 싫은 건 아니고?"

"아냐, 네 마력을 내가 받아들이지 않으면, 주위에 피해가 발생할 수도 있으니까……."

"그, 그렇겠지. 그래야만 하니까. 이건 어쩔 수 없어. 어쩔 수 없는 일이야."

에이미는 그렇게 말하면서 계속 고개를 끄덕거렸다. 그런 에이미를 보고, 준페이는 스스로 자신을 속이려 했다는 걸 깨달았다. 지금은 솔직한 심정을 말하지 않으면 실례가 되리라. 준페이는 큰 결심을 했다.

"미안해. 지금, 겁을 좀 먹었었어. 어쩔 수 없이 키스한다는 건 거짓말이야. 솔직하게, 확실하게 말할게. 난 이렇게 예쁜 여자애랑 키스할 수 있게 돼서 정말 기뻐!"

에이미는 깜짝 놀란 것처럼 눈을 번쩍 떴고, 그리고는.

"바보!"

그렇게 말하면서 준페이를 끌어안았나 싶더니, 자기가 먼저 키스를 했다. 그 달콤한 느낌에 도취해서, 에이미의 엉덩이에 손을 대고 움켜쥔 준페이가 마법을 기동시켰다.

——로드 오브 하트!

육체와 정신의 교류를 통해서 서로의 마력을 주고받는 에로 마법이 발동하자 에이미의 마력과 동시에 광경, 소리, 냄새 등이 함께 흘러들어왔다. 준페이는 놀라 당황했지만, 불현듯 소니아의 말이 떠올랐다.

——참고로 이 마법에는 한 가지 주의사항이 있어요. 마력을 주고받을 때, 아주 드물기는 하지만, 우연히 서로의 기억이나 생각, 감정이 흘러들어오는 경우가 있어요.

지금, 그것이 벌어졌다. 그러려고 한 게 아닌데, 기억의 문이 열렸다.

그리고 1초가 천년처럼 느껴지는 그 시간 속에서, 준페이는 에이미의 과거를 봤다.

에이미 맥퀸은 지금으로부터 16년 전의 8월 2일에 미국에서 태어났다.

아버지는 지방 도시의 시계 가게에서 일하는 시계장인, 어머니는 치과 의사의 조수였다. 얼핏 보면 아주 평범한 세 가족이지만, 사실 아버지와 에이미는 마법사의 피를 물려받았고, 게다가 아버지 스티브는 또 하나의 모습을 가지고 있었다. 바로 저스위즈 그랑디아였다.

저스위즈는 친한 사람에게도 정체를 감추는 경우가 많았지만, 스티브는 가족에게는 비밀로 하는 게 없는 사람이었고, 따라서 에이미는 아버지가 히어로라는 사실을 알고 있었다.

아버지가 저스위즈로 활약하고 신문에서 그 활약상을 다루는 것을 보며 자라온 에이미는, 반짝거리는 희망을 가슴에 품고서 이렇게 말했다.

"어른 되면, 나도 아빠처럼 저스위즈가 될래! 그래서 나쁜 사람 혼내주고, 어려운 사람 도와줄 거야!"

그렇게 행복했던 유소년기의 어느 날, 에이미가 자기 집 마당에서 개랑 같이 놀고 있는데, 나무 그늘에 처음 보는 소녀가 서 있었다. 와인 레드 머리카락을 가진, 얼핏 소년처럼 보이는 미소녀였다. 끝이 뾰족한 검은 모자와 로브라는 전형적인 마녀 복장을 한 데다 오른손에는 빗자루까지 들고 있어서, 한눈에 마법사라는 걸 알아볼 수 있었다.

"당신은 누구야? 아빠 친구?"

"난 트릭시. 널 마중 나왔어, 에이미. 나랑 같이 가자."

에이미는 영문을 알 수가 없어서 고개를 갸웃거렸다. 모르는 사람을 따라가면 안 된다. 그 정도는 어린 에이미도 알고 있다. 에이미가 한 발짝도 움직이지 않고 가만히 있었더니, 트릭시가 미소를 지으면서 다가왔다.

"우리 딸에게 그 이상 다가가지 마십시오."

처음 들어보는 아빠의 무서운 목소리에, 에이미는 깜짝 놀랐다. 어느새 아빠가 마당에 나와 있었고, 무서운 얼굴로 트릭시를 쳐다보고 있었다. 트릭시는 걸음을 멈추고 미소를 지었다.

"오랜만이네, 스티브. 지금은 저스위즈 그랑디아였나?"

"……스승님."

그 말을 듣고, 에이미는 눈이 휘둥그레져서 아빠를 쳐다봤다.

"스승님? 이 사람, 아빠 스승님이야? 그런데 아빠가 나이가 더 많은데?"

그 순진한 질문에, 트릭시는 아하하, 하고 웃은 뒤에 대답해 줬다.

"난 보기보다 오래 살았거든. 대략 천년 정도려나? 네 아빠하고는 소년 시절에 간단한 마법을 가르쳐준 사이지. 그렇지, 스티브?"

하지만 아버지는 대답하지 않았다. 웃지도 않았다. 그러자 트릭시도 진지한 표정을 지었다.

"아빠니까 알고 있겠지? 이 아이가 지닌 마력량은 이상할 정도야. 금세 감당할 수 없게 될 테지. 그냥 뒀다가 사고가 나기 전에, 내가 데려갈게."

"친절한 제안, 정말 감사합니다. 하지만 실은 우리 딸을 당신 멋대로 이용하려는 생각이 아닌가요?"

그 말에 트릭시는 입술로만 미소를 지어서 대답했다. 눈은 웃지 않았다.

"……딸은 못 줍니다. 돌아가세요."

그렇게까지 말했는데도 트릭시는 한참 동안 아버지와 눈싸움을 벌였고, 마침내 어깨를 으쓱거리고는 웃으면서 에이미에게 말했다.

"내가 항상 보고 있단다, 에이미. 손을 쓸 수 없는 지경이 되면 내가 도와줄게."

그렇게 말하고, 트릭시는 허공에 띄워놓은 빗자루에 옆으로 걸터앉더니 새처럼 날아가 버렸다. 에이미는 그 모습을 보고서 신이 났다.

"우와! 아빠, 봤어? 빗자루 타고서 날아갔어! 그림책에 나오는 마녀 같아!"

"응, 그렇구나. 그림책에 나오는 나쁜 마녀 같구나."

아버지의 말에 에이미는 깜짝 놀랐다.

"왜 그런 말 하는 거야? 저 사람 아빠 마법 스승님이잖아?"

"그래. 나한테는 잘 대해줬지. 하지만 그건 한때의 변덕이었을 뿐이란다. 저 사람은 천년이나 되는 세월 동안 많은 사람에게 끔찍한 짓을 당하고, 이 세상에 절망했다. 사랑이라는 걸 잃어버렸지. 이젠 구해줄 수 없어."

그 말을 듣고도, 에이미의 태도는 변함이 없었다. 아무래도 아빠는 소중한 것을 잃어버린 것 같았다. 그것을 가르쳐줘야겠다는 생각에, 에이미는 눈을 반짝반짝 빛내면서 이렇게 말했다.

"아니야. 사랑을 잃어버린 불쌍한 사람을 도와주는 게 사랑이야. 아빠야말로 사랑을 잃어버린 것 같아. 그러면 안 돼, 아빠는 우리 아빠니까."

"에이미……."

스티브는 주저앉는 것처럼 한쪽 무릎을 꿇고, 에이미를 격렬하게 끌어안았다.

"그래, 그랬지, 나도 스승님을 돕고 싶었단다. 그래서 스승님께 많은 희망을 보여드리고 그 절망을 씻어드리기 위해서, 저스위즈가 됐지…… 그래, 그랬었지. 이제야 다시 생각이 났구나, 고맙다."

그렇게 말하고 어깨를 떨고 있는 아버지를, 에이미는 상냥하게 안아줬다. 아버지의 마음은 잘 모르겠지만, 고맙다고 했다면 좋은 일을 한 것 같다고 생각하면서.

그리고 운명의 날이 찾아왔다. 에이미가 막 다섯 살이 된 해의 여름, 미국 전체에 악명을 떨치는 젊은 범죄 마법사 개릭이 에이미가 사는 도시의 은행을 습격했다. 하필이면 그 은행에서, 에이미와 어머니는 개릭과 마주치고 말았다.

그 뒤로는 충격을 받아서인지 기억이 단편적으로 남아있다.

은행을 무대로 끔찍한 총격전이 시작됐고, 많은 경찰이 다친 채 쓰러져 있었다. 총격전에 휘말린 은행원, 지나가던 사람. 방송국 헬리콥터가 날아왔고, 개릭이 신경질을 냈다. 저스위즈 그랑디아로서 달려온 아버지는 피범벅이 돼서 숨이 끊어진 어머니를 보고 불같이 화를 냈다. 그리고 무한한 분노와 증오를 받아서 무한대로 강해진 개릭은, 어린 에이미의 목을 붙잡아서 인질로 삼았다.

저스위즈 그랑디아가 나타났을 때, 에이미는 '아빠'라고 중얼거리려고 했다. 하지만 그때까지 너무 많이 운 탓에 목이 쉬어서, 그 소리가 밖으로 나오지는 않았다. 나중에 생각해보니, 개릭은 에이미가 그랑디아의 딸이라는 걸 몰랐으니까, 이건 불행 중 다행이라고 할 수 있겠지. 하지만 그랑디아에게는 외통수였다. 에이미를 인질로 잡혀서 꼼짝도 못 하는 그랑디아에게, 개릭이 의기양양한 얼굴로 소리쳤다.

"저스위즈 그랑디아. 이 꼬마를 죽이고 싶지 않으면―― 죽어라! 지금 당장 자살해! 아니면, 이 꼬마를 먼저 저승으로 보내주겠다!"

"……인질을 죽이면, 그 순간에 너도 끝장이다."

"아, 그렇겠군. 충고해줘서 고맙다. 그럼 눈알을 파내는 정도만 해두지!"

마스크를 쓰고 있어도, 그랑디아가 겁을 먹은 게 느껴졌다. 그리고 약한 모습을 보이면 그걸 파고드는 게 악당이다. 개릭은 웃으면서 말했다.

"죽이면 인질을 잡은 의미가 없으니까 말이지. 음, 그래. 귀여운 얼굴에 칼집을 내주지. 귀를 잘라내고, 눈을 파내고, 코를 자르고……."

"……잠깐. 알았다. 내가 졌다."

아빠! 라고 외치려고 했지만, 목이 너무 쉬어서 소리가 나오질 않았다. 그랑디아는 마스크 쓴 얼굴로 미소를 짓고 (틀림없이 미소를 지었다) 개릭을 보면서, 말했다.

"내가 자살하면, 그 아이는 건드리지 않겠다고 맹세하겠나?"

"아~ 물론이지. 맹세할게. 하고말고. 그러니까 빨리 뒈지라고."

"……알겠다."

아버지한테는 다른 선택지가 없었다. 에이미가 마음속으로 비명을 질렀다.

——안 돼! 싫어! 싫어싫어싫어!

에이미는 필사적으로 팔다리를 버둥거려서 개릭한테서 도망치려고 했지만, 자기 목을 움켜쥐고 있는 개릭의 손은 꿈쩍도 하지 않았다. 그리고 아버지의 코스모 피스트가 아버지의 목을 천천히 조르기 시작했을 때, 갑자기 총소리가 났다. 개릭의 총에서.

"너무 느리잖아, 굼벵이 자식."

개릭이 그렇게 내뱉은 직후, 심장 위치에 총을 맞은 아버지는 털썩, 앞으로 쓰러졌다. 그것이 마지막이었다.

그 뒤에 큰 소리로 우는 에이미를 때려서 조용히 하게 만든 개릭은, 현금을 가득 채운 가방을 자동차 트렁크에 싣고, 주위를 포위한 경찰들한테는 에이미를 방패로 삼으면서, 많은 사람의 분노와 증오를 받아서 극한까지 강화된 불꽃과 얼음과 벼락 마법을 마구 날리며, 유유히 그 현장에서 도망쳤다.

그날 밤, 교외에 있는 숲 속에서 차 밖으로 내던져진 에이미에게, 개릭이 아무렇지도 않게 총구를 겨눴다.

"그럼, 자유롭게 풀어줄게. 아마 천국에 갈 거야, 아가씨."

그 총구와 실실 웃는 개릭을 노려보며, 이제야 목소리가 나오게 된 에이미는, 마지막 힘을 그러모아서 늑대처럼 큰소리를 질렀다.

"……거짓말쟁이. 거짓말쟁이! 거짓말쟁이! 살인자! 두고 봐! 언젠가 내 모든 걸 걸고, 널 혼내줄 거야!"

"어이구 무서워라! 무슨 눈앞에서 아빠랑 엄마가 죽기라도 한 것 같네. 아니면, 내가 오늘 죽인 놈 중에 정말로 있었나? 뭐, 내 알 바 아니지. 그럼 잘 가라."

방아쇠는 가벼워 보였다. 총소리가 울리고, 탄환이, 갑자기 개릭과 에이미 사이에 끼어든 보이시한 마녀의 빗자루에 부딪혀서 튕겨 나갔다.

"뭐야!"

개릭이 놀라서 물러나자 그 마녀는 기분 나쁜 분위기를 풍기며 말했다.

"안녕? 난 트릭시. 보다시피 마녀야. 미안하지만, 이 아이는 내가 먼저 눈독을 들였거든. 멋대로 죽이는 건 허락할 수 없어."

"웃기고 있네!"

화가 난 개릭은 총과 불, 얼음, 벼락 마법을 구사하며 트릭시를 공격했지만, 압도적인 역량 차이를 당해내지 못하고 땅바닥에 쓰러지고 말았다. 에이미는 이 광경을 멍하니 바라보고 있었다. 트릭시는 굴욕으로 물든 개릭에게 웃음을 머금은 목소리로 말했다.

"크리미널 위저드 개릭. 나쁜 짓을 하면 할수록 강해지는 마법사라는 소문은 들었는데 말이지. 안타깝지만 나한테는 안 통해. 내가 너 따위한테 분노나 증오를 품을 리가 없거든. 하지만 희귀한 마법이기도 하고, 죽이는 건 아까우니까, 오늘은 그냥 보내줄게. 대신 이 반지를 줄 테니까, 이 아이는 그만 포기해."

트릭시는 그렇게 말하고, 개릭에게 반지 하나를 던졌다. 개릭은 그 반지를 집어 들고 아무런 관심도 없다는 것처럼 쳐다보고는 트릭시를 보면서 말했다.

"뭐야 이건? 백금(플라티나) 반지냐? 겨우 이딴 걸 받고 물러나라고?!"

"그걸 가지고 가면, 넌 언젠가 지배하는 쪽이 될 수 있어. 잔말 말고 내 말을——"

그렇게 말하고, 트릭시는 빗자루를 지팡이처럼 짚고서 쓰러져서 움직이지 못하는 개릭을 향해서 허리를 살짝 굽히고는, 뭔가를 소곤소곤 이야기하기 시작했다. 에이미한테는 하나도 안 들렸다.

　이야기가 끝난 뒤에, 개릭의 얼굴에는 놀란 기색이 어렴풋이 서려 있었다.

　"너, 그 얘기가 정말이냐? 왜 나한테 이 반지를 주는 거지?"

　"나도 너와 마찬가지로, 세상에서 쫓겨난 이단의 마법사니까. 기회를 준 거지. 뭐 그래도 마음에 안 든다면 얼마든지 날 추격해 봐. 내 마술 공방도 아까 가르쳐준 곳에 있으니까. 물론 그때는 망설임 없이 죽이겠지만."

　개릭은 눈빛으로 트릭시를 죽일 듯이 바라보았다. 하지만 개릭에게 트릭시를 어떻게 할 힘은 없었다. 트릭시는 압도적인 힘을 갖고 있었다.

　"……알았다. 이 반지로 넘어가 주지."

　"하하하, 바닥을 기고 있는 주제에 태도가 거만하네. 앞으로 크게 되겠어."

　트릭시는 한바탕 웃고는, 아직 일어나지 못하는 개릭을 그 자리에 남겨둔 채로 발을 돌려서 에이미에게 다가갔다. 트릭시는 상냥한 미소를 지으며 말했다.

　"자, 가자. 내가 널 지켜줄게."

　"잠깐만, 저놈은?"

　에이미는 상황을 이해할 수 없었다. 반지에 대한 것도 알 수 없었다. 그냥 전부, 석연치가 않았다.

　"왜 놔주는 거야? 나쁜 놈이잖아!"

"착각하지 말렴, 에이미. 난 정의의 사도가 아니야. 네가 필요해서 도운 거지, 널 구한 게 아니야. 음, 그래. 만약 네가 이 남자를 죽이고 싶다면 죽여줄 수는 있어."

그 말을 듣고, 겨우 일어나려던 개릭이 깜짝 놀라서 멈춰버렸다. 에이미도 멍한 표정을 지었다.

"아니, 죽이는 건…… 난 그냥, 경찰에……."

"경찰? 어설픈 소리 하지 마. 용서할 수 없다면 이 자리에서 죽여. 내가 너 대신 해줄게. 하지만 이건 내 의지가 아니라 네 의지야. 그러니까 이건 네가 죽이는 거고. 알겠지, 에이미. 자, 어떻게 할래?"

겨우 다섯 살인 에이미한테, 트릭시는 너무나 큰 선택을 강요했다. 그리고 에이미는 아직 다섯 살이지만 아버지의 말씀이 가슴속 깊이 새겨져 있었다. 언젠가, 아버지는 에이미에게 그렇게 말했다.

──잘 들어라, 에이미. 어떤 죄를 저지른 사람이라도 함부로 목숨을 빼앗으면 안 된다. 살아서 죗값을 치르게 해야 하는 거야. 아빠는 그렇게 해왔어. 그게 사랑이란다.

그 말을 가슴속에 똑똑히 새겨뒀는데도, 에이미는 시커먼 감정에 삼켜질 뻔했다.

"아아, 아빠, 죄송해요. 전 이놈을 용서할 수 없어요……."

트릭시가 입술을 살짝 움직여서 웃었다. 그녀는 일찌감치 살의가 담긴 마법을 짜고 있었다. 하지만.

"……그래도 목숨은 하나뿐이야. 돌이킬 수 없는 일은 하면 안 돼."

그러자 트릭시는 황당하다는 눈으로 에이미를 바라보았다. 그녀가 짜고 있던 마법도 안개처럼 사라졌다. 그리고 개릭은 벼랑 끝을 벗어나서 후, 하고 안도의 한숨을 쉬었다.

트릭시가 그런 개릭을 비웃었다.

"운이 좋네? 어서 가. 넌 그 반지를 이용해서 지배하는 쪽에 설수 있어. 내가 실패하지만 않는다면."

"……흥. 기대는 안 하고 기다리도록 하지."

개릭은 그 사람이란 말을 남기고, 지폐 다발이 담긴 가방을 들고서 밤의 어둠 속으로 사라졌다. 이런 짓을 해놓고도 뻔뻔하게 도망치려 하고 있다.

"부탁이야 트릭시. 하다못해 경찰, 경찰한테……."

"싫어, 귀찮아. 억울하면 네가 힘을 길러서 직접 잡아. 어느 정도는 내가 마법을 가르쳐줄 테니까."

"내가, 내 손으로……?"

트릭시는 별생각도 없이 말했을 것이다. 하지만 이때 에이미는 진심으로 저스위즈가 되겠다고 결심했다.

에이미의 부모님은 저스위즈를 지원하는 세계 마법 연맹(스타링 실버)의 마법사들이 수습하여 매장했다. 태어난 고향의 묘지에서 조용히 성묘를 마친 에이미에게 트릭시가 말했다.

"그럼, 슬슬 가볼까. 그놈들한테 들킬 위험을 무릅쓰면서까지 성묘도 했고, 강아지를 키워줄 사람도 찾아줬으니까. 이제 만족했지? 지금부터는 내가 시키는 대로 해."

그 말을 듣고 트릭시를 바라본 에이미가 이상한 듯 고개를 갸웃거렸다.

"그놈들이라니, 스타링 실버 얘기야?"

"그래, 마법사들끼리 모여 무슨 위원회인지 부인지 하고 떠드는 그거. 마치 마법사들의 리더라도 되는 양 굴며 2차 대전 이후에『용감한 포기』니 뭐니 하는 헛소리를 늘어놓은 바보 같은 놈들이지."

"바보라니…… 트릭시는 스타링 실버가 싫어?"

"그보다는 너무 바보 같은 행적에 질렸어. 마법을 감추려고 하지는 못할망정. 정말 어이가 없다니까. 마법사와 마법사가 아닌 자들이 서로를 이해해? 그런 날은 오지 않아. 나는 그놈들하고 어우러지지 못했어. 그래서 한바탕 싸운 끝에 유럽을 벗어나서 세계 각지를 돌아다녔지. 지금은 일본이라는 극동의 섬나라에 거점을 두고 있어."

그 체념이 담긴 말에, 에이미는 다섯 살이라는 나이면서도 가슴이 조여드는 것 같은 기분을 맛봤다.

"……아빠가 울었어. 당신을 도와주고 싶었다고."

"그래? 넌 이제 안 우는 거니?"

"응, 안 울어."

이제야 겨우, 에이미는 마음속에서 눈물을 닦았다. 부모님을 잃은 상처가 나은 건 아니지만, 다른 목표를 찾아냈기 때문이다. 그리고 에이미는 트릭시를 보면서 웃었다.

"나는 아빠가 하지 못했던 걸 대신할 거야. 언젠가 그 개릭을 반드시 체포해서 죗값을 치르게 하고, 나아가서는 당신을 구해내겠어."

"응? 나?"

"응! 왜냐하면, 아빠는 당신을 도와주겠다고 했거든. 이젠 내가 물려받아서 할 거야. 계속 같이 있자, 트릭시!"

"……건방진 소리 하지 마라, 꼬마."

트릭시는 그렇게 말하고, 중지로 에이미의 이마를 살짝 퉁겼다.

트릭시는 에이미를 데리고 바다 건너에 있는 섬나라, 일본으로 향했다. 도쿄에 도착해서 협력자라는 뚱뚱한 남자가 운전하는 차를 타고 달리는 사이에, 차창 바깥의 풍경도 달라졌다. 처음에는 도심이었다가 주택가가 보이고, 집조차도 드문드문 보이게 되고, 결국에는 논밭만 보이는 풍경이 펼쳐졌다. 이윽고 이름 모를 산의 기슭에서 차를 내리고 산길을 걸어 올라갔더니, 불교 사원의 산문이 나왔다. 문 위에 한자로 절의 이름이 적혀있었지만, 에이미는 읽을 수가 없었다.

트릭시에게 이끌려서 문을 지나 경내로 들어간 에이미는, 그곳의 엄청난 꼴을 보고는 놀라서 말했다.

"우와~! 뭐야 여기! 풀이 잔뜩 자랐어! 귀신 집 같아!"

"이 나라에 있는 수많은 불교 사원 중에 하나야. 하지만 후계자가 없어서 망했지. 그걸 내가 이 산까지 통째로 사들여서 지하에 공간을 만들었고, 거기에 마술 공방을 차렸어. 산기슭까지는 도로가 이어져 있어서 편리하기도 하고. 주위에 있던 불제자들도 전부 다른 절로 옮겼어, 누가 올 일도 없고."

트릭시가 말한 대로 절 본당에는 지하로 가는 새로 만든 계단이 있었고, 그 안쪽에는 트릭시의 협력자로 보이는 사람들이 일하는 현대적인 시설이 있었다. 거기에는 에이미가 살 공간도 있었고, 에이미는 거기서 먹고 자면서 트릭시와 같이 지냈다.

솔직히 말해서 이곳에서 지낸 날들은 행복했다. 아무것도 몰랐기 때문이다. 트릭시의 꿍꿍이와 자신과 똑같은 처지의 소녀들이 아홉 명이나 있다는 것을 모르는 채로 살아갔고, 어느샌가 트릭시를 새로운 가족이라고 생각하게 됐다.

하지만 그런 꿈만 같은 나날도 끝났다. 트릭시는 무시무시한 계획을 꾸미고 있었다. 그녀는 지배의 마법으로 세계를 정복하겠다는 야망을 품었고, 에이미는 그 첨병으로 삼기 위해서 다른 아홉 명의 피해자들처럼 노예의 낙인을 새겼다.

에이미가 그것을 알게 된 것은 트릭시의 마술 공방에 쳐들어온 마녀 메릴이 에이미와 아이들이 보는 앞에서 트릭시를 상대로 크게 싸우면서 진실을 폭로했을 때였다. 그래도 트릭시가 깊은 상처를 입었을 때는, 온몸의 피가 거꾸로 흐르는 것 같은 기분이 들었다. 이때의 격정에 지금까지 트릭시에게 배운 마법 덕분에 코스모 피스트에 눈을 뜬 에이미는, 그걸로 메릴을 공격하고서 트릭시와 함께 도망쳤다.

지하 공방을 탈출해서 밤의 산속을 달려갔다. 마침내 피를 너무 흘려서 커다란 나무뿌리에 몸을 기댄 트릭시는, 자기 자신에게 회복 마법을 걸기 시작했다. 그런 트릭시를 에이미가 눈물이라도 흘릴 것 같은 눈으로 보고 있었더니, 트릭시는 질렸다는 것처럼 말했다.

"왜 따라오는 거지? 난 너를 속였는데? 난 나쁜 마녀야."

"알아. 그래도 나는 트릭시를, 좋아하게 됐으니까……."

"노예의 각인을 새겼는데도? 반지를 이용해서 마음대로 조종할 수 있는 몸이 됐는데도? 그 각인은 유전이야. 넌 더 이상 아이도 낳을 수가 없어."

"그래도 용서해줄게."

어린아이답게 마음속 응어리도 없이 그렇게 말하자, 트릭시도 못 당하겠다는 표정을 지었다. 그런 트릭시에게 다가가서, 에이미가 밝은 목소리로 말했다.

"안 아파?"

"괜찮아. 회복 마법이 특기인 언니가 남긴 머리카락을, 대상으로 썼으니까."

그 말의 의미를 제대로 이해하지 못한 에이미에게, 트릭시가 피식 웃으며 말했다.

"난 일종의 네크로맨서야. 죽은 사람의 유체를 대가로 소비해서 그 사람이 생전에 사용했던 마법을 재현할 수 있지."

"그렇구나. 뭔진 모르겠지만, 상처가 나아서 다행이야……."

에이미는 그렇게 말하고, 트릭시의 머리를 쓰다듬어줬다. 그때 트릭시의 검붉은 눈동자가 달라졌다. 뭔가, 말로 표현할 수 없는 변화였다.

"……정말 답이 없는 꼬마라니까. 하지만 심심하니까, 옛날얘기를 하나 해주지."

그리고, 트릭시는 이야기를 시작했다.

"……먼 옛날에, 좋아하는 사람이 있었어. 그 사람은 여자를 정말 좋아하고 특별한 마법을 썼고, 그 힘으로 많은 여성을 자기 것으로 삼았지. 난 그 사람의 백 번째 아내가 될 예정이었어. 그런데 그 전날 밤, 제일 위에 언니…… 즉, 그 사람의 첫 번째 아내가 배신했어. 그걸로 전부 끝. 그 사람은 죽고 언니들은 뿔뿔이 흩어졌지. 마음대로 살아간 사람, 은자가 된 사람, 아이들을 키우면서 평생을 마친 사람, 원수를 갚겠다고 하다가 되레 당한 사람, 그 남자를 따라서 죽은 사람, 가지각색이었지."

"……트릭시는, 어떻게 했어?"

"나? 난 묘지기가 됐어. 죽은 그 사람과 언니들의 묘를 지키면서 200년 정도 살았나. 하지만 아무래도 질려서 말이야. 묘지기를 그만두고 여행을 떠났어. 그때 추억거리로 그 사람의 유골을 가지고 떠났지. 난 묘지기였고, 그 사람의 아내가 될 사람으로서 버진 프로젝트도 걸었으니까, 마왕의 뼈 정도는 가질 권리가 있지 않겠어?"

마왕이나 버진 프로젝트가 뭔지는 잘 모르겠지만, 에이미는 신경 쓰지 않고 물었다.

"그래서? 여행을 떠나서 좋은 일은 있었어?"

"아니, 하나도 없었어. 마법과 과학, 가진 자 없는 자의 싸움에 휘말려서 안 좋은 일만 잔뜩 겪었지. 어느새 나는 나 자신에게 묻고 있었어. 마법사는 이 세상을 어떻게 대해야 할까……. 그런데 내가 답을 찾기도 전에 커다란 전쟁이 벌어졌고, 마법사들이 새로운 세상에서 마법사가 어떻게 해야 할지를 멋대로 정해버렸지."

"그게 『용감한 포기』라고?"

"그래. 마법사와 마법사가 아닌 자가 같이 걸어가기 위해, 마법사는 많은 의무를 짊어지게 됐지. 그런데 이상하지 않아? 나는 그걸 찬성한 적이 없어. 마법사 대다수가 찬성하기는 했지만, 전부는 아니야. 난 Yes라고 한 적이 없어. 양측이 손을 잡는다는 건 다 거짓말이야. 서로 이해한다든지, 공존이라든지, 전부 허상이지. 난 이 허상으로 이루어진 세상을 더는 보고 싶지 않았어. 그래서 난 진실된 세상을 만들기로 했지. 세상을 정복하고, 인간과 마법사의 존재 방식에 대한 답을 찾아내기로 말이야. 우리는 다른 생물이고, 결코 하나가 되는 일은 없어."

피를 토하는 듯한 고백이 끝나자, 트릭시는 기나긴 한숨을 쉬었다. 그리고는 빗자루를 지팡이로 삼아서 비틀거리며 일어섰다.

에이미가 뛰어가서 부축해주려고 했지만, 트릭시는 고개를 저었다.

"뭐, 밖에서 보면 내 사고방식이야말로 이단이니까, 언젠가 앞을 가로막는 자가 나타날 것쯤은 예상했지만, 그게 설마 메릴일 줄은. 차라리 아르시엘라 언니 후손이었다면 운명적이었을 텐데."

어깨까지 흔들면서 웃는 트릭시의 원망하는 얘기 속에서, 에이미는 왠지 모르게 친애의 감정 같은 것이 느껴져서 눈이 휘둥그레졌다.

"저기 트릭시. 그 메릴이라는 마녀, 아는 사람이야?"

"그래, 알지. 둘 다 오래 살았으니까. 오늘처럼 적이 된 적도 있었고, 같이 협력한 적도 있었지. 뭘 입는지에 따라서 사용하는 마법이 달라지는 귀찮은 마녀야."

에이미가 트릭시의 시선을 따라 고개를 돌리자, 어느샌가 메릴이 다가와 있었다. 메릴은 하얀 드레스 차림에다가 오른손에는 칼을, 왼손에는 천칭을 들고 있었다.

"저 사람……!"

또 트릭시를 다치게 하려는 건가 싶어서 불타오르는 에이미를 손짓으로 제지하고, 트릭시는 희미한 미소를 지었다.

"이것 참, 정의의 여신 아스트라이아 의상인가. 눈동자가 빨간 걸 보니 이미 레드 존에 들어갔나 보네."

"레드 존?"

"그래. 메릴은 입은 옷에 따라서 스타일이 달라지는 마법사이지만 옷만 갈아입는다고 진짜 힘을 다 발휘할 수 있는 건 아냐. 진짜 힘을 발휘하려면, 드레스에 맞는 인격을 연기해야 하지."

"연극처럼?"

"그래. 하지만 말이 연기지, 사실 연기가 아니야. 빙의 강령술에 가깝지. 이중인격이랑 비슷하다고나 할까? 그렇게 되면 눈동자가 붉은색으로 물드는데 그걸 메릴 레드 존이라고 불러. 레드존은 계속 마력이 빠져나가니까 오래 유지하기 힘들지만, 아무튼, 요약하자면 메릴이 진심이란 이야기야."

트릭시는 품 안에서 작은 천 주머니를 꺼내 에이미에게 던졌다. 그리고는 작은 수첩을 펼치더니 빗자루를 펜으로 변화시켜서 뭔가를 적더니, 그대로 찢어서 그걸 에이미에게 준 다음, 수첩을 화염 마법으로 태워버렸다. 영문도 모르고 받아든 에이미는 수첩이 탄 재가 바람을 타고 흩어지는 속에서 이상하다는 얼굴로 트릭시를 바라보았다.

"이건 뭐야?"

"마왕의 유물…… 제논 일즈오버의 유골과 그의 마법, 버진 프로텍트의 술식을 적은 메모야. 내가 지면 메릴한테 부탁해서 네크로맨서 의상으로 갈아입고, 그 마법을 걸어달라고 해. 그럼 아이를 낳을 때 각인이 유전되는 걸 막고, 이상한 남자한테 반지로 지배를 당해도 순결만은 지킬 수 있을 거야."

에이미는 트릭시가 하는 말을 반도 이해할 수가 없었다. 알아들은 것은 트릭시가 마지막 싸움에 임하기 위해 작별을 고하고 있다는 것뿐이었다.

"잘 있어라, 에이미. 재미없는 천년이었지만, 너와 지낸 일 년은 나쁘지 않았어."

말을 마친 트릭시는 왼손을 들어 올리며 외쳤다.

"부서져라."

그 순간 그녀의 왼손 약지에 있던 오리하르콘 반지가 산산이 부서졌다. 메릴이 "앗!" 하고 놀란 틈을 타 트릭시가 선제공격했다.

그리고 격렬한 싸움 끝에 트릭시는 패배했다. 자신이 날린 빙결 마법을 메릴이 숨겨두었던 마법 거울로 반사하는 바람에 얼음 기둥 속에 갇힌 것이다.

그리고 그런 트릭시의 최후를, 에이미는 가만히 보고 있는 수밖에 없었다.

메릴을 원망하는 기분은 들지 않았다. 나쁜 짓을 한 사람은 정의 앞에 패배하기 마련이다. 누군가를 원망한다면, 끝내 트릭시를 어둠에서 구하지 못한 자신을 원망해야겠지.

에이미가 얼음 기둥 속에서 잠들어 있는 트릭시를 보고 있으니 보라색 눈동자로 돌아온 메릴이 느긋한 목소리로 말했다.

"……죽지는 않았어. 마법으로 만든 얼음이니까. 얼음 속에서 자고 있을 뿐이야. 나중에 스타링 실버에 인계해야지. 넌 이쪽으로 오렴."

그렇게 해서 에이미는 메릴의 손에 이끌려서, 버려진 절의 지하에 있는 트릭시의 마술 공방으로 돌아갔다. 연구자들이 도망치면서 쓰러트린 책상과 서류들이 마구 흐트러져 있는 그 방 안에서, 아홉 명의 소녀와 그 아이들을 보호하고 있던 동양인 여성과 만났다.

메릴은 동양인 여성을 손가락으로 가리키며 말했다.

"이 아이는 아키시노 유바에. 스물한 살. 실력 있는 마도구사(師)야. 미안해 유바에. 너한테 받은 마법을 반사하는 거울, 어찌어찌해서 깨져버렸어."

"트릭시의 마력은 견디지 못했나. 뭐, 도움이 됐다니 다행이야. 그런데, 메릴이 없는 사이에 이 공방에서 골드 반지를 한 다스나 찾아냈는데……."

그렇게 말하며 유바에한테 내밀은 케이스 안에는 금반지 열두 개가 들어있었다. 그것을 본 메릴은 "야호~!" 하며 반지 하나를 손에 집었다.

"오리하르콘 반지 탈취에 실패했으니까, 나 하나 줘. 나머지는 부숴버리고."

메릴은 그렇게 말하고서 반지를 오른손 중지에 끼고는 에이미를 향해서 손바닥을 내밀었다. 아무래도 트릭시한테 받은 마왕 유물과 메모를 달라는 뜻인 듯했다. 에이미가 메모지를 넘겨주자 메릴은 그대로 생각에 잠겼다.

"그렇구나 메릴. 유전되는 각인, 순결을 지키는 마법, 버진 프로텍트……."

"그렇다면 지금 걸어두는 게 좋겠네. 노예의 각인을 가진 아이가 태어나면 곤란하니까."

옆에서 메모지를 들여다본 유바에의 말에, 메릴이 맞장구를
쳤다.

"······그렇겠지. 그런데 굳이 이런 메모를 남기다니, 혹시 마지
막에 와서 반성했나?"

메릴은 그럴 소리를 중얼거리면서 네크로맨서 의상으로 갈아
입었고, 마왕 유물을 촉매로 삼아서, 먼저 자신에게 버진 프로텍
트를 걸었다. 그 뒤로 여기저기를 뒤적뒤적하면서 마법의 효과
를 확인한 뒤에, 에이미를 포함한 열 명에게도 똑같은 마법을 걸
었다.

"이걸로 오케이! 이제 너희는 자손을 남길 수 없어요! 야한 짓
도 못 해요! 그냥 임시 보호조치라고 생각해! 언젠가 해결책을 찾
아낼지도 모르니까. 그럼 유바에, 뒷일은 잘 부탁해!"

"뭐?"

"이 아이들의 각인을 지울 수 없으니까, 메릴은 나머지 반지들
을 부수러 갔다 올게요~! 밖에 얼음덩어리가 돼 있는 트릭시랑
애들을 부탁해 메릴!"

"자, 잠깐만! 나더러 어떻게 하라고?! 방구석에 틀어박혀 있던
인간을 억지로 끌어내서 귀찮은 일에 휘말리게 하더니, 애들을
열 명이나 떠넘기겠다고?!"

유바에는 메릴을 붙잡으려고 했지만, 메릴이 잡힐 리가 없다.

"그럼 열심히 해, 바이바이~."

메릴은 듣지도 않고 재빨리 떠나갔다. 에이미는 무심코 참 바람 같은 사람이구나 하고 생각했다.

"뭐야, 진짜야? 정말로 다 나한테 떠넘기겠다고?! 메릴!"

유바에는 한참 동안 멍하니 서 있었지만, 메릴이 정말로 돌아오지 않는다는 걸 깨닫고는, "난 사람들이랑 어울리는 걸 못 하는데", "방구석에서 마법 도구나 만드는 게 행복한데", "어쩌다 그 마녀랑 만난 탓에", "왜 내가 이런 꼴을", "아아, 난 너무 불행해" 등 아이들이 있거나 말거나 실컷 투덜대고 우는소리를 해댔다.

에이미는 보다 못해 결국 먼저 말을 걸었다.

"저기, 스타링 실버에 연락하면, 어른들이 어떻게든 해줄 것 같은데……."

그랬더니 자기 연민에 빠져 있던 유바에에게 태도를 확 바꿔서 고개를 저었다.

"아냐. 나도 어른이니까, 내가 책임지고 너희들을 어떻게든 원래의 생활로 돌려보내 줄게. 그래야 나도 안심하고 다시 틀어박힐 수 있을 테니까 말이지. 자, 앞으로 어쩌고 싶은지 한 사람씩 말해봐. 그리고 메릴은 부수라고 했지만, 이 반지를 너희한테 하나씩 나눠줄게. 하위 반지로부터 몸을 지켜주는 도구가 될 거야."

그렇게 결심한 유바에는, 그 자리에서 소녀들 한 사람 한 사람에게 앞으로 어떻게 하고 싶은지 물었다. 그리고 마침내 에이미 차례가 왔다. 순서를 기다리는 사이에 생각을 정리해둔 에이미는, 여섯 살 아이라는 걸 믿을 수 없을 만큼 확실하게 자기 의사를 표명했다.

"난 저스위즈가 되고 싶어. 그리고 트릭시를 도와줄 거야."

유바에는 깜짝 놀랐고, 그리고는 의아하다는 것처럼 눈살을 찌푸렸다.

"트릭시를 도와주겠다니?"

"트릭시는 이 세상이 싫다고 했지만, 아빠는 그 사람도 도와주고 싶어 했어. 나도 마찬가지야. 그러니까 나는 저스위즈가 되어서 이 세상을 좋게 만든 다음 트릭시를 그 얼음 속에서 꺼내 줄 거야. 그러면, 트릭시가 이 세상을 좋아하게 되면, 다시는 이런 일도 없을 거야!"

에이미는 자기 생각을 열심히 말했지만, 유바에의 얼굴은 여전히 굳어 있었다.

"만약 트릭시가 얼음 감옥에서 해방됐을 때, 또 같은 짓을 하려고 들면 어떻게 할 거야? 더 심한 짓을 하려고 하면?"

"그때는 정의의 히로인으로서, 내가 트릭시를 막을 거야."

에이미는 그렇게 큰소리를 치고는, 바닥에 굴러다니던 매직펜을 집어 들고는 벽에다가 커다란 글씨로 이렇게 썼다.

——나, 에이미 맥퀸은 맹세한다. 아빠의 뒤를 이어 저스위즈가 되고, 트릭시가 절망했던 이 세상을 새롭고 훌륭한 곳으로 바꾸겠다. 그다음에 트릭시를 얼음 관에서 꺼내주고, 웃게 만들겠다.

에이미가 자신이 벽에 적은 선언문을 보고 만족하고 있는데, 뒤에 서 있던 유바에가 눈에 눈물을 글썽이면서 말했다.

"정말이지, 네 마음은 아주 잘 알았어. 내가 어떻게든 알아봐 줄게."

이렇게 해서 유바에는 열 명의 소녀를 거두어 스타링 실버의 마법사들과 연계하면서 한 사람, 또 한 사람 고국으로 돌려보냈다. 트릭시는 얼음 속에 갇힌 그 상태 그대로 마법 범죄자들이 수용된 외딴 섬에 있는 감옥으로 보내졌다.

에이미는 스타링 실버에서 파견된 직원과 함께 미국으로 돌아가 뉴욕에서 카페를 경영하는 아프리카계 남성을 소개받았다.

"소개할게, 이 사람은 라파엘. 30세. 저스위즈 옵시디언 소드다. 미국에서는 마법사 어린이는 마법사가 보호해야 하거든. 이 사람이 네 스승 겸 보호자가 될 테니까, 앞으로는 이 사람과 같이 살면서 마법사와 저스위즈에 대한 걸 배우거라."

"이봐, 웃기는 소리 하지 말라고. 왜 내가 이런 애를 돌봐야 하는 건데?"

갑자기 어린애를 맡으라고 떠넘기면 누구든 당황하겠지. 게다가 이때 라파엘은 이혼한 지 얼마 안 돼서 신경이 예민해져 있었다. 하지만 직원은 물러서지 않았다.

"우리 스타링 실버는 세계의 질서를 유지하기 위해서, 법을 무시하고 히어로 활동을 하는 당신들을 지원해왔다. 이번에는 그쪽이 우리 부탁을 들어줄 차례라고 생각해라. 에이미는 이 나이에 벌써 저스위즈가 되겠다고 했어. 부디 자네 손으로 훌륭하게 키워주게."

"아니, 그니까 왜 하필 나냐고! 더 괜찮은 놈들이 있을 텐데 말이야!"

"이 아이는 저스티스 그랑디아의 아이다."

그러자 라파엘은 갑자기 입을 다물더니 불같이 화를 내던 게 거짓말이었던 것처럼 침묵했다. 에이미가 고개를 갸웃하자, 스타링 실버 직원이 웃으면서 말했다.

"이 남자는 지금이야 저스위즈로 활동하고 있지만, 옛날에는 나쁜 일에 마법을 사용하는 범죄 마법사였단다. 하지만 너희 아빠한테 혼쭐이 난 덕분에 마음을 고쳐먹었지. 성질이 급하고 거친 구석이 있었지만, 지금은 반성하고 착한 사람이 되려고 노력하고 있단다. 내가 줄곧 이 사람을 지원하면서 지켜봐 왔으니, 믿어도 된다."

"칫, 그만해."

라파엘의 목소리는 고문이라도 받는 사람 같았다. 봤더니 라파엘의 미간에는 고뇌하는 주름이 새겨져 있었다.

"……정의의 마법사가 되면, 나도 조금이나마 멀쩡한 인간이 될 수 있을 줄 알았어. 실제로 결혼도 하고, 작기는 하지만 가게도 열었지. 하지만 결국은 이 꼴이야. 아내와 이혼하고, 아들의 친권도 빼앗겼지. 그게 지금의 나야. 그런데 나한테 애를 맡기겠다고?"

"불안한가? 이보게, 라파엘. 난 에이미를 무작정 자네에게 떠맡기고 있는 게 아니네. 이건 자네를 위한 길이기도 해. 지켜야 할 사람이 곁에 있는 게 자네에게 분명 도움이 될 테니."

그 신뢰와 인정에 감명을 받았는지, 결국 라파엘은 에이미를 맡기로 했고 훌륭하게 키워줬다. 때로는 싸우기도 했지만, 최고의 보호자이자 스승이자 파트너라고 인정했다.

하지만 에이미가 열세 살이 됐을 때, 옵시디언 소드 라파엘은 크리미널 위저드이자 미국 전체에서 악명을 떨치던 개릭과 싸우다가 중상을 입었다. 그런 라파엘을 도와주기 위해서, 에이미는 언젠가 찾아올 그 날을 위해 준비해뒀던 배틀 레오타드를 입고 달려갔다. 저스위즈 엑셀시아의 멋진 데뷔였다.

그 뒤에, 간신히 개릭을 쫓아낸 에이미는 부상 때문에 일선에서 물러난 라파엘의 후방 지원을 받으면서, 저스위즈로서 활동하기 시작했다.

엑셀시아는 눈 깜박할 사이에 인기를 끌었고, 에이미도 평소에는 학생으로서 눈에 띄지 않게 지내면서, 더 좋은 세상을 만들기 위해 미국의 슈퍼 히로인으로서 계속 싸웠다.

그 뒤로 3년, 갑자기 메릴이 에이미 앞에 나타나서 이렇게 말했다.

"네 남편감을 찾았어!"

이야기를 들어보니, 일본에 에로 마법사의 재능을 가진 소년이 있는데, 에이미와 어떻게든 될 가능성이 있는 사람은 오직 그 소년 한 명만이라고 한다. 그 이후 카에데와 만났고, 그녀에게서 반지를 둘러싸고 일어난 사건을 들었다. 다소 신경이 쓰이긴 했지만, 뉴욕의 평화를 내버려 두고 자리를 비울 이유는 아니었다. 그런데 무슨 우연인지, 마침 스타링 실버에서 개릭이 일본에 있다는 정보가 들어왔다. 에이미는 불현듯 개릭이 반지를 가지고 있다는 걸 떠올렸다.

"그러고 보니 트릭시가 그놈한테 반지를 하나 줬었지. 이제야 알겠네. 개릭은 틀림없이, 트릭시한테 지배 마법에 대해 들었을 거야. 그놈이 만약 그걸 지금도 잊지 않았다면…… 메릴 씨, 당신이 일본에서 반지와 관련된 사건을 요란하게 만든 걸 보고, 단서를 찾아 움직이기 시작했을 거야."

"뭐야~ 혹시 메릴 때문이야? 아니겠지."

메릴한테 책임이 있는지는 모르겠지만, 일이 이렇게 된 이상, 에이미도 개릭을 쫓아서 일본으로 가는 수밖에 없었다. 다행히 마침 엑셀시아를 대신해 뉴욕을 지킬 사람이 근처에 있었다.

에이미는 카에데에게 자기 대신에 뉴욕의 평화를 지키는 새로운 저스위즈가 되어달라고 부탁하고 메릴과 함께 일본으로 향했다.

그리고, 이윽고 준페이와 만났다.

◇

단편적이지만 중요한 기억이 주마등처럼 흘러가는, 긴 것 같으면서도 짧은 시간. 준페이는 에이미의 기억을 봤다는 걸 이해하면서 입맞춤을 끝냈다. 키스한 직후인데도 가슴이 두근거리지 않았다. 그것보다 에이미의 반생을 들여다봤다는 떨떠름한 기분과, 같은 나이지만 자신보다 훨씬 농밀하게 살아온 16년에 압도당한 기분이었다.

그중에 떨떠름한 기분은, 에이미의 다음 한 마디 덕분에 사라져버렸다.

"미안. 네 기억을 보고 말았어. 뭐랄까, 그러니까, 힘들었겠다."

"아, 너도 내 기억을 봤구나. 그럼 서로 마찬가지네. 하지만 우리는 이혼하기는 했어도 부모님이 둘 다 살아계시고, 새 가족이랑 잘 지내지 못하기는 해도, 나는 그럭저럭 잘살고 있으니까······."

그것은 반쯤 사실이지만 반은 거짓말이었다. 결국 부모님이 이혼했다는 사실, 새아버지와 그 사람이 데리고 온 자식들과 결국 친해지지 못했다는 사실은, 지금도 준페이의 마음에 어두운 그림자를 드리우고 있었다. 거기에 비하면 에이미는 정말 강한 아이였다.

"정말로······ 나 같은 것보다 네가 훨씬 훌륭해. 자기 몸에 돌이킬 수 없는 짓을 저지른 마스터 트릭시를 구해주고 싶다니, 난 도저히 그렇게 못 해."

"그 사람도 처음부터 나쁜 사람은 아니었어. 내 기억을 봤으니까 알잖아? 천년이라는 허무한 인생이 그 사람한테 죄를 짓게 만든 거야······."

"그래······."

준페이는 조용히 고개를 끄덕였다. 트릭시가 에이미에게 말해 줬던 자신의 과거, 마왕 유물인 제논의 뼈를 가지고 있었던 이유. 에로 마법에 정통했던 이유. 그 모든 것들을 알게 된 지금, 준페이도 트릭시를 단순하게 악이라고 치부할 수는 없었다.

"트릭시는 전생의 나를 알고 있는 생존자였구나……."

만약 제논이 조금만 더 처신을 잘했다면 아르시엘라는 반란을 일으키지 않았을 테고, 트릭시도 불행해지지 않았겠지. 지금의 에이미를 비롯한 다른 아이들도 더 행복해졌을지도 모른다. 그렇게 생각하니 우울한 기분이 들었다. 그러자 에이미가 웃으면서 말했다.

"준페이, 나 말이야, 언젠가 트릭시를 그 차가운 감옥에서 풀어준 다음에, '이 세상도 나쁘진 않지?'라고 말해주고 싶어. 그리고 트릭시가 자기가 한 일을 후회한다면, 내가 이기는 거야. 그러기 위해서 세상을 더 좋게 만들고 싶어."

"……그렇구나. 그렇다면, 트릭시가 네 몸에 새긴 노예의 각인은 내가 지워줄게."

"후후, 기대할게. 그럼, 마력을 빨아낸 덕분에 많이 진정되기도 했으니까, 슬슬 개릭을 혼내주러 갈까 하는데. 준페이는 어쩔 거야?"

"같이 갈게. 다만, 하나만 가르쳐줘. 넌 복수를 안 하고 견딜 수 있겠어?"

개릭은 에이미 눈앞에서 부모님을 살해했다. 미워하는 게 당연하고, 원수를 갚는 건 필연이다. 하지만 개릭은 미움을 받으면 받을수록 강해지는 이단 마법사라고 한다. 과연.

"솔직히, 모르겠어. 아무리 나쁜 사람이라고 해도 죗값을 치르고 회개한다면, 그게 제일이야. 용서할 수 있다면 하고 싶어. 하지만, 그래도 그놈만은……!"

그때, 에이미의 파란 눈동자에는 틀림없는 증오의 불길이 타오르고 있었다.

"개릭하고는 벌써 몇 번이나 싸웠지만, 그때마다 나는 증오에 사로잡혔어. 그래서 졌고. 하지만, 이번에야말로 꼭 이기겠어. 내가 결판을 낼 거야. 알았어?"

"그래……."

안 된다는 말은 할 수 없었다. 에이미는 부모님 원수와 싸우는 동시에, 자기 안에 있는 증오와도 싸우고 있다. 그 누구도 그걸 방해할 수는 없다.

"그럼 나도 도와줄게."

"네가? 네 에로 마법은 남자한테 안 통하잖아?"

"그게, 네 입술을 통해서 마력을 빨아들인 덕분인지 몸 안에 마력이 넘쳐나고 있어. 지금이라면 뭔가 엄청난 일을 할 수 있을 것 같다는 기분이 들어."

"그래? 굳이 도와주겠다면 말리지는 않을게. 남의 마력이니까 다치지 않게 조심하고."

에이미는 그렇게 얄미운 소리를 하고는, 아까부터 말이 없는 메릴에게 시선을 돌렸다.

"자, 메릴 씨. 개릭이 어디 있는지 말해줘."

"이제 말해도 돼? 근데 준페이, 에이미 기억을 봤어?"

"그래, 로드 오브 하트의 부작용으로. 네 옛날 모습이랑 유바에라는 사람도 봤어. 트릭시에 대해, 그리고 레드 존이라는 것도⋯⋯."

"앗~! 그건 메릴의 마지막 수단. 비장의 카드니까 비밀로 해줘."

준페이가 물론이라고 고개를 끄덕였을 때, 에이미가 짜증 난다는 것처럼 물었다.

"그래서, 개릭은?"

"괜찮아, 찾아놨어. 그런데 일이 조금 귀찮아져서 말이야, 잠깐 따라와 봐."

메릴은 그렇게 말하고는, 옷 갈아입기 마법을 발동하고 빛의 고리를 통과해서 파란색 고양이 귀 의상으로 갈아입었다.

"어디로든 게이트!"

의기양양하게 말한 메릴 앞에, 이번에는 또 다른 빛의 고리가 나타났다. 그 빛의 고리 너머에 펼쳐진 풍경을, 에이미가 진지한 얼굴로 노려봤다.

"이 너머에 개릭이?"

"가보면 알아 메릴."

에이미는 조금 수상하다는 것처럼 눈살을 찌푸렸지만, 길은 하나뿐이었다. 마침내 에이미는 결심했다는 표정을 짓고는, 용감한 발걸음으로 게이트 안으로 들어갔다. 준페이는 그 뒤를 바로 따라가지는 않았다. 그 모습을 본 메릴이 이상하다는 것처럼 고개를 갸웃거렸다.

"어라라, 왜 그래? 준페이도 간다고 했잖아?"

"물론 갈 거야. 에이미를 혼자 둘 수는 없으니까. 그냥 일이 너무 커져서 말이야……."

일단 소니아한테 연락해야 할까. 그렇게 생각했을 때, 콘도 선생님이 했던 말이 생각났다.

——이번 일은 반드시 당신이 주도해야 합니다. 특히, 소니아양의 도움을 받아서는 안 됩니다.

"……그래, 그래야지. 이건 내가, 내 힘으로, 해내야만 해! 가자!"

그리고 준페이는 힘차게 걸음을 옮겼고, 어디로든 게이트 너머로 뛰어들었다.

게이트를 통과해서 도착한 곳은 작은 산 중턱에 있는 버려진 절이었다. 산문은 지붕이 썩어서 무너졌고, 현판은 찾아볼 수도 없다. 준페이는 을씨년스러운 분위기와 밤의 냉기에 떨면서 열심히 기억을 더듬었다.

"여기, 아까 에이미의 기억에서 봤던 곳인가……?"

"트릭시가 도쿄 근처에 만들었던 거점이야. 겉보기에는 다 무너진 사원이지만, 지하에 트릭시가 만들었던 마술 공방이 남아 있어."

그렇게 말한 에이미는, 마지막에 게이트를 통과해서 나타난 메릴을 봤다. 게이트를 닫은 메릴은 바로 옷 갈아입기 마법을 이용하여 무녀 의상으로 변신했다. 그 가련한 모습에 준페이는 미소를 지었다.

"오, 그 무녀 복장은 결계 마법을 쓸 수 있다고 했었지."

"맞아. 기억하고 있었구나. 장하다 장해. 칭찬해줄게 메릴."

그렇게 말하면서 깔깔 웃는 메릴에게, 에이미가 짜증 섞인 목소리로 말했다.

"그래서 여긴 왜 온 건데? 개릭은 어디 있어? 왜 옷을 갈아입은 거야?"

"자, 진정해! 준페이, Y라는 사람을 기억하고 있어?"

"물론 기억하지. 10년 전에, 너와 협력해서 트릭시와 싸웠고,

카에데 선배와 에이미를 비롯한 아이들의 뒷일을 부탁했다고 하는 Y 씨…… 지금은 에이미의 기억을 봤으니까 알 수 있어. Y라는 사람은, 아키시노 유바에 씨를 말하는 거지. 하지만 그 사람은……."

"응. 메릴한테 연락을 준 뒤에, 조종당한 카에데의 절단 마법으로 의식을 절단당해서 병원에 실려 갔어 메릴. 그 유바에가, 지금, 여기 있어."

에이미는 안색이 확 달라졌다. 준페이도 놀라움을 감추지 못했다.

"유바에 씨가? 말도 안 돼! 그 사람이 어떻게 여기에?"

"그게 무슨 소리야? 카에데 선배는 자기가 의식불명으로 만들어버린 사람들을 깨우려고 그 고생을 하는 거 아니야? 그런데 그 사람이 여기 있다고?"

"유바에만 자기 힘으로 부활했어. 뭐, 자세한 얘기는 본인한테 들어봐 메릴."

메릴은 그렇게 밀하고, 절의 산문 쪽을 향해서 외쳤다.

"유바에~ 메릴 왔어!"

"……부를 필요도 없이, 다 듣고 있었어. 여전히 시끄럽구나."

허스키한 목소리로 그렇게 투덜거리면서 긴 머리카락을 한 갈래로 묶은 미녀가 달빛 아래에 모습을 드러냈다. 10년 동안 나이를 먹기는 했지만, 에이미의 기억에서 봤던 아키시노 유바에의 모습 그대로였다. 그 모습을 본 에이미가 눈이 휘둥그레져서 소리쳤다.

"유, 유바에 씨! 정말로, 당신이야?"

"그래. 평화 속에 틀어박혀 있었는데, 메릴한테 찍혀 밖으로 끌려 나온 끝에 애들 뒤처리나 부탁받은 불행한 여자야. 오랜만이네, 에이미. 많이 컸구나. 저스위즈로 활약하는 모습, 이쪽에서 보고 있었어."

유바에는 빙긋 웃고는, 돌계단을 내려와서 안경 너머로 준페이의 눈을 똑바로 바라봤다.

"아키시노 유바에, 31세, 독신이다. 잘 부탁한다, 에로 마법사."

"이치노세 준페이입니다. 제 이야기는 메릴한테 들으셨나 보군요."

유바에가 고개를 끄덕였을 때, 에이미가 반갑다는 것처럼 미소를 지으며 말했다.

"정말 오랜만이야, 유바에 씨. 그때는 정말 고마웠어. 지금의 제가 있는 건, 당신 덕분이야."

"아냐, 네가 열심히 한 거지."

그 말을 듣고 에이미는 더욱 짙은 미소를 지었지만, 바로 굳은 표정으로 바뀌었다.

"그래서, 이게 대체 어떻게 된 일이야? 카에데 때문에 병원 신세를 지고 있다고 들었는데, 어째서 당신이 여기 있는 거지? 그리고 개릭은……."

"그 이야기를 하려면 먼저 '신짱'의 이야기부터 해야 해."

진지한 얼굴로 '신짱'이라는 단어를 말하는 바람에 준페이는 뭔가 김이 샌 것 같은 기분이 들었다.

　"신짱? 그게 누구죠?"

　"오쿠무라 신스케야. 네가 다니는 마법 학교에서 교편을 잡고 있을 텐데?"

　유바에는 담담하게 말했지만, 준페이는 머리에 벼락이라도 맞은 기분이었다.

　"오, 오쿠무라 선생님이라고! 어째서 그 사람이 여기서 나오는 거죠?!"

　"난 마도구사야. 트릭시의 얼음 마법을 반사한 거울을 만든 것도 나고, 카에데의 각인을 분석해서 각인과 똑같은 효력을 발휘하는 목걸이 모양 마도구를 만든 것도 바로 나지."

　"뭣——?!"

　평소 같았으면 절대로 나오지 않을 소리가 입에서 튀어나왔다. 너무나 큰 충격 때문에 다리까지 휘청거렸다.

　"아, 아니, 잠깐만…… 분명히 그 사람, 목걸이를 만든 마도구사는 처리했다고 자기 입으로 말했는데……?"

　"너는 메릴한테서 Y가 의식불명이 됐다고 들었지. 그리고 신짱은 반지로 카에데를 조종해서 목걸이를 만든 마법사를 의식불명으로 만들었고. 뭔가 모순이 있나?"

　유바에는 쌀쌀맞게 발하고는, 깜짝 놀라고 있는 준페이 일행에게 자기 자신에 관한 이야기를 시작했다.

아키시노 가문은 마법사 중에서도, 대대로 마도구를 만드는 가문이었다고 한다. 마도구란 말 그대로 마법의 도구다. 마도구, 주구, 보구, 술구, 신기, 매직 아이템…… 다양한 이름으로 부르지만, 본질은 같다. 모두 마법 효과를 발휘하는 도구이다. 이것을 사용하면 마법사가 아니라도 마법을 쓸 수 있다.

"내가 평소에 변장할 때 사용하는 안경도 매직 아이템이야."

"그리고 지배 마법의 반지도 마도구의 일종이라고 할 수 있겠지."

그리고 마도구를 만드는 아키시노 일족 중에서도, 유바에는 걸출한 천재였다. 다만 그 재능이 너무 뛰어난 탓에 주위 사람들과 잘 지내지 못했고, 마법 학교에서도 열등생으로 지냈다고 한다. 그래서 졸업하자마자 고향 집 공방에 틀어박혀서는 마도구 만들기에만 몰두하는 나날을 보냈다.

"그런 내 불행은, 메릴의 눈에 띄었다는 점이지……."

"좋은 마도구를 만드니까, 어떤 사람인가 관심이 갔거든."

그렇게 메릴의 눈에 띈 유바에는 결국 메릴의 손에 공방 밖에 끌려 나왔고, 트릭시 사건에 강제로 협력하게 되었다.

"그 사건의 뒤처리가 끝나고 메릴도 없어져서 평온한 삶으로 돌아갔던 나는, 트릭시가 개조한 이 절을 물려받아서 내 전용 마술 공방으로 삼았지."

"어? 그럼 유바에 씨가 여기를 인수한 거야?"

깜짝 놀라는 에이미에게, 유바에는 웃으면서 고개를 끄덕였다.

"그렇게 고생했는데 공방 하나 정도는 가져도 되지 않겠어? 그 뒤로 난 여기에 틀어박혀서 열심히 마도구만 만들었지. 그런데 1년 정도 지났을 때, 아직 돼지였던 신짱이랑 카에데가 와서는, 노예의 각인과 같은 효과를 발휘하는 마도구를 만들어달라고 했어. 이유를 물었더니, 각인을 분석하면 각인을 지울 방법을 찾아낼 수 있을지도 모른다는 그럴듯한 말을 하더라고. 하지만 난 바로 거짓말이라는 걸 알아챘지."

"그럼, 대체 왜 그런 걸 만든 겁니까?"

그렇게 물어본 준페이의 가슴속에는 분노가 소용돌이치기 시작하고 있었다. 어쩌면 이 여자는 오쿠무라와 공범이 아니었을까. 그리고 유바에는, 미안하다는 기색도 없이 말했다.

"마도구사의 호기심이었다. 마도구사의 본질은 특정 마법사만이 사용할 수 있는 마법을 도구 안에 담아서 누구든 사용할 수 있게 만드는 것이야. 나는 내가 지배 마법을 부분적으로 복제할 수 있을지 궁금해졌지. 아, 물론 협력할 생각은 아니었어."

준페이의 시선이 갈수록 험악해지자 유바에의 말도 덩달아 점점 빨라졌다.

"그냥 마도구 개발에 성공하면, 그걸로 만족할 생각이었다. 몰래 파기해서 감춰버릴 생각이었지. 하지만, 나도 예상하지 못했던 일이 벌어졌다. 그래, 예를 들자면 교통사고 같은 일이었지. 나도 나 자신한테 놀랐다. 나한테 그런 일이 일어나리라고는 꿈에서도 생각지 못했으니까."

"대체 무슨 일이 일어났다는 건데요!"

답답해진 준페이가 거칠게 말하자, 유바에는 창피하다는 것처럼 고개를 숙이더니, 31세의 성인 여성이라는 걸 믿을 수 없을 만큼 어린애 같은 느낌으로 볼을 발그레하게 물들이고서 말했다.

"신짱을, 사랑하고 말았다."

상상을 초월한 대답에 준페이가 그 자리에서 무릎을 꿇고 고개를 숙이고 말았다. 에이미는 머리카락을 쥐어뜯고 있었다. 영화 같은 데서는 많이 봤는데, 미국 사람은 정말로 이런 동작을 하는구나.

"그래서 오쿠무라랑 공범이 됐다는 건가요? 맙소사……."

"아니, 잠깐만. 너무 서둘러서 결론을 내리지 마라. 사랑에 빠진 나는, 신짱이랑 조금이라도 더 같이 있기 위해서 이런저런 이유를 대면서 목줄 연구를 계속 미루기로 했다."

"아니, 대체 오쿠무라 선생님의 어디가 좋았던 건데요?"

준페이가 그렇게 묻자 유바에는 그 질문을 기다리고 있었다는 것처럼 말을 쏟아냈다.

"잘 생각해봐. 결국은 마법사가 너무 무서워서 필사적으로 지배 마법을 부활시키려 한 거잖아? ……너무 귀엽지 않아? 처음 만났을 때는 그렇게 살이 쪘는데, 과거를 알고 있는 사람한테 들키고 싶지 않다는 마음에 살을 빼는 모습은 정말 걸작이었지. 그 모습을 계속 보고 싶다는 생각이 들더라고. 하지만 무리였다. 마침내 각인의 힘을 지닌 목줄이 완성되고 말았으니까."

유바에가 거기서 말을 쉬자, 준페이가 벌떡 일어났다. 이 뒤에

이어지는 이야기에 따라서 이 여자를 대하는 방식도 바뀔 테니까.

하지만 유바에는 희미한 미소를 지으며 고개를 저었다.

"맹세코, 나는 그걸 신짱한테 넘길 생각이 없었다. 나는 목줄이 완성됐다는 사실은 정직하게 말하고, 그를 설득하기로 했다. 물론 무작정 설득한 건 아니야. 만약 대비해서 메릴한테도 연락했지. '일본에서 또 반지를 둘러싼 사건이 벌어질지도 모른다'고 말이야. 그렇게만 말해도 메릴은 올 테니까. 실제로도 그랬고."

그 말을 듣고, 준페이는 자기 가슴속에 있던 유바에에 대한 적의가 흐릿해져 가는 것을 느꼈다.

"아, 그래, 그랬지. 당신이 메릴을 불렀다고 했었지. 그래서 나는 메릴과 만났고, 거기서부터 모든 게 시작됐어⋯⋯."

하지만 그 10년 전의 협력자 Y와 오쿠무라의 의뢰를 받아서 노예의 목줄을 만든 사람이 동일인물이었다니, 정말 생각지도 못한 일이었다.

"그리고 나는 신짱과 만나서 뭘 꾸미는지 알고 있다는 것과 그래도 그런 너를 좋아한다는 말을 전했다. 바보 같은 꿈을 버리라고 애원했지. 하지만 그는 나를 믿지 않았다. 남보다 훨씬 겁이 많은 사람이니까. 결국 신짱은 반지로 카에데를 조종해서 절단 마법으로 내 의식을 잘라냈지."

유바에는 쓸쓸한 얼굴로 그리 말했다.

"자초지종은 알겠습니다만, 카에데 선배가 절단 마법으로 의식을 잘라버린 사람은 전부 의식을 잃고 깨어나지 못했다고 들었는데, 왜 당신은 멀쩡한 겁니까?"

"메릴이 병원에서 찾아냈을 때는 완전히 의식불명 상태였다고 했지?"

"그랬지. 하지만 그로부터 며칠 뒤에 자력으로 깨어났어. 이럴 때를 대비해 미리 강력한 대체 마법 도구를 만들어서 갖고 있었 거든."

"대체 마법?"

준페이가 고개를 갸웃하자 유바에가 미소를 지으면서 설명했다.

"간단히 말하자면 내가 받는 피해를 대신 받는 인형이야. 내게 위험이 닥쳤을 때, 그 인형이 대신 피해를 받고 나는 멀쩡하게 넘어가는 방식이지. 다만 카에데의 마법이 너무 강력한 탓에 대체 마법으로 완전히 막아내지 못했어. 그래서 한동안 인사불성에 빠져 있었지. 그래도 다른 피해자들이랑 다르게 의식을 되찾았으니, 대단하지?"

"그렇군요……. 당신만 예외인 거군요……."

준페이는 약간 아쉽게 생각했다. 절단 마법으로 의식불명이 된 사람들을 깨울 방법을 찾아낸다면, 카에데의 속죄도 빨리 끝낼 수 있을 텐데.

"재활은 마치고 퇴원한 나는 메릴한테 연락을 취해서 일이 어떻게 된 건지 캐물었다. 다만 그때는 이미 신짱이 나에 대해 모두 잊어버린 뒤였지. 내 사랑은 거의 끝나버렸다."

"반지와 관련된 기억은 메릴이 전부 부숴버렸으니까. 하지만 유바에가 메릴한테 연락했을 때는 정말로 깜짝 놀랐어 메릴. 메릴한테는 정말 행운이었지. 덕분에 일본을 떠나기 전에 에이미와 다른 여덟 명이 지금 어디 있는지 단서도 찾을 수 있었으니까."

그러자 준페이는 고개를 갸웃했다.

"아아, 8월 말쯤에 있었던 일 말인가……. 아니 잠깐? 메릴, 너 말이야, 그런 건 떠나기 전에 확실하게 설명해주고 가라고! 카에데 선배한테도 말 안 했지?"

"응, 그렇지 뭐. 그냥 안 해도 될 것 같았으니까."

"말했으면 틀림없이 기뻐했을 텐데. 하아……."

준페이는 한숨을 내쉬고 다시 유바에 쪽을 봤다.

"하던 얘기를 계속하죠. 그래서, 오쿠무라 선생님이 기억을 잃었다는 걸 알고 나서는 어떻게 했죠?"

"아무것도 안 했다. 그 남자, 개릭이 나타났으니까."

드디어 이야기가 핵심으로 다가가자, 에이미가 몸을 불쑥 내밀었다.

"그놈이 일본에 온 목적은 지배 마법이겠지. 그래서, 당신한테 접촉했다는 건, 당신이 노예의 각인을 분석했다는 게 들킨 거야?"

"바로 그거다. 트릭시의 마술 공방을 물려받은 게 문제였어. 그놈은 공방의 위치를 알고 있었고, 그걸 물려받은 나를 수상하게 여겼지. 내가 입원해 있는 동안에 여기를 뒤져서 나와 신짱에 대한 일, 노예의 목줄에 대한 것까지 전부 알아내고 말았다. 그중에서도 가장 최악인 건 내가 신짱을 생각하면서 적은 시까지 들켜

버렸다는 점이었지."

"시라니……."

자기도 모르고 피식 웃은 준페이를, 유바에가 나무라는 것처럼 노려봤다.

"그냥 웃고 넘어갈 일이 아니야. 놈은 그걸 이용해 신짱을 인질로 잡아서 나를 협박했어."

"오쿠무라 선생님을 인질로?! 맙소사, 그냥 장기 휴직으로 쉬고 있는 게 아니었던 건가……."

콘도 선생님이 오쿠무라와 연락이 안 된다고 말했었는데, 그게 이렇게 이어지다니. 아무래도 휴직 중에 개릭한테 납치된 모양이었다.

"나는 사랑하는 사람을 인질로 잡혀서 정말 난처해졌다. 신짱이 빼앗아간 노예의 목줄 프로토타입은 네 연인이 태워버렸다고 들었는데, 새로 만들 수는 있으니까. 결국, 나는 목줄 프로토타입을 한 개 더 만들어서 개릭에게 줬다."

"최악이잖아……."

그렇게 내뱉은 에이미에게, 유바에는 빈정대는 투로 말했다.

"최악은 지금부터다. 그놈은 그 목줄을 나한테 채우고 반지로 날 지배해서, 나를 충실한 부하로 만들려고 했다. 목줄을 더 양산하기 위해서."

순식간에 준페이의 얼굴이 새파랗게 질렸다. 개릭은 지배의 반지를 가지고 있다. 노예의 각인이 새겨진 소녀는 열 명밖에 없지만, 노예의 목줄을 양산하면 이야기가 완전히 달라진다.

"그럼 당신이 여기 있다는 건, 어떻게든 위기를 벗어났다는 건가?"

에이미가 말했다.

"그렇지. 메릴이 나와 신짱을 구해줬다. 신짱은 지금 내 이름을 이용해서, 스타링 실버 일본 지부에서 보호받고 있지. 그리고 개릭은……."

"에이미랑 약속했으니까."

무녀 옷을 입은 메릴이 그렇게 말하고는, 절의 문을 올려다보며 의기양양하게 웃었다.

"마침 이 절 지하에 공방이 있으니까, 메릴이 결계 마법으로 거기에 개릭 아저씨를 가둬놨어."

"잘했네. 그대로 영원히 가둬놓자."

준페이가 힘줘서 말했지만, 메릴이 바로 고개를 저었다.

"가뒀다고 해도 완전히 봉인한 건 아니야. 공간을 좀 만져서 커다란 미로를 만들었다고나 할까? 미궁 결계라는 거지! 그래서 언젠가는 나오게 될 거야. 시간문제지."

"뭐야……."

예상이 빗나간 준페이는 힘이 쭉 빠졌다. 한편, 유바에는 놀란 얼굴로 메릴을 쳐다봤다.

"잠깐, 결계가 완벽한 게 아니라고? 그럼 왜 나한테 여기서 기다리라고 했어?!"

"응? 음~ 그냥, 그래도 될 것 같아서?"

만약 메릴이 돌아오기 전에 개릭이 자기 힘으로 미로 결계를 돌파했다면…….

유바에는 골치가 아프다는 것처럼 손가락으로 관자놀이를 눌렀다.

"야, 메릴. 그렇게 대충대충 하는 성격은 어떻게 좀 하면 안 될까……."

"그것보다!"

큰 소리로 말한 에이미가, 진지한 눈으로 메릴을 보면서 말했다.

"지금 당장 결계를 해제해줘요. 개릭이 미로를 빠져나올 때까지 기다릴 시간은 없다고요. 개릭은 내가 쓰러트릴 거야! 오늘 밤에 결판을 내주겠어!"

"나도 내 사랑의 시를 본 남자를 그냥 둘 수는 없지."

"그래? 하지만 그 사람을 내보내려면, 유바에는 이 틈에 도망치는 게 좋을 것 같은데."

메릴의 말에 유바에가 떨떠름한 표정을 지었지만, 준페이도 거기에 맞장구를 쳤다.

"그건 저도 같은 생각이에요. 괜히 여기 있다가 개릭한테 잡혀서 노예의 목줄을 채워지면 골치 아프다고요."

"나도 그 남자 밑에서 노예의 목줄만 계속 만드는 인형이 되는 건 죽어도 싫다만…… 소년, 넌 어쩔 거냐? 에로 마법사는 남자 상대로는 불리할 텐데."

"전 남을 거예요. 상대가 남자라면 주먹으로도 충분하거든요."

그리고 에이미한테서 흡수한 마력이 철철 넘쳐나고 있어서, 지금이라면 뭐든지 할 수 있을 것 같았다.

"유바에 씨, 저도 당신까지 신경 쓰면서 싸울 여유는 없어요."

에이미까지 그렇게 말하자 유바에도 끝내 포기했다.

"……알았다. 나는 먼저 피하도록 하지. 기슭에 차를 세워뒀으니까, 거기서 기다리겠다."

유바에는 원통한 표정으로 발을 돌리고는 우리에게 손을 흔들며 산길을 타고 내려갔다. 그 뒷모습이 어둠 속으로 사라져서 안 보이게 됐을 때 문득, 준페이가 물었다.

"저기 메릴. 솔직히 말해서 나는 너 혼자서 싸워도 개릭을 이길 것 같다는 기분이 드는데 말이지."

"그런가? 메릴은 모르겠어. 간단히 질지도 몰라."

진심인지 농담인지 모를 말로 얼버무리면서 웃은 메릴이 에이미를 슬쩍 봤다. 에이미는 팔짱을 끼고 서서, 꼼짝도 하지 않고 절의 문만 노려봤다. 기백이 넘쳐나는 게 공이 울릴 때만을 기다리는 선수 같았다.

"그럼 결계를 풀게. 준비됐어? 에잇!"

그 직후 준페이는 절에서 마법적 변화가 일어난 걸 느꼈다. 동시에 에이미의 몸에 호전적이고 무시무시한 기백이 감돌았다. 정의의 히로인이라고 하기 힘든 수준으로.

"에이미, 마음을 진정시켜. 개릭의 특성이 들은 정보대로라면,

그래서는 못 이긴다고."

"알아. 나도 안다고……."

그리고 에이미가 심호흡하는 사이에 그 남자가 천천히, 문 아래에 나타났다. 외견은 30대 후반 정도 되어 보였다. 에이미의 기억 속에서 봤을 때는 그냥 건달 같았는데, 지금은 악당의 관록이 느껴졌다. 회색 머리카락과 눈동자, 회색 스리피스 정장을 입은 모습이 마치 마피아 같았다.

"개릭……!"

에이미가 중얼거린 그 말은, 목소리만으로도 상대를 불태워버릴 것만 같았다. 개릭 쪽은 에이미를 보고서 노골적으로 한숨을 쉬었다.

"아, 힘 빠지네. 겨우 미궁을 돌파해서 밖으로 나왔나 싶었더니, 왜 네가 여기 있는 거냐, 엑셀시아?"

"당연히 당신을 쫓아서 왔지! 반지를 둘러싼 사악한 꿍꿍이, 이 엑셀시아가 전부 박살 내주겠어!"

"뭐야, 사정을 다 알고 있는 건가? 그렇다면 얘기가 빠르네. 유바에는 어디로 빼돌렸지?"

"누가 말할 줄 알아?"

그러자 개릭은 씁쓸하게 웃고는, 회색 눈동자로 메릴을 봤다.

"그쪽은 마녀 메릴이로군. 10년 전에 트릭시의 계획을 뭉개버린 장본인. 얼마 전에도 난리를 일으켰었지? 네 덕분에 트릭시가 했던 말을 떠올렸다. 그리고 지배의 마법을 내 것으로 만들 기회를 얻었지. 고마워. 근데 날 집요하게 노리는 엑셀시아하고 손을 잡은 건 조금 의외군. 그리고……."

개릭의 시선이 준페이에게 향하더니, 이건 또 뭔가 하는 표정으로 고개를 갸웃거렸다.

"꼬마. 넌 뭐냐?"

"내 이름은 이치노세 준페이. 평범한 학생이야."

그 순간 준페이의 머릿속에 위험한 생각이 떠올렸다. 개릭은 증오를 받으면 받을수록 강해진다. 하지만 개릭에게 딱히 원한이 없는 자신이라면 승산이 있지 않을까?

정신을 차렸을 때는 이미 개릭을 향해 달려가고 있었다. 어쩌면 에이미한테 흡수한, 넘쳐나는 마력에 취해버린 건지도 몰랐다.

──지금의 나라면, 뭐든지 할 수 있어!

"준페이!"

놀라서 소리치는 에이미를 뒤로하고, 준페이는 개릭에게 날아차기를 날렸다. 개릭은 깜짝 놀란 눈치였지만 가뿐히 발차기를 피했다. 기습 실패, 어설프게 착지해서 자세도 바로잡지 못한 준페이를, 개릭이 조용하고 대담한 미소를 지으며 내려다봤다.

"인마, 네 아빠랑 엄마는 대체 뭘 가르친 거냐. 처음 만난 아저씨한테 발길질이나 하고 말이야, 이거 아주 못된 놈이네!"

그리고 개릭은 오른발로 준페이를 짓밟으려고 했다. 준페이는 재빨리 피했지만, 그 직후에 진동과 충격이 덮쳐와서 깜짝 놀랐다. 자세히 보니 개릭이 밟은 땅바닥이 깊게 파여 있었다.

"······말도 안 돼!"

"크하하! 내 힘은 전 세계의 인간들이 나에게 보내는 분노와 증오의 총량에 따라 정해지지. 그런데 악명을 그만큼 떨쳐도 평소에는 다들 날 잊어버리고 지내니, 곤란하단 말이야. 하지만 엑셀시아 아가씨는 달라. 내 앞에 섰을 때는 항상 날 최강으로 만들어 주거든. 정말 고마우신 슈퍼 히로인 님이야."

개릭은 웃으면서, 준페이를 노리고 돌진했다. 그때, 거대해진 코스모 피스트가 준페이를 뒤쪽에서 움켜쥐고 잡아당겨서, 에이미 앞에다 던져 놨다.

"바보야! 뭐 하는 거야!"

"저 자식한테 조금이라도 대미지를 주면, 네가 편하게 싸울 수 있을까 싶어서."

그랬더니 귀신같은 얼굴로 준페이를 노려다 보던 에이미가, 어쩔 수 없다는 것처럼 웃었다.

"······진짜 바보라니까! 됐으니까 날 믿어봐! 난 이길 거야!"

그렇게 말하고, 에이미는 개릭을 노려봤다. 준페이라는 사냥감을 놓쳐서 아쉬워하던 개릭이, 에이미의 시선을 느끼고서 웃었다.

"······하는 수 없지. 유바에도 오쿠무라도 안 보이니까 놀아줄게, 엑셀시아."

"좋아."

화를 폭발시킨 에이미가, 땅을 박차고 짧은 돌계단을 뛰어 올라갔다. 그 제일 위 칸에서, 문을 등진 개릭이 에이미를 내려다보고 있었다. 저래서 정말로 이길 수 있을까. 준페이가 그런 생각을 하면서 일어났을 때, 메릴이 준페이 옆에 와서 섰다.

"메릴, 에이미는……."

"또 질 것 같아. 하지만 이번에는 메릴이 도와줄 거야."

"그렇구나……."

준페이는 에이미의 일을 자기 일처럼 생각돼서 입술을 깨물었다. 개릭이 증오를 힘으로 삼는 이상, 에이미는 자신의 증오를 극복하지 않으면 개릭을 이기지 못한다. 하지만 눈앞에서 부모님을 참살한 남자를 미워하지 말라는 건 무리다.

정말이지, 부모님을 살해당한 아이의 분노와 증오를 자기 힘으로 바꾸다니, 개릭은 말 그대로 악마 같은 힘을 지녔다.

"증오할수록, 미워할수록, 두려워할수록 강해진다. 그건 반칙이잖아……."

그리고 준페이가 지켜보는 앞에서, 마침내 에이미와 개릭이 격돌했다.

◇

두 사람이 주먹을 주고받기 시작하자마자, 싸움터는 절의 경내로 옮겨갔다. 쿼드러블 피스트라는 별명을 지닌 에이미가, 코스모 피스트까지 포함한 네 개의 주먹으로 난타를 날리자, 개릭은 팔로 머리를 막으면서 발밑에서 만들어낸 전격 채찍을 요란하게 휘둘렀다. 바로 후퇴한 에이미한테 개릭이 불덩어리를 던졌고, 에이미가 코스모 피스트로 그것을 쥐어 터트려버렸을 때, 준페이와 메릴이 에이미를 좇아서 경내로 들어갔다.

"엑셀시아!"

"가까이 오지 마! 방해하면 절대로 용서 안 할 거야!"

뒤로 돌아보지 않고 소리 질러 말한 에이미의 눈앞에서, 개릭이 웃음을 흘렸다.

"이거 참, 의욕이 넘치는군. 그런데 이걸로 몇 번째지? 처음 만난 게 3년 전이던가? 옵시디언 소드를 해치우려고 했더니 방해한 게 너였지. 그게 네 저스위즈 데뷔였어. 그 뒤로 번번이 내 앞을 가로막았지. 그리고 지금은 일본까지 좇아와서 날 방해하고 있지. 이젠 지긋지긋하다, 엑셀시아!"

개릭이 그렇게 말하면서 팔을 휘두르자, 짧은 얼음 창 다섯 개가 동시에 발사됐다. 에이미의 코스모 피스트가 멋진 연타로 그 창을 부숴버렸지만, 코스모 피스트와 연결된 에이미는 상당한 반동을 느꼈는지 눈살을 찌푸렸다.

"엄청난 위력……!"

개릭은 불, 얼음, 벼락 마법에 적성이 있지만, 그것 자체는 대단한 게 아니다. 진짜 중요한 건 그의 고유 마법, 어두운 감정을 받아서 자신의 마법 능력과 신체 능력을 전부 강화한다는 전대미문의 마법을 쓸 수 있다는 점이다.

"너는 날 엄청나게 싫어하는 것 같으니까 말이야. 널 상대하는 동안에는 평소보다 열 배는 강해질 수 있지. 그런데 대체 왜지? 지금까지 많은 저스위즈가 나한테 도전하고, 그리고 패배했다. 그중에는 목숨을 잃은 놈도 있지. 그런데 왜 너는 몇 번이나 져도 포기하지 않는 거냐? 정의감이냐? 사명감이냐? 아니면……."

그때 에이미를 보는 개릭의 눈빛은, 마치 상대를 찌르는 칼날 같았다.

"소문대로 정말 저스위즈 그랑디아네 딸인 건가?"

"그래!"

에이미는 피를 토하는 것처럼 소리치고, 상대를 태워버릴 것 같은 눈으로 개릭을 노려봤다.

"난 저스위즈 그랑디아의 딸이다! 그런데 당신이……!"

인질 이야기는 하지 않았다. 그렇게 되면 엑셀시아의 정체를 들키게 되니까. 그래서 에이미는 재빨리 말을 틀었다.

"……어린애를 인질로 잡아서, 비겁하게도 아빠를 죽였어. 절대로, 용서 못 해!"

"어린애를 인질로 잡아서? 그게 아니지. 날 인질로 잡아서라고 말해야 하지 않겠나, 엑셀시아! 아니, 에이미 맥퀸!"

에이미는 깜짝 놀라고 말았다.

조마조마하면서 두 사람의 싸움을 지켜보고 있던 준페이도, 개릭의 입에서 에이미의 이름이 나오자 큰 충격을 받았다. 대체 왜, 저 남자가 엑셀시아의 정체를 알고 있는 걸까. 답은 개릭 자신이 악의에 흠뻑 물든 목소리로 말해줬다.

"이상한 마법으로 지하 공방에 갇힌 뒤, 나는 꽤 필사적으로 출구를 찾아다녔지. 원래는 트릭시가 쓰던 거점이었으니까, 비밀 탈출 통로 같은 게 있을지도 모른다고 생각했거든. 그러다가 책장을 쓰러트렸는데, 마침 벽에 메시지가 하나 적혀있더군."

"메시지?"

눈살을 찌푸린 에이미에게, 개릭은 시라도 읊조리는 것처럼 말했다.

"나, 에이미 맥퀸은 맹세한다. 아빠의 뒤를 이어 저스위즈가 되고, 트릭시가 절망했던 이 세상을 새롭고 훌륭한 곳으로 바꾸겠다. 그다음에 트릭시를 얼음 관에서 꺼내주고, 웃게 만들겠다…… 뭐 대충 그런 거였지."

"아……."

에이미가 그런 소리를 흘렸다. 준페이도 충격을 받았다. 그것은 에이미의 기억 속에서 봤던, 어린 에이미가 벽에 휘갈긴 선서문이었다.

"처음에는 몰랐는데, 글씨를 써놓은 높이를 보면 애들이 쓴 것 같더라고. 지워도 되는 걸, 유바에는 굳이 남겨두었지. 거기까지 생각하니 불현듯 옛 기억이 떠오르더군. '에이미'. 10년 전, 내가 인질로 잡았고, 트릭시가 도와주러 왔던 그 꼬맹이의 이름이었지. 뭐, 트릭시는 노예 마법 실험체로 삼으려고 도와줬던 것 같지만. 애초에 그것 말고는 그런 꼬맹이가 필요할 이유가 없지."

부들부들 떠는 에이미를 비웃고, 개릭은 추리를 이어갔다.

"그런데 그 선언을 보니까, 네가 트릭시 앞에서 저스위즈가 되겠다고 떠들던 게 기억이 났다. 안 그래도 엑셀시아는 그랑디아의 딸이라는 소문도 있었고, 또 날 이상할 만큼 원수 취급했지. 거기서 나는 깨달았다. 이야, 감동했어. 자기한테 노예의 각인을 새긴 나쁜 마녀를 구해주겠다고 손을 뻗으려 하다니, 밑도 끝도 없이 사람이 좋아! 바보냐, 그런 낙서나 남겨놓고!"

"닥쳐, 이 망할 자식!"

에이미가 개릭을 향해 달려들었다. 그런 에이미를 향해, 개릭이 오른손 중지를 세워 보였다. 그의 손가락에는 백금색 반지가 빛나고 있었다. 바로 지배의 반지였다.

"시시한 낙서나 해놓으니까 이런 꼴을 당하는 거야── 무릎 꿇어!"

그 순간, 돌진하던 에이미의 무릎이 푹 꺾였다. 결과적으로 에이미는 개릭 앞에 무릎을 꿇고 고개를 조아리는 꼴이 되고 말았다. 그 굴욕적인 광경에 준페이는 저도 모르게 숨을 삼켰다.

개릭이 눈동자를 빛내면서 큰 소리로 웃었다.

"크하하하하! 이거 진짜 재미있는데? 설마 전 세계에서 인기를 누리는 슈퍼 히로인 님이, 반지 하나 때문에 노예로 전락하다니 말이야!"

"모, 몸이······!"

에이미는 어떻게든 일어서려고 발버둥 치고 있는 것 같았지만 무릎은 움직이지 않았다. 마치 에이미의 영혼이 악마의 힘에 지배당해서 꼼짝도 못 하듯이 보였다.

"에이미!"

준페이가 그렇게 외치면서 뛰쳐나갔을 때, 바로 옆에서 시커먼 바람이 준페이를 앞질렀다. 대체 어느 틈에 갈아입은 걸까. 무녀 복장에서 닌자 복장으로 드레스 체인지한 메릴이 개릭의 등 뒤로 파고들어서, 전광석화처럼 닌자도를 내리쳤다.

"어라?"

하지만 메릴의 닌자도는 개릭의 어깨와 충돌하자마자 허무하게 부러져서 날아가 버렸다.

개릭이 어깨너머로 돌아보며 의기양양하게 웃었다.

"어이쿠, 미안해서 어쩌나. 지금이라면 총을 쏴도 끄떡없을걸?"

그렇게 자랑스럽게 말한 개릭의 뺨에, 준페이의 주먹이 박혔다. 메릴한테 정신이 팔린 틈을 노린 기습 공격이었다. 공격이 먹혔다는 반응은 느껴졌지만, 개릭은 아무렇지도 않은 듯, 눈만 움직여서 준페이를 보더니 웃으며 말했다.

"꼬마야, 그렇게 죽고 싶은 거냐?"

다음 순간, 준페이의 앞에 죽음의 그림자가 드리웠다. 개릭의 주먹이 소리까지 내면서 준페이의 얼굴을 노리고 날아왔다. 정말 찰나의 순간일 텐데도 준페이에게는 주먹이 느릿하게 느껴졌다.

──아, 이거, 죽겠는데.

준페이가 얼어붙어 있자니 에이미의 코스모 피스트가 눈앞으로 끼어들어 개릭의 주먹을 막아냈다. 곧 엄청난 여파와 충격음에 준페이가 심장이 덜컥 내려앉는 기분을 맛보고 있었더니, 메릴이 다가와 준페이의 팔을 잡아당겨 개릭한테서 떼어냈다.

"진짜, 뭐 하는 거야, 준페이. 메릴의 기습 공격도 안 먹혔는데, 준페이의 펀치로 어떻게 될 리가 없잖아."

"시끄러워. 나도 에이미를 도와주려고 했단 말이야……."

하지만 반대로 도움을 받고 말았다. 에이미의 코스모 피스트가 없었다면, 준페이는 지금쯤 저승길을 걸어가고 있었겠지.

에이미는 지금도 필사적으로 개릭을 노려보고 있었다. 개릭은 메릴과 준페이를 경계하면서도 에이미를 내려다보며 말했다.

"이봐 엑셀시아. 주인님을 방해하다니, 이게 무슨 짓이지?"

"누가 주인님이라는 건데, 웃기지 말라고. 그리고, 무릎 꿇으라는 말밖에 안 했잖아. 당신이 명령을 잘못한 게 문제라고!"

"오, 아주 건방진 눈이야. 그 꼴을 하고도 아직 투지를 잃지 않았다니. 근데 어쩌지? 난 건방진 꼬마가 싫거든. 어디, 네 인격을 이 세상에서 없애볼까. 지배 마법은 몸과 마음에 명령할 수 있다고 했지? 그렇다면 내 종이 될 자격이 있는, 전혀 다른 인간으로 만들어주겠어."

그 말을 듣고, 에이미의 얼굴이 새파랗게 질렸다.

"그만둬!"

준페이도 있는 힘껏 소리쳤지만, 개릭은 들은 척도 하지 않았다. 그러나.

"그랬다간 폐인이 될걸? 아저씨, 그래도 되겠어?"

"뭐라고?"

개릭이 메릴을 쏘아보았다. 준페이도 당황해 메릴을 쳐다보았다.

"메릴?"

"그러니까, 메릴 말이야, 전에 유바에랑 지배 마법에 대해서 다시 한번 이래저래 얘기해봤어. 유바에는 오쿠무라 군을 가까이에서 봤고, 카에데도 조금 걱정됐으니까. 그때 들은 얘기인데, 지배 마법은 분명히 상대의 정신에도 명령을 내릴 수 있지만, 마음은 아주 섬세해서 상대가 정말로 싫어하는 명령을 내리면, 마음이 아주 간단히 부서져서 미쳐버리거나 기억의 연속성이 끊어져 버리고, 자기 몸 하나도 챙길 수 없게 돼버린대."

"……끔찍하네."

얼굴을 찌푸리고 오싹한 기분 때문에 몸까지 부르르 떨고 있는 준페이를 슬쩍 보고, 메릴이 담담하게 말했다.

"그런 사태를 피하려면 심리학을 공부해서 제대로 된 절차를 밟던가, 오쿠무라 군이 카에데한테 했던 것처럼 인형 같은 다른 모드를 구축하는 수밖에 없어. 그래서 아저씨한테 물어보는 건데, 아저씨는 에이미를 망가진 로봇처럼 만드는 게 목적이야?"

"……흥. 아무래도 거짓말은 아닌 것 같군."

"물론이지. 메릴은 거짓말 안 해. 진짜, 진짜야. 하지만 아저씨가 굳이 에이미를 부숴버리겠다고 한다면, 메릴도 진심으로 상대할 거야. 어떤 드레스로 할까?"

메릴은 마법 옷장에 들어있는 것 같은 자신의 수많은 의상 중에서, 이 장면에 가장 어울리는 것을 찾기 시작한 것 같다. 하지만 그럴 필요는 없었다. 개릭이 훗, 하고 웃더니 자기 앞에 무릎 꿇고 있는 에이미를 내려다보며 말했다.

"그래. 망가지면 써먹을 수가 없으니 의미가 없지. 그럴 바에는 반항적인 쪽이 차라리 재미있으려나. 뭐 지금은 일단 넘어가도록 하지."

"……흥. 그냥 부숴버리지 그래? 당신이 시키는 대로 하느니, 차라리 그쪽이 낫다고."

준페이는 간담이 서늘해졌다. 그런 도발을 했다가 개릭이 정말로 그런 마음을 먹으면 어쩌려고.

하지만 개릭은 에이미의 말을 듣고, 어깨를 흔들어대며 웃었다.

"그렇단 말이지? 근데 그럴수록 네 몸에만 명령하고 싶어진단 말이야. 마음은 그대로 두고, 내 명령에 따라서 나쁜 짓을 잔뜩 하는 거야. 그러면 넌 내 옆에서 증오를 더욱 키워갈 테고, 그렇게 해서 날 강화하는 부스터가 되는 거지. 어때?"

"너……!"

에이미의 감정이 불타오르는 게 느껴졌다. 하지만 몸은 여전히 무릎을 꿇고 있는 상태. 개릭은 실실 웃으면서, 개한테 하는 것처럼 에이미의 머리를 쓰다듬었다.

"자, 무슨 명령을 해볼까. 유바에를 붙잡는 작전은 다시 생각하기로 하고, 일단 날 방해하는 저 두 사람, 준페이인가 하는 꼬마랑 메릴을 죽여라."

에이미는 깜짝 놀랐지만, 몸은 마음과 달리 아주 신속했다. 몸을 일으키자마자 곧장 준페이를 향해 달려왔다.

"준페이, 도망쳐!"

에이미가 소리친 순간 한 쌍의 코스모 피스트가 시차를 두고 발사됐다. 깜짝 놀란 준페이 옆에서, 메릴이 빛나는 신기한 수리검을 날렸다.

"갈기갈기 수리검! 이야아아아앗!"

수리검이 코스모 피스트에 격돌해서 궤도를 크게 바꿔줬지만, 에이미가 이미 준페이 눈앞까지 다가와 있었다. 에이미는 입가를 일그러트리면서, 준페이를 때리려고 했다.

"도망치라니까!"

"널 두고 어떻게 도망쳐!"

준페이는 그렇게 소리치면서 각오를 다졌다. 개릭의 반지에 지배당하는 에이미를 두고 갈 수는 없다. 하지만 어떻게 해야 좋지? 에이미의 주먹은 이미 준페이를 향해 날아오고 있었다.

"피해!"

에이미의 비명 같은 목소리와 함께, 체중까지 실은 혼신의 오른쪽 스트레이트가 날아왔다. 그것을 종이 한 장 차이로 피한 준페이는, 몸을 부딪치는 것처럼 에이미를 끌어안았다.

"어! 뭐야, 어딜 만져!"

"가만히 있어! 코스모 피스트는 메릴이 잡아두고 있어! 이제 이대로 어떻게든 붙잡아서, 개릭의 명령이 닿지 않는 곳까지 끌고 가면…….."

"네가 날 막을 수 있을 것 같아?"

말이 끝나자마자, 에이미는 두 발로 힘차게 점프했다. 준페이의 힘으로는 그 기세를 배겨내지 못했고, 에이미는 아주 간단히 준페이의 구속을 벗어나서 자유로운 몸이 되었다.

"다리 후리기!"

그것이 경고라는 걸 알아차린 준페이는 펄쩍 뛰어서 뒤로 피했다. 그러자 자세를 바로잡은 에이미가 다가와서 멋진 하이킥을 날렸지만, 준페이는 그것도 피했다.

휘익, 에이미가 휘파람을 불었다.

"잘 피했어! 그런데 왠지 좀 분한데."

"여름방학 동안, 소니아랑 카에데 선배한테 실컷 얻어맞으면서 배웠으니까. 그나저나, 저항하지 말라고!"

"반지로 명령을 내려서 무리야!"

때로는 경고하고, 때로는 농담도 주고받고 있는데, 에이미의 몸은 준페이의 숨통을 끊어버릴 기세로 움직이고 있었다.

"준페이, 슬슬 진짜로 도망쳐! 내가 널 다치게 만들지 말고!"

"같은 말 되풀이하게 하지 마! 널 두고 나 혼자 도망치는 건——!"

"꾸엑~!"

그때, 그런 유쾌한 소리를 내면서 닌자 복장 메릴이 데굴데굴 굴러왔다. 아무래도 코스모 피스트에 제대로 얻어맞고 날아온 것 같다. 준페이는 자기도 모르게 메릴을 봤다. 그 틈을 노려서, 에이미가 또다시 가까이 다가왔다. 이번엔 피할 수 없다.

"뒤로 뛰어!"

경고한 직후, 에이미의 발차기가 복부에 작렬했고, 준페이는 뒤로 펄쩍 뛰어서 굴러갔다. 엄청난 소리가 났고, 실제로, 상상을 초월하는 아픔과 충격 때문에 숨도 못 쉴 지경이었다. 재빨리 뒤로 뛰어서 충격을 줄이지 않았다면 내장이 터졌을지도 모른다.

──엄청난 발차기다. 미리 경고해줘서 다행이야. 하지만 틀렸어, 일어날 수가 없잖아!

일어나서 다음 공격에 대비해야 한다는 걸 알고는 있지만, 숨을 빠르게 헐떡이기만 할 뿐이고 몸을 마음대로 제어할 수가 없었다. 이럴 때 프로 격투가한테는 10 카운트라는 시간이 주어지니까, 준페이도 그렇게 회복할 시간을 줬으면 싶었다. 하지만 그럴 틈도 없이, 바로 코스모 피스트가 날아왔다. 그 강력한 마법 손이, 준페이의 머리를 움켜쥐려고 했다.

머리를 꽉 쥐어서 석류처럼 터트려버릴 거라고 각오한 그 순간, 메릴이 준페이를 끌어안아서, 낚아채는 것처럼 구해줬다.

"……메릴!"

닌자 메릴이 도와줬다. 살았다고 안심하면서도, 준페이는 서둘러서 말했다.

"난 됐으니까 에이미를——!"

준페이의 말은 중간에 끊겼다. 자신을 보는 메릴의, 눈동자가, 평소의 보라색이 아니라, 불이라도 붙인 것처럼 빨간색으로 변해 있었기 때문이다.

"……너, 그거, 레드 존이야?"

"에이미 공의 기억에서 트릭시와의 일전을 보시지 않았소이까? 그렇다면 아실 것이오. 지금의 소인은 메릴이자 메릴이 아닌, 다른 사람이로소이다."

"그렇다는 건…… 악몽이다. 메릴이 진심이다."

"그렇소, 진심이오. 그렇지 않으면 헤쳐나갈 수가 없고, 도망칠 수 없소."

"도망쳐? 지금 도망친다고 했어? 에이미를 놔두고, 우리끼리만?"

"그렇소. 일단 물러나서 태세를 바로잡을 것이오."

준페이는 닌자 메릴의 판단을 듣고서 머릿속이 새하얘졌다. 한편, 에이미는 웃고 있다.

"좋은 판단이야! 빨리 도망쳐!"

그렇게 말하면서도, 반지의 명령을 받은 에이미는 공격을 늦추지 않았다. 한 쌍의 코스모 피스트가 날아오는 걸 본 메릴은, 준페이를 마치 짐작처럼 어깨에 메고는,

"메릴 인법, 대지 전복!"

평소보다 굵직한 목소리로 그렇게 말하고, 메릴이 발밑의 바닥을 힘껏 박찬 그 순간, 대지가 기울어졌다. 아니, 현실에 그런 일이 일어날 리가 없다. 단지 이 자리에 있는 모든 사람에게 착각을 일으켜서, 땅이 기울여진 것처럼 느끼게 하는 마법에 걸렸을 뿐이다.

"어이쿠……!"

에이미가 그 자리에서 허우적댔고, 한쪽 무릎을 꿇었다. 개릭도 자세가 무너졌지만, 그는 짜증 난다는 것처럼 이렇게 소리쳤다.

"쳇! 놓치지 마라, 엑셀시아!"

"……개릭. 에이미 공은 당분간 그대에게 맡겨두겠다. 못된 짓을 하면 구대의 시체에 피의 비가 쏟아지리라는 것을 명심하도록. 그리고 에이미 공, 반드시 구하러 오겠소이다."

"……기대는 안 하고 기다릴게."

"그럼, 실례!"

그리고 메릴은 준페이를 어깨에 멘 채로 드높이 도약했고, 새처럼 날아서 절 산문을 박차고는 절 바깥쪽을 향해서 다시 한번 도약했다. 그런 메릴이 짊어지고 있는 준페이는, 에이미가 멀어져간다는 사실에 자신의 보물을 빼앗긴 것 같은 분한 기분을 맛보고 있었다.

"메릴, 부탁이야, 돌아가 줘……."

"거절하겠소."

"대체 왜! 평소에는 그냥 분위기와 기세를 타고서 적당히 행동했으면서!"

"지금의 소인은 다른 사람이기 때문이오. 슈퍼 닌자답게 냉정침착하게 행동하는 것이오. 에이미 공은 강하오. 정면으로 싸워서는 도저히 당해낼 수가 없소. 거기에 개릭까지 더해졌으니, 준페이 공을 지키면서 싸우면, 소인은 몰라도 준페이 공은 목숨을 잃게 될 수도 있소."

"윽!"

그 말은, 지금껏 경험해보지 못한 수준으로 준페이의 마음을 깊고 깊게 후벼 팠다.

"내가 짐짝이라는 얘긴가……."

메릴은 그 말을 긍정하지도 부정하지도 않았다. 그것이 상냥하면서도 잔혹하게 여겨졌다. 지금 이렇게 짐짝 같은 꼴로 도망가는 상황이, 준페이의 현재 위치라는 것을 확실하게 보여주고 있었다.

"그렇다면, 나 같은 건……."

"신경도 쓰지 말라고 하려는 것이오? 그러다가 정말로 죽으면 어쩔 셈인가? 카에데 공을 비롯한 여인들의 육체에서 노예의 각인을 지워주겠다고 했던 약속은?"

더 할 말이 없어서, 준페이는 완전히 입을 다물어버렸다. 그러는 동안에도 메릴은 바람을 타고 날아가는 나뭇잎처럼 가볍고, 원숭이보다도 빠른 움직임으로 나는 것처럼 달려서, 산과 들을 가로질렀다. 에이미는 따라오지 않았다. 개릭의 원래 목적은 유바에니까, 준페이와 메릴을 해치우라는 명령은 일단 철회했을 수도 있다.

준페이는 어두운 표정으로 조용히 말했다.

"에이미한테서 받은 마력은, 아직도 내 안에서 소용돌이치고 있어. 엄청난 힘이 느껴지고, 뭐든지 할 수 있을 것 같은 기분이 들었는데, 아무것도 못 했어……."

"풀 죽어 있을 시간 없소. 태세를 재정비해야 하오. 소니아 공의 협력을 얻어서, 에이미 공을 구출할 작전을 세워야 하오. 아니면, 포기하겠소?"

그렇게 묻자, 준페이의 눈에 빛이 돌아왔다.

포기할 거냐고?

"그건 말도 안 되지. 에이미는 내가 반드시 구해낼 거야. 그 개릭인가 하는 망할 자식을 때려눕히고, 지배의 반지에서 해방해주겠어!"

준페이는 고개를 들었고, 메릴에게 짐짝처럼 들려 있는 꼴이 싫어서 버둥대기 시작했다. 그때였다.

"역시 메릴이 준페이를 제대로 봤다니까!"

"뭐? 메릴, 너——"

"혀, 깨물지 않게 조심해."

그렇게 경고한 직후, 닌자 메릴은 유난히 높이 뛰어올랐고, 포장된 도로에 착지했다. 거기에 세워져 있던 검은색 세단 옆에 짐짝처럼 내던져진 준페이는, 운전석에서 눈이 휘둥그레져 있는 유바에를 슬쩍 보고, 바로 다시 일어난 메릴을 봤다. 메릴의 눈은 보라색으로 돌아와 있었다.

"원래대로 돌아온 거야?"

"응. 닌자는 은근히 멀쩡한 편이니까. 이건 내 마음대로 레드 존을 해제할 수 있어. 악의 조직 여간부일 때는, 그쪽 인격이 육체를 넘겨주는 걸 거부해서 마력이 떨어질 때까지 메릴로 돌아오지 못하는 일도 있지만."

그때 황급히 차에서 내린 유바에가 큰 소리로 물었다.

"메릴! 대체 어떻게 된 거야? 에이미는?"

"개릭한테 붙잡혀서 구출 작전을 생각할 거야 메릴. 그렇지, 준페이?"

"그래, 물론이지. 이대로 끝낼 수는 없지. 넘어졌다면, 다시 일어나면 그만이야."

다음 날 아침, 준페이가 교복을 다 입었을 때, 소니아가 방으로 찾아왔다.

"좋은 아침이에요 준페이 씨."

"안녕……."

어젯밤, 준페이는 늦은 시간이었지만 소니아에게 지금 어떤 상황인지를 전부 말했고, 학생 기숙사 1층 로비의 테이블이 있는 공간에서 에이미 구출을 위한 작전을 세웠다. 대략적인 작전 내용이 정해졌을 때는 밤이 너무 깊어서 일단 해산했고, 너무 분한 마음에 한숨도 못 잔 채로 밤을 지새웠다. 그리고 지금은 월요일 아침.

"얼굴이 말이 아니네요. 잘 자두라고 말했을 텐데요."

"조금이나마 자기는 했어."

힘없이 대답한 준페이에게 맞장구를 치고, 소니아는 자기 휴대용 디바이스를 내밀었다.

"상대가 선수를 쳤어요. 선전포고라고 봐야겠죠."

갑작스러운 일에 눈이 휘둥그레진 준페이가 보는 앞에서, 소니아가 유니튜브에 올라온 동영상을 재생했다. 도쿄가 나오는 영상이다. 하늘의 색, 통근하고 통학하는 사람들, 아직 셔터가 내려져 있는 가게들이 많은 걸 보면, 시간대는 이른 아침이겠지.

"바로 30분쯤 전에 올라왔어요."

소니아가 그렇게 설명했을 때, 동영상에 에이미와 개릭이 나란히 등장했다.

"안녕하신가 여러분. 이 몸은 개릭. 미국에서는 그럭저럭 유명한 악당이지. 뉴스에 자주 나왔을 테니까, 이 나라 놈들도 알고 있겠지? 그리고 이 녀석은 엑셀시아. 여러분이 아주 좋아하는 정의의 히로인 님이지. 미국에서는 몇 번이나 요란하게 싸워댄 사이지만, 이쪽에서는 손을 잡기로 했어. 목적은 뭐냐고? 그건 바로 Y다."

준페이는 깜짝 놀랐지만, 동영상의 의도를 이해하고는 사자가 으르렁거리는 것 같은 소리를 냈다.

"Y…… 유바에 씨 얘긴가."

"그래요. 이름을 말하지 않은 건, 경찰이 먼저 그 사람을 확보하는 게 싫어서겠죠."

그리고 영상 속의 개릭은, 집념이 강해 보이는 표정으로 말했다.

"Y 양반. 난 널 포기하지 않았다. 무슨 일이 있어도 찾아낼 거야. 예를 들자면 이런 식으로—— 엑셀시아."

개릭은 그렇게 말하고, 한 빌딩을 가리켰다. 아직 건설 중인 곳이고, 이른 아침이라서 그런지 아직 작업이 시작되지 않은 것 같다.

"박살 내고 와."

그때 에이미의 얼굴이 일그러졌지만, 반지의 지배에는 거역할 수 없다. 에이미는 몸을 돌려서 건설 중인 빌딩 쪽을 보더니, 오른쪽 코스모 피스트를 건물 해체용 철구만큼이나 크게 만들었다.

"안 돼, 제발⋯⋯."

하지만 이건 생방송이 아니다. 이미 일어나버린 일이다. 그리고 에이미의 코스모 피스트가 끔찍한 짓을 저지르기 시작했다. 짓는 중인 고층 빌딩을 때리고, 부수고, 무너트렸다. 엄청난 소리가 났고, 이변을 알아차린 사람들이 비명을 지르며 도망치고, 휴대용 디바이스를 들고서 사진이나 영상을 촬영했다. 정의의 히로인이 악의 수하가 된 순간이, 결정적으로 찍혔다.

그리고 몇 분 뒤. 고철 더미를 배경으로, 개릭이 의기양양한 표정으로 말했다.

"일단 사람은 죽지 않게 배려했다. 협박은 절차가 있는 법이거든. 오늘은 여기까지만 해 두겠다. 하지만 네가 돌아오지 않으면, 내일은 더 끔찍한 일이 벌어질 거야. 알았으면 빨리 돌아와라. 네 멋진 공방에서 기다리고 있겠다, Y."

영상은 거기서 끝났다. 마비된 것처럼 움직이지 못하고 있는 준페이에게, 손목을 움직여서 화면을 다시 자기 쪽으로 돌린 소니아가 말했다.

"이 사건은 이미 뉴스까지 나왔어요. 세상의 반응, 보시겠어요?"

볼 필요도 없다고 생각했지만, 그래도 소니아의 휴대용 디바이스를 빌려서 각종 SNS를 훑어봤더니, 역시나 분노와 당혹, 그리고 소동에 편승한 악의들이 넘쳐나고 있었다. 전국, 아니 전 세계가 엑셀시아의 갑작스러운 변절 때문에 난리가 나 있었다. 더 보고 싶지 않아서 눈을 감았더니, 소니아가 살며시 디바이스를 가져갔다.

"뻔한 표현이기는 하지만, 신뢰를 쌓는 데는 시간이 걸리지만 무너지는 건 정말 한순간이군요. 그렇다고 지배 마법을 이용해서 강제로 시킨 짓이라는 걸 밝힐 수도 없고."

그렇다면 에이미의 명예는 어떻게 회복해야 할까. 지금은 짐작도 할 수 없다.

"그리고 또 하나, 콘도 선생님께서 연락을 주셨어요. 등교하는 대로 레드 룸으로 오라고."

"그렇구나…… 콘도 선생님한테도 이 하늘은 마른하늘에 날벼락이겠지."

"예, 아무것도 모르실 테니까요. 그러니까, 만약을 위해서 엑셀시아를 쫓으라고 했던 준페이 씨한테 이야기를 듣고, 그 미션을 중지하라고 하시겠죠. 하지만……."

"이 일을 다른 사람한테 맡길 생각은 없어. 난 내 손으로 에이미를 구하고 싶어."

준페이가 당당하게 선언하자, 소니아가 기쁜 표정을 지었다.

"그래야겠죠. 그 개릭이라는 남자는 지배 마법에 손을 댔어요. 그걸 해결하는 것은 용사의 후예인 제 사명이에요. 저도 협력하겠어요. 뭐, 저랑 메릴 씨가 도우면, 준페이 씨도 어떻게든 싸울 방법은 있겠죠. 아마도."

"고마워, 소니아."

너무나 감격한 준페이가 자기도 모르게 소니아를 끌어안았더니,

소니아의 얼굴이 순식간에 새빨개졌다.

"자, 잠깐, 안 돼요! 이런, 아침부터…… 아, 아무튼 빨리 학교에 가도록 하죠. 콘도 선생님의 호출을 무시하면, 나중에 귀찮아지니까."

◇

예상대로 콘도 선생님에게 엑셀시아에 대한 건 잊어버리라는 말을 들었다. 준페이도 그 자리에서는 알았다고 대답했지만, 수업이 끝나자마자 소니아와 둘이서 학교 밖으로 뛰쳐나간 건 굳이 말할 필요도 없었다. 유바에가 학교 근처까지 마중 나왔고, 조수석에는 메릴도 타고 있었다.

"타, 빨리 타."

메릴은 평범한 캐주얼 스타일이었다. 준페이와 소니아가 뒷좌석에 타자마자 유바에가 차를 출발시켰다. 목적지는 어젯밤, 애석하게 철수할 수밖에 없었던 그 버려진 절. 예전에 트릭시가 만들고 유바에가 물려받은, 그리고 오늘 밤에는 개릭이 에이미를 거느리고서 기다리고 있는 그 복마전이다. 가는 중에, 소니아가 제일 먼저 입을 열었다.

"하나 질문이 있습니다. 유바에 씨, 당신의 공방, 다른 사람들을 말려들게 할 가능성은 있나요?"

"없어. 그 절 부근은 인구 과소지역이니까. 그래서 사찰도 망했고. 트릭시가 자기 공방으로 삼겠다고 눈독을 들인 것도, 사람들이 오지 않는다는 이유 때문이었겠지. 나한테도 낙원이었어."

"그렇군요. 그렇다면 주위를 신경 쓸 필요는 없겠네요. 그래서, 작전은 말이죠——"

그랬더니 핸들을 조작하고 있는 유바에가, 소니아의 말이 끝나기도 전에 줄줄이 말을 늘어놨다.

"어젯밤에 한 얘기는 이렇다. 여성에게 강한 준페이가 에이미를 맡고, 그동안에 너와 메릴이 개릭을 쓰러트려서 반지를 빼앗고, 에이미를 해방한다. 저쪽이 노리는 건 나니까, 상황에 따라서는 나를 미끼로 잘 활용하면 된다. 오케이?"

"저는 오케이입니다."

준페이는 힘줘서 그렇게 말했지만, 소니아는 손가락을 입가에 대고서 생각에 잠겼다.

"준페이 씨가 에이미 양을 상대한다는 게 상당히 불안하기는 하지만, 남성에 대해서는 무력해도 여성을 상대로는 무적이라고 할 수 있는 게 에로 마법이니까……."

"그래. 상대가 에이미라면, 오버 필링으로 움직임을 막는 정도는 할 수 있을 것 같아."

"그래도 상당한 위험이 따를 텐데요?"

"나도 알아. 그래서 오버 필링으로 제대로 움직임을 막고 그 틈에 로드 오브 하트를 써서 에이미의 마력을 빨아들이려고."

그랬더니 소니아가 입술을 일그러트리고, 말로 표현하기 힘든,

가시가 잔뜩 돋은 장미 같은 미소를 지었다.

"그건, 키스로 그렇게 하겠다는 얘긴가요?"

"으, 응. 그렇지 뭐……."

준페이가 약간 주눅이 들어서 긍정했더니, 유바에가 별생각 없이 이렇게 말했다.

"에이미의 마력은 무한에 가까워. 어느 정도 빨아내봤자 언 발에 오줌 누기밖에 안 될 것 같은데."

"하지만 몸과 마음의 연결이 깊으면 깊을수록 한 번에 이동하는 마력의 양이 많다고 했으니까요. 에이미랑 제법 친해졌으니까, 믿어보는 수밖에 없어요."

"……한마디로 에이미 양하고 이미 마음까지 통한다는 얘기군요."

소니아의 목소리에서 마치 당장이라도 벼락이 떨어질 것 같은 분위기가 느껴진 탓에, 준페이는 자기도 모르게 눈을 이리저리 돌렸다. 그때, 조수석에 앉은 메릴이 준페이와 소니아 쪽을 돌아보면서 속 편하게 말했다.

"좋았어, 준페이! 에이미는 맡겨둘게! 소니아도 화내지 말고. 위험한 건 준페이니까, 상관없잖아."

"상관있습니다! 준페이 씨가 위험한 것도, 에이미 양과 그렇고 그렇게 지내는 것도, 다 상관이 있어요! 하지만……."

소니아는 거기서 잠깐 말을 멈추고, 메릴을 노려보던 눈으로 분하다는 것처럼 준페이를 쳐다봤다.

"다른 방법이 없으니까요. 네 명밖에 없고."

"맞다. 미리 말해두는데, 그쪽은 그쪽대로 큰일이라고. 개릭을 쓰러트리고 반지를 빼앗겠다고 했는데, 그 녀석은 미움을 받으면 받을수록 강해지니까, 분노나 적개심을 보이지 않고 성인군자 같은 마음으로 끝까지 싸워야만 해. 완벽하게 할 수 있겠어?"

그랬더니 소니아는 표정이 돌변해서, 의기양양한 미소를 지었다.

"후훗, 지금 누구한테 하는 말인가요? 저는 용사의 후손이자 레드하트 브레이브에 소속된, 슈퍼 엘리트 소니아 라이트펠로우랍니다."

"그래, 맞아. 소니아랑 둘이서라면, 틀림없이 어떻게든 될 거야 메릴."

"하하, 믿음직하네."

준페이는 살짝 웃었지만, 바로 다시 어두운 표정을 지었다. 개릭의 고유 마법은 상대로부터 적개심과 증오를 받아야 하니, AI 같은 무인 병기와 싸운다면 당해내지 못할 것이다. 반대로, 자신에게 증오를 보이는 상대에게는 엄청나게 강하다.

"준페이 씨, 무슨 생각을 그렇게 하는 거죠?"

"에이미에 대해서. 에이미한테 개릭은 부모님 원수야. 미워할 수밖에 없는 관계인 거지. 상성이 너무 나빠. 더구나 지금은 원수한테 마구 부려 먹히고 있으니 더 그럴 거야. 소니아랑 메릴이 개릭을 쓰러트리면, 에이미는 가슴속에 있는 증오를 어떻게 해야 좋을까. 에이미는 당연히 구할 거지만, 에이미의 마음은……."

답답한 마음에 몸을 부르르 떨었더니, 소니아가 준페이의 손에 살며시 자기 손을 얹었다.

"준페이 씨. 그건 다 끝난 뒤에 생각하도록 하죠."

"그래…… 지금은 일단, 에이미를 구하고 봐야지."

뒷일은 나중에 생각하면 된다.

해가 완전히 질 무렵, 유바에가 운전하는 차가 절이 있는 산기슭에 도착했다. 사방이 숲으로 둘러싸인, 무서울 정도로 외진 곳이었다. 차에서 내린 준페이는 깊은 산에서 불어오는 공기를 한껏 들이마신 뒤에 말했다.

"도쿄에서 차로 겨우 몇 시간 왔을 뿐인데, 이런 곳이 있다니……"

"훌륭하지 않아? 이런 곳에 있는 공방이라니, 참 행복했는데. 신짱과 카에데가 가끔 찾아오는 것 외에는 아무도 오지 않는, 대자연에 둘러싸인 나만의 성역이랄까."

꿀이 뚝뚝 떨어질 것 같은 미소를 지으며 그렇게 말하는 유바에를 보고, 준페이는 얼굴이 살짝 일그러졌다.

"다 무너져가는 절이 매우 을씨년스러웠는데, 잘도 그런 데서 혼자 살고 있었네요."

"그런가? 정취가 있어 좋다고 생각했는데……"

그런 이야기를 하고 있는데, 소니아가 말을 걸어왔다.

"자, 지금부터 용사의 무구를 소환하겠습니다. 다만, 이 갑옷은 알몸 위에 장착해야 해요. 옷을 입고도 할 수는 있지만, 그러면 퍼포먼스가 저하됩니다. 그러니까 준페이 씨⋯⋯."

"나도 알아, 안 볼게. 네가 됐다고 할 때까지 딴 데 보고 있을게."

"좋아요."

소니아는 만족스레 미소를 짓고는, 차 옆으로 가서 옷을 벗기 시작했다. 마침내 알몸이 되자 용사의 무구를 소환하는 주문을 외우기 시작했다.

준페이가 그걸 소리로 듣고 있자니, 메릴이 말을 걸었다.

"신경 쓰이는구나, 준페이?"

"그렇지 뭐. 근데, 그보다 넌 안 갈아입어도 되는 거야? 그 캐주얼 차림으로는 특별한 마법을 쓰지 못한다며?"

"그렇긴 한데, 어떤 옷으로 갈아입을지는, 상대가 어떻게 나오는지 보고 나서 결정할 생각이야."

준페이가 그렇구나 하고 고개를 끄덕이고 있자니, 소니아의 주문이 끝나고 대기가 크게 울렸다.

"이제 됐어요."

그 말을 듣고 고개를 돌려보니, 용사의 갑옷과 방패, 그리고 성검──오로라 스파크를 손에 쥔 소니아의 모습이 눈에 들어왔다. 준페이와 눈이 마주친 소니아는, 미소를 지은 뒤에 산속 깊은 곳으로 향하는 낡은 계단을 보면서 말했다.

"이 계단 끝에 버려진 사찰이 있다는 말이군요⋯⋯."

"그래. 거기서 개릭과 에이미가 우리를 기다리고 있어. 준비는 됐나?"

유바에의 말에 준페이와 소니아가 고개를 끄덕였고, 메릴이 힘차게 팔을 치켜들었다.

"예이~! 그럼 출발이야 메릴!"

그런 메릴을 선두로, 일행은 해가 저물어서 어두운 산길을 올라가기 시작했다. 준페이가 묵묵히 걸어가고 있는데, 유바에가 옆으로 와서 말을 걸었다.

"무서운가, 소년?"

"솔직히…… 조금요. 하지만, 사람은 용기를 잃으면 끝장이니까, 열심히 할 거예요."

"후후, 그런가. 그럼 좋은 걸 하나 가르쳐주지. 개릭이 노리는 건 나다. 즉 날 진심으로 공격하진 못한다는 거지. 위험하다 싶을 때는 날 방패로 삼도록 해라."

"사양하겠습니다. 여성을 방패로 삼으면서 싸울 바에야 죽는 게 나아요."

"크, 말은 잘하는구나. 그만한 실력만 있으면 더 좋았을 텐데."

"격려하고 싶으신 겁니까 아니면 도발을 하고 싶으신 겁니까?"

그런 이야기를 하는 사이에, 사찰의 산문이 보이기 시작했다. 어젯밤에는 철수하는 수밖에 없었지만, 오늘은 소니아가 있다. 유바에도 있고.

──에이미. 꼬박 하루 동안 기다리게 했지. 이번에는 꼭!

그리고 문을 통과하자, 절 본당 앞에 에이미가 서 있었다. 어젯밤에 헤어졌을 때 그대로, 엑셀시아 의상을 입고 있었다.

213

에이미의 얼굴이 너무나 괴로워 보였다.

"준페이……."

"에이미!"

준페이는 에이미를 향해서 뛰쳐나가려고 했지만, 유바에가 곧장 막아섰다.

"안녕, 에이미. 개릭은 어디 있지?"

"유바에 씨, 어째서 온 거죠?"

"널 버릴 수는 없으니까. 그래서, 개릭은? 나한테 볼일이 있을 텐데? 그렇다면 네가 아니라 본인이 맞이하는 게 예의가 아닐까 싶은데 말이야!"

유바에가 그렇게 소리를 지르자, 하늘 위에서 웃음소리가 들려왔다. 고개를 들어보니 본당 지붕 위에 개릭이 서 있었다.

"이제야 만났군, 유바에. 기다리고 있었어. 거기에 마녀 메릴과 그 꼬마도 있군. 근데 또 하나는 누구지? 처음 보는 얼굴인데."

그랬더니 소니아가 용감한 목소리로 외쳤다.

"크리미널 위저드 개릭! 얌전히 에이미 씨를 풀어주고, 오라를 받으세요! 그렇지 않으면 이 소니아 라이트펠로우가 당신을 쓰러트리겠습니다!"

"그런 소리를 한다고 얌전하게 오랏줄에 묶일 악당이 세상천지 어디에 있겠냐. 유바에, 어쩌자고 이리 잔뜩 끌고 온 거지?"

"널 만나러 가는데 이 정도는 있어야지. 무슨 문제라도?"

"아니, 없어. 잘 됐다. 오히려 혼자서 왔으면 실망했을 테니까."

"뭐……?"

개릭의 진의를 알 수 없어 유바에가 미간을 찌푸리자, 에이미가 필사적인 표정으로 소리를 질렀다.

"유바에 씨! 난 반지 때문에 아무 말도 못 해! 하지만 제발, 알아줘!"

그 순간, 준페이는 불현듯 불길한 예감에 사로잡혔다. 하지만 유바에는 그걸 아는지 모르는지 앞으로 발을 내디뎠다.

"에이미, 대체 무슨 일이냐……."

하지만 그 한걸음에, 나락으로 떨어지는 함정이 기다리고 있었다.

"엑셀시아, 유바에를 죽여라."

개릭이 명령하자, 코스모 피스트가 총알 같은 속도로 날아와 유바에의 복부에 작렬했다. 엄청난 소리와 함께 유바에가 포물선을 그리면서 날아가 바닥을 굴렀다.

준페이 일행은 이 모습을 멍하니 지켜보는 수밖에 없었다.

"아아!"

에이미가 비명을 질렀지만, 에이미의 발은 유바에의 숨통을 끊기 위해 멋대로 움직이고 있었다. 그러자 제일 먼저 정신을 차린 소니아가 마법을 날렸다.

"에어리얼 로어!"

엄청난 바람의 포효가 에이미를 향해 달려들었다. 에이미는 재빨리 코스모 피스트를 거대하게 만들어 자기 몸을 감싸 방어했지만, 바람을 견디지 못하고 날아갔다. 준페이는 이 틈에 유바에에게 달려가 그녀를 안아서 일으켰다. 이미 숨이 끊어졌을지도 모른다고 각오했으나, 다행히도 유바에는 의식이 있었다. 준페이는 얼굴이 확 밝아져서 소리쳤다.

"살아있어! 살아있다고!"

"후홋. 대체 마법 마도구를 챙겨두길 잘했군. 다 받아내질 못해서 나도 대미지를 받긴 했지만, 아직은 무사하다."

카에데 때도, 카에데의 의식을 절단하는 마법이 유바에가 상정했던 위력보다 강했기 때문에, 한참 의식불명에 빠졌다고 했다. 아무래도 대체 마법으로 받아낼 수 있는 대미지는 한계가 정해져 있는 모양이다.

"역시 대단하다 유바에! 그걸 맞고도 안 죽다니, 역시 메릴의 친구다워!"

"농담할 상황이 아니에요!"

달려온 소니아가 몸을 돌려서 방패를 들자, 곧 유바에를 노리고 날아오던 에이미의 코스모 피스트가 용사의 방패와 충돌했다. 소니아는 어떻게든 에이미의 공격을 막아내고는 있었지만, 이대로는 불리해지기만 할 뿐이었다.

준페이는 유바에한테 말을 걸었다.

"유바에 씨, 일어날 수 있어요?"

"아니. 무지무지 아프다. 죽을지도……."

실제로 대체 마법이 없었으면 그 자리에서 죽을 뻔한 상황이었으니 살아있는 것만으로도 다행이리라. 소니아가 회복 마법을 쓸 수 있다면 좋겠지만, 소니아는 에이미를 상대하느라 여유가 없었다.

한편 메릴은 본당 지붕 위에서 구경하던 개릭을 향해서 속 편한 목소리로 소리치고 있었다.

"저기~! 왜 이런 짓을 하는 거야?"

"그, 그래! 대체 왜……."

준페이는 유바에를 안은 채로 개릭을 노려봤다.

"네 목적은 지배 마법을 손에 넣는 거잖아! 그럼 유바에 씨의 기술과 지식이 필요할 텐데?! 유바에 씨가 새로 만든 노예의 목줄을 사용해서 그녀를 지배할 생각이 아니었어?! 그런데 왜, 이런 짓을……!"

"얘기가 달라졌거든, 꼬마야."

개릭은 그렇게 말하며 본당 지붕에서 뛰어내렸다. 그리고는 격렬하게 싸우고 있는 소니아와 에이미 옆을 지나, 느긋한 걸음걸이로 준페이가 있는 쪽으로 다가왔다.

"준페이 씨, 메릴 씨! 그쪽으로 갔어요!"

소니아가 에이미를 상대하며 그렇게 소리쳤다. 두 사람의 전투는 이제 소용돌이가 일어날 것만 같은 기세가 되어 있었다.

개릭은 둘을 보고는 웃으며 이렇게 말했다.

"엑셀시아, 그 금발 여자를 확실하게 죽일 생각으로 싸워라. 하지만, 틈이 생기면 유바에를 노려라."

그 말에 소니아와 에이미, 양쪽의 얼굴이 일그러졌다. 이걸로 소니아는 유바에를 지켜가며 싸워야 하는 상황에 빠지고 말았다.

"마녀 메릴, 너는 구경만 하고 있어도 되는 건가? 저 아가씨 혼자서 유바에를 지키면서 엑셀시아를 상대하는 건 쉽지 않을 텐데?"

"전 괜찮아요! 메릴 씨와 준페이 씨는 유바에 씨를!"

"오, 기특한데. 하지만, 그게 문제야!"

그 말이, 준페이의 가슴에 불안을 심어줬다. 소니아는 강하다. 진심을 낸다면 상대가 에이미라도 그렇게 쉽게 질 리는 없다. 하지만 소니아가 진심으로 싸운다는 것은, 즉 상대를 죽일 기세로 싸운다는 의미나 마찬가지다. 반지에 조종당하고 있을 뿐인 에이미를 상대로 그렇게 싸울 수는 없는 노릇이었다. 소니아는 힘든 싸움을 할 수밖에 없는 상황이었다.

그러나 메릴은 그 말을 무시하고 개릭에게 끈질기게 질문을 던져댔다.

"저기, 왜 그러는 거야? 유바에를 원하는 게 아니었어?"

"지금도 갖고 싶기야 하지. 그런데 더 좋은 걸 찾아냈거든. 반지를 이용해서 엑셀시아한테서 다 들었다. 꼬마 너, 마왕의 환생이라며? 지배 마법을 사용한다던데."

그 순간, 준페이는 누가 심장을 움켜쥔 것처럼 깜짝 놀랐다. 순간적으로 숨이 멎을 정도로.

"너, 설마⋯⋯!"

개릭이 차가운 눈으로 준페이를 바라보았다. 마치 사냥감을 바라보는 듯한 눈빛이었다.

"정보는 많으면 많을수록 좋으니까, 지배 마법에 대한 아는 대로 털어놓으라고 명령했다. 그러자 네 이야기가 나오더군. 아직은 불완전하지만 언젠가는 지배 마법을 완벽하게 다룰 수 있게 되겠지. 그렇다면 유바에보다 널 손에 넣는 게 좋지 않겠어? 반지로 널 조종해주마."

"표적을 나로 바꿨다는 얘긴가……."

사람 해치는 것도 서슴지 않는 진짜 악당에게 찍혔다. 준페이는 그게 얼마나 무서운 일인지 실감했다. 그때, 에이미한테 방패를 얻어맞은 소니아가 엉덩방아를 찧는 모습을 보고서 정신이 번쩍 들었다. 에이미가 소니아를 공격하면서 비통한 목소리로 외쳤다.

"진짜로 싸우란 말이야, 소니아! 너, 이러다간 나한테 죽는다고!"

"그렇겠죠. 그런데 전 봐주는 게 서툴러서 말이죠! 제가 당신 목숨을 빼앗으면 의미가 없다고요. 그러니까, 얌전히 기절하세요! 쇼크웨이브 펄서!"

어느새 일어난 소니아가 방패를 앞으로 내밀자 눈 부신 빛을 내뿜었다. 바로 상대가 잃게 만드는 마법이었다. 하지만 에이미는 재빨리 후퇴하면서 코스모 피스트를 방패처럼 내밀었다. 그러자 쇼크웨이브 펄서는 코스모 피스트에 막혀 완전히 차단했다.

"그럴 수가……!"

소니아가 놀라 소리치자 에이미가 코스모 피스트를 치우며 슬픈 목소리로 말했다.

"코스모 피스트는 마력 덩어리니까, 방패로 사용하면 물리도 마법도 막을 수 있어. 당신은 여러 가지 마법을 쓸 수 있는 것 같은데, 단순한 마력 싸움이 되면 내가 유리해. 평범한 마법이나 공격으로는 코스모 피스트를 뚫을 순 없겠지. 예외가 있다면, 아마도 그 칼이겠지. 신기한 힘이 느껴져."

"하지만 이 검을 휘둘렀다간 정말로 당신을……."

소니아가 망설이고 있자니 두 코스모 피스트가 날아왔다. 한쪽은 주먹, 한쪽은 보자기다. 맞는 것 보다 잡히는 쪽이 귀찮다고 판단한 건지, 소니아는 보자기 쪽을 베어버리고 주먹 쪽은 맞아줬다. 갑옷 너머로 덮쳐온 충격에 소니아가 신음을 흘리고 있자니, 에이미가 소니아를 붙잡으려고 달려들었다.

"날 얕보지 말라고! 그렇게 쉽게 죽을 줄 알아! 그리고, 나, 준페이의 3호가 될지도 모르거든? 그렇게 생각하면 날려버리고 싶지 않아?"

"그러고 싶었지만, 점점 당신이 좋아졌어요!"

에이미는 눈을 크게 뜨고, 미소를 지었다.

"당신, 정말 바보구나!"

그리고 에이미의 철권과 소니아의 방패가 부딪쳤다. 그런 두 사람을 보고, 준페이도 마음을 다잡았다. 어차피, 처음에 세운 작전은 이미 무너졌다. 그렇다면 길은 하나뿐이다.

"메릴, 작전 변경이다. 소니아를 지원해줘. 개릭은 내가 맡겠어!"

"정말~? 그렇게 되면 준페이, 죽을 수도 있는데?"

"아까 하는 이야기 들었잖아? 저놈은 내가 필요한 모양이니, 죽이지는 않겠지."

"그래. 양쪽 무릎을 부숴서 두 번 다시 걸어 다니지 못하게 만드는 선에서 끝내주지."

"하하하……."

준페이는 자기도 모르게 웃었지만, 개릭은 조금도 웃지 않았다. 진심이다. 진심으로 준페이를 반쯤 죽이고, 그 목에 노예의 목줄을 채워서 종으로 만들 생각이다. 그러나.

"나는 소니아와 에이미가 서로 상처입히는 모습은 보고 싶지 않거든. 그러니까 메릴은 소니아를 도와줘! 저런 상황에 유바에 씨까지 지키면서 싸우는 건 힘들 거야."

"오, 준페이, 대단한데! 남자다워! 그럼 열심히 해봐! 변신!"

메릴이 오른쪽 주먹을 하늘을 향해 뻗으면서, 옷 갈아입기 마법을 발동시켰다. 서부영화에 나올 것 같은 총잡이 스타일로 변신한 메릴은, 허리에 달린 홀스터에서 리볼버 권총 두 정을 뽑아 들고 소니아와 에이미가 싸우는 곳을 향해 달려갔다.

"타당, 탕~!"

메릴의 묘한 기합 소리와 함께 발사된 마법의 탄환이 에이미의 코스모 피스트를 정확히 때렸다. 이러면 직접 공격하지 않더라도 충격으로 코스모 피스트의 궤도를 바꿀 수 있다. 소니아의 지원에 딱 걸맞은 전술이었다.

준페이는 유바에를 그 자리에 남겨두고, 소니아와 에이미한테서 떨어진 곳을 향해 달려가면서 개릭에게 큰소리를 질렀다.

"이쪽으로 와! 따라오라고! 내가 목적이잖아?"

"하하하, 그래 좋다. 사나이들의 승부를 겨뤄보자, 꼬마야!"

개릭이 웃으면서 큰 걸음으로 준페이를 향해 걸어왔다. 준페이는 공양간 앞까지 가서 몸을 돌렸다. 눈이 번쩍번쩍 빛나는 개릭이, 의외로 가까운 곳까지 와 있었다.

——메릴과 소니아가 에이미한테 이긴다는 보장은 없다. 반드시 이길 자신이 있다면 도망치면서 시간만 벌면 되지만, 질지도 모른다. 하지만 내가 이 녀석을 쓰러트리고 반지를 빼앗으면 에이미를 막을 수 있고, 소니아와 메릴도 도울 수 있다.

다행히 승산이 아예 없는 건 아니다. 개릭은 준페이를 죽일 수 없으니까, 어느 정도 봐줄 것이다. 그 부분을 노려야 한다.

"죽을 각오로…… 하는 수밖에 없겠지!"

준페이는 숨을 크게 들이쉬고, 이번에는 자기가 먼저 개릭을 향해 달려갔다. 그리고는 상대의 턱을 노리고 펀치를 날렸다. 하지만 간단히 피해 버렸다. 개릭이 웃으면서 말했다.

"너무 솔직하잖아. 펀치라는 건 이렇게 날리는 거야."

직후 발차기가 날아왔다. 주먹이 날아올 줄 알았던 준페이는 왼쪽 허벅지에 느껴진 충격으로 얼굴을 잔뜩 찌푸렸다.

"나름대로 봐줬다, 꼬마야. 너, 싸워본 적 거의 없지."

"시끄러워⋯⋯!"

개릭이 봐준 덕분에 이를 악물고 일어설 수는 있었다. 하지만 왼쪽 다리가 너무 저려서 움직일 수가 없었다. 다리가 회복될 때까지 시간을 벌어야겠다는 생각에, 준페이는 상대를 잡아먹을 기세로 물었다.

"반지와 목줄로 사람을 노예로 삼고, 그다음에는 어쩔 생각인데?"

"나중 따위 알 게 뭐야. 그냥 이 세상에서 제일 잘난 놈이 되고 싶다. 방해하는 놈은 죽여버리고. 난 항상 그렇게 살아왔을 뿐이야."

"이 자식⋯⋯!"

살기가 피어오르는 준페이를 비웃으면서, 이번에는 개릭이 물었다.

"그러는 너야말로 어쩔 건데? 기껏 마왕의 힘을 가지고 태어났잖아? 그 힘으로 제왕이 될 생각은 없냐?"

"없어!"

너무나 화가 나서 목소리가 커졌다. 오쿠무라의 꼭두각시 인형이 됐다는 걸 알게 된 카에데가 얼마나 상처를 받았던가. 지배 마법 때문에 원하지 않는 싸움을 하는 에이미는 얼마나 괴로울까. 그리고 트릭시. 모든 일의 원흉이지만, 그 과오의 원인이 자신에게 있다면, 자신의 손으로 해결해야 마땅한 게 아닐까.

"난, 언젠가 에이미와 다른 사람들 몸에서 노예의 각인을 지우고, 반지를 전부 부숴버릴 거야!"

"……마음에 안 들어. 참 마음에 안 드는 대답이다!"

개릭의 주먹이 날아왔지만, 준페이는 몸을 숙여 피했다. 조금 전에 발차기를 맞았던 옆구리가 아직 아팠지만, 그걸 신경 쓰고 있을 틈은 없었다. 개릭은 계속해서 발차기와 주먹을 내질렀지만, 준페이는 이상할 만큼 잘 간파하고 피해 나갔다.

"호오! 싸움은 못 해도 도망치는 재주는 있나 보군? 그래서, 반격은?"

"할 거야!"

도발이라는 걸 알고 있지만, 준페이는 반격을 위해 몸을 앞으로 숙였다. 도망치기만 해서는 아무것도 못 한다. 몸통 박치기로 부딪치는 수밖에 없다.

"너만 어떻게 하면, 에이미를 구할 수 있어!"

그것만으로도 도전할 가치는 있다. 그다음에는 그저 도전할 뿐. 개릭은 적개심과 증오를 자기 힘으로 바꾼다. 그래서 무도에서 말하는 무(無)의 경지에 들어서서 싸워야만 한다고 생각한 준페이가, 마음을 비우고 개릭에게 덤벼든 그때였다.

"엑셀시아, 몸이 아주 끝내주더라."

"이 망할 자식이!"

준페이의 주먹이 개릭의 뺨에 박혔다. 분노가 담긴 일격에, 개릭이 빙긋 웃었다.

"농담이라고. 저 자식은 아직 너무 어려서 내 취향이 아니야.

난 좀 더 요염한 어른 여자가 좋거든. 그리고 저 녀석한테는 순결을 지키는 마법인지 뭔지가 걸려 있잖아? 걱정할 필요도 없는데, 이런 도발에 넘어가다니. 덕분에 온몸에 힘이 들어왔다. 자, 지금부터가 진짜다."

이윽고 개릭의 주먹이 준페이의 배에 박혔다. 상상을 뛰어넘는 충격 때문에 숨을 쉴 수가 없었다. 소리도 낼 수 없었다. 무릎이 꺾이지 않은 것은, 준페이가 어떻게든 버텨낸 덕분이었다.

하지만 개릭은 틈을 놓치지 않고 머리를 향해 하이킥을 날렸다.

——머리는 위험해!

준페이는 팔을 십자 모양으로 교차해서 머리를 방어했다. 순식간에 팔에서 감각이 사라졌다. 부러지지는 않았겠지만, 팔이 마비돼서 축 처져버렸다. 무방비 상태가 되고 말았다. 거기에 개릭의 손이 마술이라도 부린 것처럼 빠르게 뻗어오더니 넥타이를 매듯 준페이의 목에 뭔가를 감았다.

"체크메이트다, 꼬마야."

"아차⋯⋯!"

보지 않아도 알 수 있었다. 노예의 목줄이다. 그게 목에 채워지고 말았다. 그리고 개릭은 준페이를 향해서 가운뎃손가락을 세워 보였다. 플라티나 반지가 악몽처럼 빛났다.

"무릎 꿇고 내 구두에 입을 맞춰라."

"웃, 기지 마라⋯⋯!"

뱃속 깊은 곳에서부터 타오르는 분노와 반대로, 준페이의 몸은 이미 한쪽 무릎을 꿇고 있었다. 너무 싫어서 미칠 지경인데, 몸이 제멋대로 움직였다.

반지에 지배당하는 게 이런 기분이었단 말인가. 절망적이고 괴롭다. 마치 영혼이 직접 짓밟히는 것 같은 느낌이었다. 싫다, 이대로, 무릎을 꿇는 건 싫다.

이대로, 반지가 시키는 대로 개릭의 구두에 입을 맞추면 마음마저 꺾여버릴 것 같아서, 준페이는 온 힘을 다해서 저항했다. 한쪽 무릎을 꿇고, 다른 한쪽은 꿇지 않은 불안정한 자세로, 빛나는 눈동자로 개릭을 노려봤다.

"난 절대로, 너 따위한테 굴하지 않아!"

"오, 거역하는 건가? 뭐, 유바에도 프로토타입이라고 했으니까, 진짜보다 효력이 떨어질 수도 있겠군. 뭐, 어차피 시간문제겠지만."

개릭은 실실 웃으며, 부드러운 목소리로 바꿔서 계속 말했다.

"야, 꼬마야. 그렇게 버티지 마라. 넌 이미 다 끝났다고, 응? 차라리 이렇게 된 김에 그냥 내 부하가 되는 게 어때? 너도 재미 좀 보게 해줄 테니까."

"무슨——!"

"너, 마법 학교 낙제생이라면서."

개릭의 한마디에, 준페이의 가슴이 술렁였다. 잊고 있던 비참한 기분이 넘쳐나서, 마음속까지 흠뻑 젖어버릴 것만 같았다.

"……그것도 에이미한테 억지로 말하게 한 거냐?"

"그래. 끔찍한 꼴을 당했겠지? 그런 괴롭힘은 어느 나라에나 있으니까."

"멋대로 판단하지 마. 난 그럭저럭 잘 지내왔어."

"그렇구나, 그럼 주위와 거리를 둬서 자기 자신을 지켜왔겠네. 뭐, 떨거지가 괴롭힘당하지 않으려면, 혼자 있는 수밖에 없으니까."

"뭐——"

정곡을 찔렀다. 어린 시절에는 있었던 친구들이 한 사람, 또 한 사람씩 떠난 것은, 자신이 주위 사람들한테 열등감을 느끼고 고독을 선택했기 때문이다. 자신의 마음을, 지키기 위해서.

"그래도 널 무시하는 놈들의 목소리는 아무리 귀를 막아도 들려왔을 테지. 그런 놈들한테 한 방 먹여주고 싶지 않나? 후회하게 해주고 싶지? 명마와 글러 먹은 말도 구분할 줄 모르는 동태 눈깔 놈들한테, 이젠 알겠느냐고 말이야. 나한테 충성을 맹세하면, 내가 도와줄 수도 있는데?"

"웃기지 마! 난 그런 짓을 하고 싶은 게 아니야!"

"아니, 하고 싶을걸. 미운 오리 새끼는 모든 이의 마음속에 살고 있다. 자신을 평가해주지 않은 놈한테 꼴좋다, 난 이렇게 대단하다고, 그렇게 말해주고 싶을 텐데."

"닥쳐! 아까부터 대체 뭐냐고! 네가 내 뭘 안다고 떠들어대는 거야!"

"알아. 나도 그런 떨거지였으니까."

갑작스러운 고백에 준페이는 눈이 휘둥그레졌다. 개릭은 재미

227

없다는 표정으로 고개를 옆으로 돌렸고, 아직도 싸우고 있는 에이미와 소니아를 보면서 퉁명스러운 목소리로 말했다.

"나는 고아였다. 좋은 마법사 부모도, 스승도 없어서 강제로 마법 학교 기숙사에 처박혔는데, 거기선 낙제생으로 지냈지. 불도 얼음도 전격 마법도 다 쓸 수는 있었지만, 위력은 하나같이 형편없었다. 당연히 괴롭힘도 당했지."

개릭이 에이미와 소니아한테서 준페이 쪽으로 시선을 돌렸다. 눈빛이 어두웠다. 재미없는 과거를 떠올리고 있는 탓일까. 그 눈을 보고, 준페이는 깜짝 놀랐다.

──나와 비슷해.

괴롭힘당하지는 않았지만, 개릭은 부모님께 버림받았고 준페이는 아버지한테 버림받았다. 그리고 마법 학교에 갇혀서, 회색빛 나날을 보내왔다.

"무시당하고, 멸시당하고, 욕을 먹었다. 그런데 어느 날, 내 진짜 힘이 눈을 떴다. 나쁜 놈이 되면 될수록 강해지는 마법이지. 남들이 날 싫어하면, 그 어두운 감정을 힘으로 전환해서 육체를 강화할 수 있었다. 내 마법의 정체를 알아차렸을 때, 내 기분이 어땠을지 짐작이 되나?"

준페이는 그 기분을 알고 있었다. 처음에는 충격을 받았다. 자신의 힘이 지금껏 생각하던 이상과 동떨어진 것이라는 사실을 받아들일 수가 없었다. 하지만 일단 곧 자신에게 힘이 생겼다는 생각에 기쁨이 차올랐다.

"온몸이 부들부들 떨릴 정도로 기뻤지. 이걸로 나도 어엿한 마법사가 될 수 있다고, 말이야."

——아아, 젠장. 이럴 수가. 이 자식은 나하고 똑같아!

인정하기는 싫지만 공감되는 구석이 있었다. 마음속 한구석에서 웅크리고 있던 미운 오리 새끼가 백조가 돼서 아름다운 날개를 펼친 순간의 기쁨을, 두 사람 다 알고 있었다. 하지만 개릭은 백조가 아니라 흑조. 그가 펼친 것은 끔찍한 검은색 날개다.

"……그래서, 한없이 미움받기 위해서, 악의 길을 달려왔다는 거냐."

"그래. 일단 본보기로 날 무시했던 놈들을 피떡으로 만들어줬지. 속이 후련하더라고. 이제야 내 마음이 전해졌구나 싶었어."

"마음이 전해졌다고?"

"그래. 마음은 말이다, 말 따위로는 전해지지 않아. 아픔이 따라야만 전해지는 법이지. 다쳤을 때 비로소, 그놈들은 내가 지금까지 무슨 생각을 했는지 이해해줬다."

"너……."

"그 뒤로 난 마법 학교를 뛰쳐나와서, 온갖 나쁜 짓들을 하고 다녔다. 벌써 20년이나 됐지만, 난 아무런 죗값도 받지 않고 이렇게 멀쩡히 살아있지."

그 말을 듣고, 준페이는 가슴 속에서 화가 끓어오르는 걸 느꼈다. 하지만 이게 개릭이 노리는 것이다. 미움을 받을수록 강해지다니, 정말 귀찮은 힘이다.

"망할 자식……."

그렇게 말한 준페이의 머리카락을 거칠게 움켜쥐고 고개를 들게 하더니, 개릭은 숨을 불어넣는 것처럼 말했다.

"너도 나랑 다를 게 없잖아? 에로 마법은 악마의 힘이다. 이 세상이 받아들이지 못하는 사악한 마법이라고. 그러니까 너는 나쁜 놈이 되는 수밖에 없다. 나처럼 말이야."

"똑같이 취급하지 마!"

"아니, 똑같아. 네가 인정하지 않더라도 넌 결국 나랑 똑같아질 거야."

준페이는 곧장 부정할 수 없었다. 개릭과 준페이의 과거는 그만큼 비슷한 점이 많았다. 낙제생이고, 자신의 무력함 때문에 슬퍼했고, 세상의 밑바닥에서 혼자 분노를 삭이고 있었다. 만약 메릴과 카에데, 소니아를 만나지 못하고 에로 마법을 각성하지 못했다면, 어떤 길을 걸어갔을까?

하지만 그런 가정은 아무런 의미가 없다.

"난…… 만났어."

"뭐?"

"난 운이 좋았어. 좋은 만남이 잔뜩 있었지. 하지만 그건 내가 훌륭한 인간이라서가 아니야. 뛰어나기 때문도 아니고. 그냥, 운이 좋았을 뿐이야."

카에데 선배가 손을 뻗어줬다. 메릴과 운명적인 만남을 이루었다. 그리고 소니아가 키스해줬다.

"그러니까 난 너와 달라."

"그러냐……. 기왕이면 이 한 세상 재미있게 살아보자는 내 친절한 배려를 무시하다니. 그렇다면 내가 네 그 재미없는 사고를, 때려 부숴주겠다!"

개릭은 쥐고 있던 준페이의 머리를 놓고는, 준페이를 향해서 가운뎃손가락을 힘차게 세워 보였다. 곧 플라티나 반지가 무시무시한 빛을 내뿜었다.

"원망해라! 증오해라! 자신을 무시했던 놈들에게 보복해라! 괴물이 돼버리라고!"

그때 개릭의 눈을 본 준페이는 문득 깨달았다.

──아, 그렇구나. 이놈도 동료를 원하는구나.

물에 빠진 사람이 손을 내미는 것은 꼭 구해주기를 바라서만은 아니다. 같이 빠져 죽을 사람을 바랄 때도 있다. 개릭은 용서 없이 폭력적인 의지로 준페이의 마음을 어지럽히기 시작했다. 그랬더니 마음속 밑바닥에 가라앉아 있던 앙금이 물을 탁하게 만드는 것처럼 준페이의 마음을 어둡게 물들여갔다.

──아아, 싫다. 참을 수가 없어.

준페이는 반지에 반쯤 지배당해 악에 물들어가면서 잠꼬대하는 것처럼 말했다.

"난 마왕이 되지 않겠어. 카에데 선배의 눈을 보고 말할 수 있는 사람이 되고 싶어. 소니아의 연인으로, 어울리는 남자가 될 거야. 그러니까, 그러니까……."

"소용없다. 나한테 이 반지가 있는 한, 넌 절대로 거역할 수 없다."

"……반지?"

그렇다. 지배 마법은 반지와 각인으로 구성된다. 반지에는 등급이 있고, 상위 반지가 있으면 하위 반지의 명령은 취소해버릴 수 있다.

──그래. 반지다, 반지야! 제일 상위의 반지가 있으면 되는 거야!

그건 준페이가 개릭이 심어준 악의 씨앗에 90% 정도를 지배당해 마음이 시커멓게 물들어가는 중에 발견한, 유일한 빛이었다.

"……난, 누구에게도, 지배당하지 않아!"

그 순간, 준페이의 오른쪽 집게손가락에서 작렬하는 열기가 느껴졌다.

◇

소니아는 에이미와 싸우는 중에도 준페이를 지켜보고 있었다. 메릴이 코스모 피스트를 막아주고 있다고는 해도 에이미와 싸우면서 유바에를 지키고, 준페이까지 신경 쓰고 있으니, 가히 대단하다 할만했다. 하지만, 다만 개릭이 준페이의 목에 노예의 목줄을 채우는 모습을 봤을 때는 소니아도 동요를 감출 수 없었다. 마치 심장이 얼어붙는 것 같은 기분이 들었다.

"준페이 씨!"

곧장 준페이를 구하려 했지만, 에이미가 이를 가로막았다. 에이미의 눈가에는 눈물이 흐르고 있었다. 자기 마음과 다르게 억지로 싸우고 있으니, 에이미도 힘들겠지.

"소니아! 이제 됐으니까, 더 진심으로——!"

"진심이에요! 진심으로, 모든 것을 지키기 위해서, 싸우고 있어요!"

그리고 다시 에이미와 격렬하게 싸우고 있는데 갑자기, 시야 한쪽에서 적금색 빛이 터져 나왔다. 그 빛은 준페이의 오른손에서 뿜어져 나오고 있었다. 자세히 보니, 그의 손가락에 어느새인가 반지가 끼워져 있었다.

"저건⋯⋯."

마치 저녁노을 같은 빛은, 이미 저물어버린 태양이 서쪽에서 다시 떠오른 게 아닌가 하는 착각이 들 만큼 찬란하게 빛을 뿜어냈다. 소니아는 싸우는 것도 잊어버리고 그 빛을 바라보았다.

"소니아!"

에이미가 경고하며 공격해왔다. 소니아는 정신이 번쩍 들었지만, 이미 너무 늦은 뒤였다. 메릴의 지원도 소용없다. 에이미의 철권이 자신의 얼굴을 부숴버리리라.

소니아가 각오를 굳힌 순간 멀리서 준페이의 목소리가 들려왔다.

"멈춰, 에이미! 이제 개릭이 하는 말 따위는 안 들어도 된다!"

그 순간, 거짓말처럼 에이미의 움직임이 멈췄다. 소니아와 에이미는 눈이 휘둥그레져서 서로를 쳐다보았다.

"당신이 멈췄다는 건…… 하지만, 말도 안 돼요, 이런 일은!"

"어, 어떻게 된 거지? 몸이 말을 들어. 대체 저 빛은……."

"준페이 씨가 빛의 반지를 만들었고, 그 힘으로 개릭의 반지가 내린 명령을 무효로 만들었어요. 하지만, 지금의 준페이 씨가 그런 일을 할 수 있을 리가 없는데. 대체, 어떻게……."

"설마, 나한테서 마력을 잔뜩 빨아들인 탓에?"

그제야 소니아도 뭔가를 깨달았다. 그렇다면 아직, 가능성이 있다.

"그렇군요. 목줄이 채워지고 궁지에 몰린 준페이 씨가 필사적으로 저항하려고 한 결과, 당신한테서 빨아들인 마력을 있는 대로 쏟아부었다면…… 가능할지도."

그때 싸움이 끝났다는 걸 깨달은 메릴이 무방비한 걸음걸이로 다가오며 말했다.

"저기, 저거 뭐야?"

"메릴 씨도 모르는 게 있군요."

소니아가 미소 지으며 그렇게 말하고는, 눈을 부릅뜨고서 큰 소리로 말했다.

"저것은 모든 반지를 다스리는 절대적인 반지. 오직 마왕의 마력으로만, 마왕의 손으로만 부릴 수 있는, 진정한 왕의 반지에요!"

◇

대체 누구의 기억일까. 기억 속의 자신은 상당히 화가 나 있었다. 믿고서 반지를 하사한 남자가 그 반지를 악용했다. 자신은 그 남자에게 이렇게 말했다.

"반지의 왕이 왕의 반지로 명한다. 부서져라."

그 순간, 개릭의 플라티나 반지가 반짝이는 은색 빛을 내며 부서져 버렸다.

"마, 말도 안 돼!"

개릭이 깜짝 놀라서 소리를 질렀다.

메릴은 이 광경을 반짝거리는 눈으로 흥미롭다는 듯 바라보았다.

"와~! 진정한 왕의 반지는 그런 것도 할 수 있구나!"

갑자기 머릿속에 피어오른 안개 같은 기억 속에서 문득 현실로 돌아온 준페이는 자신이 한 일에 놀란 표정을 지었다.

"지금 그건, 내 전생에……? 아냐, 그런 것보다!"

최상위 반지──진정한 왕의 반지는 메릴도 본 적이 없다는 것 같다. 마스터 트릭시가 오리하르콘 이상의 반지에 만족했던 것은, 이 반지를 오로지 마왕만이 가질 수 있었기 때문이리라.

준페이는 오른손을 들어 빛나는 붉은 반지를 바라보았다.

"이게, 진정한 왕의 반지……."

준페이가 스스로 반지를 불러냈다는 사실에 어리둥절하고 있자니, 개릭이 미친 듯이 화를 내며 공격해왔다.

"이 망할 자식이! 죽여버리겠다!"

홍련의 불꽃을 두른 개릭의 주먹이 준페이를 향해 날아왔다. 일격필살의 공격이었지만 준페이는 이상하게도 개릭이 무섭지 않았다. 에이미한테서 흡수한 엄청난 마력 때문일까, 아니면 전생의 기억이 되살아났기 때문일까. 이럴 때는 어떻게 하면 되는지 알 수 있었다. 본능이 시키는 대로, 준페이는 마력을 끌어올려서 에로 마법을 발동했다.

"이터널 생츄어리."

갑자기, 개릭의 발밑에서 하얀 불꽃이 일어나서 그의 몸을 뒤덮었다.

"아닛?!"

이윽고 개릭은 하얀 불꽃에 먹히듯 사라졌다. 존재 자체가 완전히 타버린 게 아닐까 하는 생각마저 들었다. 준페이는 덜컥 겁이 났다.

"뭐, 뭘 한 거지……?"

설마, 내가 죽인 건가?

준페이의 얼굴이 새파랗게 질리자 소니아가 말했다.

"안심하세요. 이터널 생츄어리는 남자가 출입할 수 없는 성역을 구축하는 에로 마법……. 주위에 있는 남성을 모조리 먼 곳으로 추방하는 마법이에요. 아마 개릭도 그 하얀 불꽃에 먹혀 어디론가 전이 됐겠죠."

"그, 그런 마법이……."

"한마디로 자기 이외의 남자는 필요 없다는 거야? 우와……."

에이미가 황당하다는 얼굴로 놀리듯 말했다.

"준페이! 해냈구나, 대단해, 예이!"

메릴이 가벼운 발걸음으로 달려왔다.

"그, 그래."

자신의 손으로 흉악한 범죄 마법사를 격퇴했다. 준페이는 자신이 해낸 일이 믿기지 않는지 얼떨떨한 얼굴로 대답했다.

"하지만 그 플라티나 반지를 부숴버린 건 감점."

"그건, 나도 모르게, 그만……."

"후후. 하지만 대신 진정한 왕의 반지가 생겼으니까, 잘했어. 이걸로 반지를 전부 찾아낼 수 있을 거야 메릴!"

"아, 응. 그래. 다행이네……."

준페이는 자기 오른손에서 빛나는 진정한 왕의 반지를 멍하니 바라보다가 문득 아직 자기 목에 목줄이 감겨있다는 걸 깨달았다. 준페이는 굴욕적인 목줄을 뜯어내서 땅바닥에 던져버리고 소니아를 향해서 손을 흔들었다.

"이거 봐 소니아! 이걸로 모든 반지를 찾아낼 수 있어! 노예의 각인은 아직 지울 수 없지만, 이것만 해도 엄청난 전진이겠지?"

그렇다면 칭찬해줬으면 좋겠다. 그런 기대에 가슴이 부풀어 있는 준페이에게, 소니아가 고개를 저으면서 말했다.

"그럴 수 있다면 좋겠지만…… 아쉽게도 시간이 다 됐어요."

"어?"

그 순간 소니아의 말을 듣기라도 한 것처럼 오른손의 빛이 빠르게 사라져갔다. 이윽고 반지도 빛이 되어 모습을 감추었다.

"이, 이거……."

"남에게 빌린 마력으로 왕의 반지를 만들어봤자, 한때의 꿈일 뿐이에요. 이건 아직 당신의 힘이 아니라는 거죠."

"뭐야, 좋다 말았네……."

의기소침해진 탓일까, 준페이는 힘이 빠져서 그 자리에서 무릎을 꿇었다.

고개를 푹 숙이고 있는 준페이의 어깨에 손을 얹고, 소니아가 미소를 지으며 말했다.

"하지만 오늘은 정말 잘했어요. 어쨌거나 에이미 양을 구해냈잖아요?"

"그래, 맞아. 고마워, 준페이."

에이미가 피로에 찌든 얼굴로 다가와 말했다. 에이미의 얼굴에는 상처가 가득했지만 그래도 준페이를 신경 써주는 건지, 목소리가 힘차고 밝았다.

"뭐, 그렇게 실망할 건 없잖아? 일단 한 번 성공했으니까, 또 내가 마력을 빌려주면 그 진정한 어쩌고인가 하는 반지를 또 부를 수 있을지도 몰라."

그렇다. 그러니까 힘을 내도 될 텐데, 힘이 나질 않았다.

"준페이, 이제 슬슬 정신 차려. 어쨌거나 나는 이제 무사……
아, 유바에 씨……."

"나 안 죽었다."

조금 떨어진 곳에서 누워 있던 유바에가 숨을 헐떡이는 목소리로 말하자, 에이미는 헉, 하고 놀라더니 유바에 쪽으로 뛰어가서 눈물을 뚝뚝 흘리며 무릎을 꿇었다.

"유바에 씨. 죄송해요……."

"안 죽었으니까 울지 마. 그보다 소년의 상태가 좀 이상한 거 같은데."

준페이도 스스로 이상을 자각하고 있었다. 두 사람의 대화가 들리는데도 반응할 수가 없었다.

곧이어 소니아의 당황한 목소리가 들려왔다.

"준페이 씨!"

"어라라? 이건 그거네 메릴. 분수에 안 맞는 힘을 행사한 반동이 온 거야 메릴. 준페이, 들려? 저기, 준페이!"

그러나 준페이는 모두의 목소리가 멀게만 느껴졌다.

결국, 얼마 지나지 않아 준페이의 의식은 어둠에 삼켜져 버렸다.

꿈도 꾸지 않은 잠에서 깬 준페이는, 부드러운 온기가 자기 몸을 감싸고 있다는 걸 깨달았다.

조용히 눈을 뜬 준페이는 시야에 들어온 새하얀 천장을 멍하니 바라보았다.

──어라? 지금, 몇 시지? 아니, 그보다…….

"여기는……."

"여기는 콘도 선생님이 입원했던 그 병원이에요. 준페이 씨가 갑자기 의식을 잃고 쓰러지는 바람에 이곳으로 데려왔어요. 유바에 씨도 이 병원에서 치료를 받는 중이랍니다. 다 어제 있었던 일이지만요."

놀라울 정도로 가까운 곳에서 소니아의 목소리가 들려왔다. 준페이가 고개를 돌려 옆을 보니, 소니아가 다른 베개를 베고 누워서 이쪽을 보고 있었다. 준페이가 깜짝 놀라서 움찔하자, 소니아가 걱정하는 표정을 지었다.

"혹시 기억에 문제라도 있나요? 자기 이름은 말할 수 있나요?"

"이치노세 준페이…… 기억은 또렷해. 병원에 실려 온 상황도 대충 이해했어. 왜 기절한 건지는 여전히 모르겠지만."

그보다 왜 소니아는 여기 누워 있는 걸까.

준페이가 이상하다고 생각하면서 몸을 일으킨 순간, 홑이불이 떨어지면서 소니아와 자신의 몸이 눈에 들어왔다. 어째서인지 둘

다 속옷 차림이었다.

"자, 잠깐만요! 눈 감으세요!"

"으, 으아아, 알았어!"

준페이는 당황해서 눈을 꼭 감았다. 그 틈에 소니아가 침대 밖으로 나갔고, 맨발로 걸어가는 발소리가 들렸다 싶었더니 옷을 입는 소리가 들려왔다. 아직 눈을 뜨면 안 된다.

"준페이 씨, 그대로 들으세요. 당신은 에이미 양한테 얻은 막대한 마력으로 마법을 사용한 결과, 몸에 반동이 왔어요. 그래서 제가 급히 회복 마법을 걸었습니다. 콘도 선생님 때처럼 체력에 여유가 있으면 치유의 지팡이로 충분했겠지만, 당신은 그것보다 위험한 상황이었기 때문에, 생명의 불꽃을 크게 불태우는 마법으로 대응했어요. 다만, 이 마법을 사용하려면 상대를 꼭 끌어안아야만 해서……."

거기서부터 소니아의 목소리는 촛불 불꽃이 꺼지는 것처럼 작아져 갔다. 즉, 소니아는 마치 차가워진 몸을 덥혀주는 것처럼, 알몸으로 준페이를 안고서 치유 마법을 걸어준 것이다. 그렇게 생각하자, 준페이는 너무나 사랑스럽다는 생각과 감동에 휩싸여서, 지금 당장 소니아를 꼭 안아주고 싶어졌다.

"이제 눈을 떠도 돼요."

그 말을 듣고 눈을 떠보니, 사복 차림의 소니아가 침대 옆에 서 있었다.

"갈아입을 옷은 메릴 씨한테 부탁해서 가지고 왔어요. 당신 옷도 있고요. 그래서, 몸은 좀 어떤가요?"

"응, 아주 좋아. 고마워…… 정말 고마워. 덕분에 살았어."

"무슨 말씀을. 그럼 앞으로, 다른 사람의 마력을 써서 진정한 왕의 반지를 만들어내는 건 금지하겠습니다. 괜찮겠죠?"

"뭐, 왜?"

"당신이 죽을 뻔했으니까요! 심신이 아직 미숙한 상태에서 엄청난 마력을 흡수하는 바람에 반동이 온 거라고요. 다음에 또 그런 짓을 하면 화낼 겁니다?"

"아니, 그래도, 진정한 왕의 반지를 만들어 낼 수만 있다면, 어느 정도 위험을 감수할 가치는——"

"당신이 죽으면 저도 죽는다는 걸 잊으셨나요?"

준페이는 겁도 없이 까불면서 높이 날아오르려고 하다가 땅바닥에 처박힌 것 같은 충격을 맛봤다. 소니아가 지적할 때까지 그 사실을 잊고 있었던 자신이 너무나 창피하다.

"그래, 그랬었지."

두 사람은 계약의 입맞춤으로 목숨을 함께 하는 사이가 되었다. 한 사람이 죽으면 다른 사람도 죽는다. 준페이는 소니아를 위해서라도 자신의 목숨을 소중히 여겨야만 했다.

"뭐야~ 결국, 지름길은 없는 건가."

준페이는 뒤로 벌렁 누워서 베개에 머리를 묻었고, 잠시 천장을 바라본 뒤에 소니아가 없는 쪽으로 고개를 돌렸다. 그러자 옆 침대에 누운 유바에의 모습이 눈에 들어왔다.

"어?! 유바에 씨?!"

"안녕."

"어, 언제부터 거기에?!"

"처음부터 있었다. 병상 사정상 같은 방이다."

준페이는 당황해서 몸을 일으키고는, 다시 한번 병실 안을 둘러봤다. 병실에는 침대 외에도 소파 세트와 욕실이 있고, 벽에는 그림까지 걸려 있었다. 즉 고급 병실이었다.

"와, 미닫이문만 아니었으면 호텔인 줄 알았겠네……."

"비싼 병실만 비어 있어서 어쩔 수 없었어요. 참고로 여기 입원하면서, 당신이 다쳤다는 게 학교에 알려졌어요. 저는 나중에 이건에 대해 콘도 선생님께 설명해 드려야만 해요. 적당히 시나리오를 만들어둘 테니까, 나중에 입을 맞추도록 하죠."

"응, 알았어. 그건 맡길게…… 잠깐, 점점 머리가 돌아가기 시작했다. 지금 꾸물거리고 있을 때가 아니잖아! 확인할 일이 잔뜩 있어!"

"당신 옷은 저기 있어요."

소니아가 소파 세트를 가리켰고, 준페이는 침대에서 뛰쳐나가서는 소파 위에 놓아둔 자기 옷을 서둘러서 입으며 빠르게 말했다.

"유바에 씨, 다친 덴 괜찮아요? 개릭은? 메릴은?"

"중상이지만 목숨에 지장은 없다. 개릭은 네 마법 때문에 어딘가로 전이된 채로 행방불명. 메릴은 너희 옷을 가지고 온 뒤에 모습을 감췄다."

"뭐…… 그 녀석은 나중에 또 돌아오겠지. 그럼, 에이미는요?"

그게 제일 마음에 걸렸다. 에이미는 무사할까. 의식을 잃기 전의 기억에는 일단 괜찮아 보였는데, 여기 없는 이유는 대체 뭘까?

"아…… 에이미는 나보다 더 심각해."

"네?! 에이미 녀석, 다친 건가요?"

"아니, 몸은 무사해. 다만 마음을 크게 다쳤지. 엄청나게 기가 죽었어. 뭐, 궁금하면 직접 확인해라. 어차피 거기 있을 테니까."

◇

정오가 조금 지났을 무렵.

9월이 되고 며칠이나 지났건만, 여름의 더위가 여전히 이어지고 있었다.

소니아의 안내를 받아서 도착한 곳은, 병원 뒤쪽에 있는 큰 공원이었다. 일반 이용자 외에 입원한 환자들이 재활과 기분 전환을 위한 산책을 하러 오는 곳 같았다.

그 공원의 인도 길가에 있는 벤치에, 에이미가 힘없이 주저앉아서 고개를 숙이고 있었다. 마법 안경을 쓰고 있어서 머리카락이 갈색으로 바뀌어 있었다. 한눈에 봐도 풀이 죽어 있는 모습이었지만, 여기서 물러날 수는 없었다.

"에이미!"

그렇게 불렀더니 에이미는 고개를 들고 준페이를 봤고, 벤치에서 일어나서는 울음을 터트릴 것 같은 얼굴로 달려왔다.

"준페이, 다행이다. 정신을 차렸구나. 미안해, 나……."

"네가 사과할 건 하나도 없어. 무사해서 다행이야."

준페이는 웃으면서 말했지만, 에이미는 흐릿한 눈동자로 고개를 저었다.

"아냐, 내가 무슨 짓을 했는지는 알고 있잖아? 지배 마법에 붙잡혀 건물을 부수고, 유바에 씨를 그렇게 다치게 했잖아. 저스위즈로서 실격이야. 개릭도, 내가 해치우려고 했는데, 이젠 찾을 방법도 없고……."

에이미를 그렇게 말하고는 두 손으로 얼굴을 가리고 고개를 숙여버렸다. 항상 힘차게 날갯짓하던 에이미가, 지금은 다쳐서 날지 못하는 새처럼 보였다. 준페이는 에이미의 모습이 다소 충격적이었다.

소니아가 한숨을 쉬며 말했다.

"계속 이런 상태에요."

"하지만 사실인걸. 인터넷에서 그렇게 말하는 것도 어쩔 수 없어."

"인터넷?"

그렇게 중얼거린 준페이에게, 에이미가 자조하는 미소를 지으며 휴대용 디바이스를 꺼내서 보여줬다.

"이거 봐."

그 디바이스의 화면에는 개릭의 명령을 받은 엑셀시아가 코스모 피스트로 건설 중인 빌딩을 파괴하는 영상이 나오고 있었다.

"개릭이 처음 올린 영상은 삭제됐지만, 복사한 게 여기저기 올라오고 있어. 현장에 있던 사람이 찍은 영상도, 잔뜩……."

"일단은 유명인이었으니까요. 정의의 슈퍼 히로인, 저스위즈 엑셀시아. 그런 사람이 악명 높은 개릭과 손을 잡은 동영상이 전 세계로 퍼져나갔고, 실제로 피해도 발생했으니까, 사람들이 어떤 반응을 보일지는 쉽게 상상할 수 있겠죠."

"아주 난리가 났겠지……."

준페이는 에이미가 들고 있던 휴대용 디바이스를 받아서 주요 SNS를 확인하자, 상상을 초월할 정도로 사태가 심각했다. 엑셀시아가 배신했다고 솔직하게 분노와 슬픔을 표현하는 사람은 그나마 다행이고, 엑셀시아가 개릭의 여자가 돼버렸다는 비방부터, 이 난리를 이용해서 자기 이름을 알리려는 자, 관련 상품을 파는 자, 엑셀시아를 믿고 옹호하는 사람과 논쟁을 벌이는 자들이 여기저기 넘쳐나고 있었다. 그야말로 지옥이었다.

"……이거 정말 심하네. 안 보는 게 좋겠다."

"벌써 다 봤어."

에이미가 상처 입은 미소를 지었다. 안 그래도 풀이 죽어 있는데, 지금까지 자신을 응원해준 사람들이 손바닥을 뒤집은 태도를 보고서 열 배는 더 상처 입었다. 이래선 안 되겠다는 생각에, 준페이는 휴대용 디바이스를 소니아에게 건네고 에이미의 양쪽 어깨에 손을 얹었다.

"정신 차려. 트릭시를 생각해봐. 언젠가 트릭시를 얼음 봉인에서 해방해주고, '세상은 이렇게나 아름답다'라고 말하기 위해서 지금까지 열심히 해온 거잖아? 그렇다면, 이런 데서 좌절하면 안 되지."

"하지만, 대체 어떻게 해야 하는 건데? 내가 못나서 지배의 마법에 굴하고 악당의 꼭두각시가 됐던 건 사실이야. 이 죗값을 어떻게 치러야 좋을지, 모르겠어. 이젠 무리야……."

"에이미……."

준페이는 에이미가 이렇게 약한 소리를 한다는 걸 믿을 수가 없었다. 에이미는 미국의 슈퍼 히로인, 저스위즈 엑셀시아인데. 하지만 지금, 준페이의 눈앞에서 눈물을 뚝뚝 흘리고 있는 사람은, 그냥 평범한 열여섯 살 여자아이였다.

"네가, 이렇게나 상처를 받았다니……."

"뭐야 그게. 난 뭐 무적인 줄 알았어?"

"엑셀시아는 무적으로 보였어. 하지만 에이미, 너는……."

준페이는 그 손을 들어서 에이미의 뺨을 만졌다. 그리고 에이미의 영혼의 목소리에 귀를 기울이려던 순간.

"여기 있었구나."

귀가 서늘해지는 목소리가 들려왔다. 이 사람은 원래 훨씬 더 밝은 목소리로 말했었는데. 준페이가 당황해서 고개를 돌려보니, 거기에는 메릴이 서 있었다. 단, 악의 여간부 의상을 입고서.

"메릴 너, 지금까지 어디 갔었어? 그리고 그 차림새는……."

준페이의 말은 중간에 멈췄다. 메릴의 눈동자가 빨갛게 빛나고 있었기 때문이다.

"너, 그거, 레드 존……."

악의 여간부가 된 메릴이 차갑게 웃었다. 그 표정에서 뭔가 엄청난 것을 느꼈는지, 소니아가 준페이에게 몸을 기댔다.

"레드 존이라면, 의상의 힘을 끌어내는 대신에 인격이 변한다는 그건가요?"

"그래. 그런데 왜 하필이면 그 의상으로……."

"답은 본래의 내게 묻도록 해라. 원래는 레드 존을 스스로 해제해서 원래 인격으로 돌아가려는 생각 따위는 안 하지만, 오늘만은 특별하다. 지금의 나는 아주 기분이 좋으니까."

"뭐? 무슨 소리야?"

그러나 메릴은 준페이를 무시하고 자기 할 말을 계속했다.

"준페이, 소니아, 그리고 에이미. 열심히 우왕좌왕해라. 너희 같은 벌레들이 저항하는 모습을, 너는 저 너머에서 웃으며 지켜보도록 하겠다."

그리고 메릴이 눈을 감았고, 다음에 눈을 떴을 때는 눈동자가 보라색으로 돌아와 있었다.

"그러니까 괜찮아, 에이미! 메릴한테 맡겨!"

갑자기 평소의 밝은 메릴로 돌아오자, 준페이는 깜짝 놀랐다. 한편, 소니아는 안도의 숨결을 내쉬었다.

"인격이 바뀌어도 기억은 이어지는 것 같군요."

"맞아, 당연한 거잖아. 기억은 공유하고 있어. 그래서, 그래서, 메릴 말이야, 에이미가 힘을 낼 수 있게, 좋은 생각이 떠올랐어! 들어봐!"

"진정해. 처음부터 순서대로 말해봐."

혼자 정신없이 떠들어대면 도저히 이해할 수 없으니까. 준페이는 마구 날뛰는 말을 달래는 심정으로 그렇게 말했다. 메릴이 들을지는 다른 문제이지만.

"응, 그러니까, 메릴 말이야, 사실은 개릭 아저씨를 찾으러 갔었거든. 반지에 관한 기억이라든지, 그냥 두면 위험할 것 같아서 말이야. 그래서 기억 소거 마법을 쓸 수 있는 악의 여간부 의상으로 갈아입었는데, 개릭 아저씨를 찾아다니면서, 에이미에 대해 생각했어. 인터넷에서 두들겨 맞고 있네, 괜찮으려나, 힘이 나게 해주고 싶다, 하고."

"응, 그건 좋은 얘기네. 그래서?"

"그랬더니 말이야, 아주 좋은 생각이 떠올랐어. 생각이 떠오르니까, 나도 모르는 사이에 악의 여간부 의상인 채로 레드 존에 들어가 버렸어 메릴!"

"아니 설명이 전혀 안 됐잖아! 무슨 생각을 떠올린 건데?"

준페이가 그렇게 물었더니, 메릴이 보라색 눈동자를 반짝 빛내면서 말했다.

"세상의 위기를 연출하고, 에이미가 그걸 해결하게 하는 거야. 그러면 다들 에이미를 다시 보지 않겠어? 그 이름도 엑셀시아 슈퍼 히로인 대작전!"

칭찬해달라는 것처럼 눈을 반짝거리고 있는 메릴. 준페이는 일찌감치 포기해버리고 하늘을 우러러봤다.

——태양이 참 눈 부시구나. 벌써 9월이니까, 빨리 선선해졌으면 좋겠다.

그런 현실 도피를 대충 끝내고, 준페이는 메릴을 똑바로 바라봤다.

"그런 걸 '사기'라고 한다만……. 뭐, 일단 들어보자. 엄청나게 안 듣고 싶지만, 들어는 줄게. 구체적으로 뭘 어쩔 생각인데?"

"거대한 운석을 소환해서 지구에 떨어트리는 마법을 쓸 거야."

"절대로 안 돼!"

준페이가 온 힘을 다해서 그렇게 소리치자, 메릴은 깜짝 놀란 것처럼 눈이 휘둥그레졌다가 이해할 수 없다는 것처럼 입을 삐죽 내밀었다.

"끝까지 들어봐. 운석을 그대로 떨어뜨리자는 게 아니야 메릴."

"당연하지. 그래서?"

"그러니까, 운석이 지구에 떨어지려고 하면, 다들 패닉에 빠지지 않겠어? 거기에 멋지게 나타난 엑셀시아가, 코스모 피스트로 운석을 때려서 부숴버리는 거야! 에이미의 마력이라면 틀림없이 할 수 있어 메릴. 그리고 세상은 구원받고, 사람들은 에이미한테 크게 감사. 엑셀시아의 평판도 회복되는 해피엔딩."

이야기를 들은 준페이는 성대한 한숨을 쉬었다.

"저기 말이야, 메릴. 백번 양보해서 그런 짜고 치는 사기는 괜찮다고 치더라도, 자칫 실패하면 인류가 멸망하잖아. 그런 위험한 짓을 어떻게 해. 절대로 안 돼. 각하, 각하, 각하!"

"뭐? 하지만 이미 시작해버렸는데?"

"끄아?!"

준페이는 이상한 소리를 내며 얼어붙었다. 소니아가 어색한 목소리로 말했다.

"준페이 씨. 메릴 씨가, 악의 여간부 의상인 채로 자기도 모르게 레드 존에 들어갔다고 했잖아요. 그리고 악의 인격이 된 메릴 씨는, 개릭의 추적을 중단하고 메릴 씨의 아이디어를 실행한 뒤에, 저희 앞에 모습을 드러냈어요…….."

"한마디로 이미 늦었다는 얘기네."

에이미가 힘없이 그렇게 말하자, 메릴이 고개를 끄덕거리면서 말했다.

"역시 소니아랑 에이미는 이해가 빠르네. 하지만 준페이는 아쉽다."

"아니, 내가 머리가 나쁘다는 것처럼 말하지 마! 이건 대체 무슨 농담인데? 말도 안 되잖아! 너, 진짜로 저지른 거야? 그걸 정말로 했다고? 너 진짜야?"

"응. 얼티밋 엔드라고 하는, 악의 여간부로 레드 존에 들어갔을 때만 쓸 수 있는 울트라 스페셜하게 끝내주는 대마법으로 운석을 소환해서 지구에 떨어지게 해놨어 메릴. 그리고, 운석에 관한 정보를 인터넷에 퍼트려놨어!"

우읍. 준페이는 갑자기 토할 것 같았지만 간신히 참고, 떨리는 손으로 소니아에게 맡겨놨던 에이미의 휴대용 디바이스를 받아서 인터넷에 접속했다. 소니아와 에이미도 얼굴을 들이밀고, 셋이서 같이 최신 뉴스를 확인했다.

마침 미국 대통령이 긴급 회견을 하고 있었는데, 지구 근처에 갑자기 소행성이 출현했다. 어째선지 지금까지는 발견하지 못했고, 12시간 뒤에 지구에 떨어질 거라는 계산이 나왔고, 떨어졌을 때의 피해는 상상도 할 수 없다는 등의 이야기를, 절망적인 표정으로 말하고 있었다. 너무나 갑작스럽고 현실감이 없는 일이다 보니, 어느 SNS를 봐도 사람들은 가짜 뉴스라도 들은 것 같은 반응이었지만, 준페이는 아니었다. 어떻게 된 일인지를 알고 있다. 이건 정말로 현실 그 자체다.

"으, 으어, 으어어어어!"

준페이는 몸을 뒤로 젖히고서 절규하고는, 눈에 쌍심지를 켜고서 메릴에게 따져댔다.

"이 바보바보바보야! 이걸 대체 어떻게 할 거야!"

"부숴버리면 되잖아."

"못 부수면 어떻게 할 건데!"

"뭐? 그럴 수도 있는 건가?"

메릴이 순진무구한 어린아이처럼 묻자, 준페이는 그 자리에서 무릎을 꿇을 뻔했다. 그걸 간신히 참고, 또 메릴을 물고 늘어졌다.

"왜 최악의 사태를 상정하지 않는데!"

"어…… 실패했을 때 일을 생각하면 자꾸 부정적인 생각만 하게 되잖아? 메릴은 항상 대성공했을 때만 생각하면서 행동하는데……."

준페이의 엄청난 서슬 앞에서, 메릴의 목소리가 점점 기어들어 갔다.

"실패하면 지구가 멸망할지도 모르는 일을 덥석 저지르는 사람이 어디에 있나요!"

"어? 그렇지만, 메릴은 에이미를 위해서 그런 건데……."

"이제 와서 우물쭈물하면서 미안하다는 얼굴 하지 말라고! 정말, 진짜로, 저지른 거냐! 실패하면 다 죽는데!"

"그 정도는 해야 에이미도 의욕이 생길 것 같아서……."

그렇게 말하는 사이에도, 메릴의 목소리는 점점 더 작아져 갔다. 준페이와 소니아의 반응을 보고서 정말로 위험하다고 생각한 것 같다.

"혹시…… 하면 안 되는 거였어 메릴?"

그 말을 듣고서 메릴이 정말로 순수한 마음으로 이 사태를 일으켰다는 것을 깨달은 준페이는, 그 자리에서 땅바닥에 엎어지고 싶었다.

"아, 진짜. 정말로 어쩔 거냐고. 무지무지 위험하잖아……."

그때 손에 들고 있던 휴대용 디바이스에서 최신 뉴스가 나왔다. 아나운서가 긴박한 분위기로 말했다.

"떨어지는 곳은 도쿄! 도쿄입니다!"

준페이는 서늘한 기분을 맛보면서 하늘을 올려다봤다. 지구 자전 때문인지, 아직은 운석이 보이지 않았다. 평화로운 하늘처럼 보였다. 하지만 12시간 뒤에는 별이 떨어진다. 거리를 생각해봐도, 지구의 다른 곳에 있는 사람들은 눈으로 볼 수 있을지도 모른다.

"오늘 밤, 여기에, 떨어지는 건가……."

"응, 맞아, 운석 소환 마법이니까. 보통 운석하고 조금 다른 궤도를 그리면서 꽝, 할 예정이야 메릴."

그렇게 말하는 메릴의 머리를 있는 힘껏 움켜쥐고, 준페이가 멍한 목소리로 말했다.

"어디에 떨어지건 상관없어. 떨어지면 지구는 끝장이야. 인류 멸망이라고."

자, 어떻게 할까. 인류의 과학과 마법과 지혜를 총동원하려고 해도, 제한 시간이 12시간밖에 없다면 결속할 틈도 없겠지. 메릴의 계획대로 가는 수밖에 없을 것 같다.

준페이가 시선을 에이미에게 돌리자, 에이미는 결연하게 고개를 들고서 안경을 벗었다. 머리카락이 타고난 핑크색으로 변했고, 파란 눈동자에 보라색 번개가 번쩍였다.

"좋아. 할게. 메릴 씨말대로 운석 따위는 내 코스모 피스트로 한 방에 끝내주겠어. 인류가 멸망하게 둘 수는 없지. 해낼 거야."

에이미는 씩씩한 목소리로 그렇게 선언했지만, 준페이가 보기에는 엄청나게 무리하는 것처럼 보였다.

"……할 수 있겠어, 에이미?"

"난 무적의 엑셀시아야. 맡겨만 줘."

에이미는 환하게 웃고 있었다. 역시나 타고난 슈퍼 히로인이다.

◇

그렇게 해서, 준페이 일행은 세상의 운명을 엑셀시아── 에이미에게 맡기기로 했다.

처음에 한 일은 전 세계의 혼란을 진정시키기 위해, 인터넷을 통해서 엑셀시아가 지구를 구할 거라고 선언하는 것이었다. 그러기 위해서는 어쩔 수 없이, 바니 메릴의 전파 재킹 마법을 이용하는 수밖에 없었다. 준페이와 유바에의 병실을 촬영 스튜디오로 삼고, 마법으로 구현한 매지컬 카메라를 공중에 띄워놓은 메릴이 전파 해킹 마법을 발동했다. 그랬더니 마력이 전파가 돼서 날아갔고, 기존의 네트워크를 가로채, 방송이 시작됐다.

"세계가 위험하니까, 메릴도 급하게 협력하기로 했어 메릴!"

그런 멘트를 던진 뒤에, 메릴은 엑셀시아의 운석 파괴 작전에 대해서 수완 좋고 태연하게 설명했다.

"──그러니까, 엑셀시아는 개릭 아저씨한테 뭔가 약점을 잡혀서 협박당하고 있었어! 미안해. 사과하는 뜻으로, 지금 지구로 다가오는 운석은 엑셀시아가 책임지고 파괴하겠다고 했으니까, 모두 안심해줘. 바이바이~!"

메릴이 매지컬 카메라를 향해서 손을 흔들고 마력으로 구현했던 카메라가 사라지자, 준페이가 들고 있던 휴대용 디바이스도 정상으로 돌아왔다. 전파 해킹이 끝났기 때문이다. 소니아와 함께 소파에 앉아서 긴장한 얼굴로 메릴의 방송을 보고 있던 준페이는, 한숨을 쉬고는 휴대용 디바이스를 소파 테이블 위에 내려놨다. 디바이스에 표시된 시간은 오후 1시. 메릴이 엄청난 사실을 가르쳐준 뒤로 아직 그렇게 많은 시간이 지나지는 않았다. 테이블 위에는 점심인 샌드위치가 놓여 있었지만, 손을 댈 생각은 들지 않았다.

"이런 허술한 걸로 괜찮으려나……."

이 영상을 본 사람들이 어떤 반응을 보일지, 준페이는 너무나 불안했지만, 침대 위에 좌식 등받이 의자를 놓고서 앉아 있던 유바에가, 밖에서 사다 준 카페오레 잔을 한 손에 들고서 말했다.

"뭐, 어떻게든 되겠지."

과연 그럴까 싶었지만, 메릴의 처음 의도대로 상황이 호전되기 시작했다. 그렇게 엑셀시아를 두드려대던 사람들이 손바닥을 뒤집은 것처럼 엑셀시아 만세를 외쳐대기 시작했다. 너무 뻔뻔한 태도 변화에 준페이는 할 말을 잃었지만, 테이블을 사이에 두고 맞은편 소파에 앉아 있던 바니 메릴은 다리를 크게 꼬면서 의기양양하게 말했다.

"어때? 메릴이 말한 대로 됐지?"

"그래, 네가 꾸민 사기 작전이 대성공한 모양이다. 이거, 이래도 되는 거야? 사실이 들키면 정말 큰 일이 날 텐데."

"안 들키면 그만이야. 괜찮아, 내일은 틀림없이 맑을 거라고!"

속 편한 대답에 준페이는 뭐라 표현할 수 없는 표정을 지었다. 그러자 휴대용 디바이스를 보고 있던 소니아가 입을 열었다.

"전 세계 모든 나라에서, 엑셀시아가 인류의 희망이라는 쪽으로 의견이 정리됐어요. 일단 분위기도 진정되고 있고요."

"폭동은 없었고?"

준페이는 그게 무서웠다. 메릴은 상상도 못 했겠지만, 이 일 때문에 사람들이 자포자기해서 폭동이라도 일으킨다면, 그 죗값을 대체 어떻게 치러야 할까. 하지만 소니아는 미소를 지으면서 말했다.

"괜찮아요. 아직 그런 기미는 없어요. 운석이 떨어지는 게 너무 갑작스러웠고, 메릴 씨가 해결책을 제시한 것도 너무 갑작스러웠기 때문에, 세상이 끝날 수도 있다는 걸 실감하지 못했겠죠."

"12시간 뒤에 세상이 멸망한다고 하면 당연히 그렇겠지……."

"그리고 스타링 실버에서 성명을 냈어요. 엑셀시아가 원한다면 전면적인 지원을 약속하겠다고요. 저희 말고도 이 운석에 대처하려는 분들도 있지만, 일단은 엑셀시아에게 맡겨보기로 한 것 같아요. 역시 대단하군요."

소니아가 에이미를 격려했지만, 준페이가 누워 있던 침대에 혼자서 덩그러니 걸터앉아 있는 에이미는 우울한 얼굴로 맞장구만 칠 뿐이었다. 걱정된 준페이는 억지로 밝은 목소리로 말했다.

"뭐, 상황은 최악이지만, 사람들이 다시 한번 엑셀시아를 믿어준 건 좋은 일이야. 이제 남은 건 에이미가 활약하는 것뿐. 메릴이 꾸민 대로 돌아가는 건 좀 마음에 안 들지만, 네가 떨어지는 운석을 코스모 피스트로 부수기만 하면 해피엔딩……이겠지?"

"……그렇겠지."

에이미는 또 힘없이 대답했다. 역시 분위기가 이상했다.

"혹시 긴장한 거야?"

"후후, 당연하지. 이 별에 사는 모든 생명의 운명이 내 코스모 피스트에 걸려 있잖아. 긴장하지 않을 수가 없지. 하지만……."

에이미는 고개를 들고 침대에서 내려오더니, 방 안에 있는 사람들을 둘러보며 용감하게 말했다.

"나는 저스위즈 엑셀시아야. 이번 미션, 반드시 성공해 보이겠어."

에이미가 웃으면서 말한 그때, 메릴이 일어더니 테이블 너머로 미러 렌즈 선글라스를 내밀었다. 햇살이 강한 여름에 어울릴 것 같은 물건이었다.

"자, 준페이. 이거 써. 그리고 괜찮아 보이는지 확인하게 일어나고."

무슨 소린지 모르겠지만, 준페이는 시키는 대로 선글라스를 쓰고 자리에서 일어났다. 메릴은 그런 준페이를 방 중앙에 세워놓고, 여러 각도에서 보면서 말했다.

"준페이, 메릴이 바니 슈트로 뭘 할 수 있는지는 알고 있지?"

"물론. 네트워크를 통해서 TV나 휴대용 디바이스 같은 것들을 전부 해킹할 수 있지."

"응, 맞아. 아까 했던 것처럼 마법 카메라를 구현하고, 그걸로 촬영해서 기존 네트워크를 강탈해서 방송하는 건데, 사실은 더 엄청난 것도 할 수 있어. 마법 카메라를 말이야, 하나가 아니라 잔뜩, 잔~~뜩 만들어서, 드론처럼 하늘에 날려 보내거나 바닷속에 잠수시키는 것도 가능해! 게다가 전뇌 네트워크를 구축하고, 거기에 사람들의 컴퓨터나 휴대용 디바이스를 링크시켜서 채널을 만들 수도 있어. 그리고 그 채널에는 메릴의 생방송을 봐주는 사람들이 댓글을 남길 수도 있고, 그 댓글을 그 자리에서 음성으로 재생하거나 말풍선 같은 아이콘을 물리적으로 날려서, 우리가 시각적으로 볼 수도 있어."

"그러니까, 마법으로 유니튜브 같은 채널을 만들 수 있다는 거야? 카메라들이 잔뜩 날아다니고, 생방송도 할 수 있고, 양방향 소통도 가능한?"

"채널 총괄부터 무대 연출까지 전부 할 수 있다는 얘기군요. 시청자의 메시지를 이쪽에서 확인할 수 있다는 얘긴데, 언어는 어떻게 되는 건가요?"

소니아가 물었다.

"당연히 자동으로 번역돼. 이쪽에서 하는 말도 저쪽에서 하는 말도, 수십억 명이 동시에 말해도 전부 여러 언어로 번역할 수 있어 메릴."

그 엄청난 스케일의 이야기를 듣고, 준페이는 자기도 모르게 신음을 흘렸다.

"……생각보다 대단하네. 그게 바니 슈트의 레드 존이야?"

"아니, 이 정도는 메릴인 상태에서도 할 수 있어. 바니로 레드 존에 들어가면 말이야, 뭐랄까, 좀 더 세뇌 전파 같은……."

"아~ 알았어. 그건 절대로 하지 마. 그래서, 나한테 선글라스를 씌운 이유는 뭔데?"

"그야 뻔하잖아. 에이미가 세상을 구하는 모습을 멋지게 촬영해야지! 준페이는 카메라 앞에서 중계를 해줬으면 좋겠어. 그 선글라스는 얼굴을 감추기 위해서야."

"뭐? 나한테 유니튜브 방송 같은 걸 하라고?!"

엑셀시아가 세상을 구하는 모습을 독점 중계한다면, 그 영상은 전 세계 사람들이 볼 것이다. 거기에 연기자로 나서다니, 준페이는 감히 상상도 할 수 없는 일이었다. 하지만.

"에이미를 위한 건데?"

"윽…… 그랬지."

에이미가 세상을 구한다. 그걸 가만히 앉아서 보기만 한다면, 준페이와 에이미가 만난 이유가 있을까? 준페이는 선글라스를 벗고, 에이미를 보며 웃었다.

"에이미. 나, 할게. 너한테만 무거운 짐을 맡기지는 않겠어. 같이 세상을 구하자."

"준페이……."

준페이를 보는 에이미의 눈이 반짝반짝 빛나기 시작했다. 에이미가 부담을 느끼고 있다는 건 알고 있다. 그 무서운 짐을 아주 조금이나마 덜어줄 수만 있다면.

그때, 창문 쪽에 있던 소니아가 준페이 곁으로 다가와서는 차가운 시선으로 쳐다봤다.

"정말이지, 에이미 양과 참 사이가 좋은 것 같네요."

"뭐? 응, 아니, 뭐, 그게…… 혹시 화났어?"

그렇게 말했을 때, 소니아는 이미 준페이의 볼을 상냥하게 꼬집으면서 미소 짓고 있었다.

"후후, 이걸로 용서해 드리겠어요. 그럼 저는, 일단 방에 가서 교복으로 갈아입고 학교에 다녀오겠어요."

"학교? 이런 때? 운석 소동 때문에 수업을 중지한다는 연락이 왔잖아. 지금 학교에 가봤자 선생님들밖에…… 아, 혹시 콘도 선생님 때문인가."

"예. 이번 일에 대해, 사실과 사실이 아닌 것을 섞어서 보고하겠어요. 이건 해명이 아닙니다. 실제로 당신은 엑셀시아와 접촉하는 데 성공했고, 개릭의 지배를 풀었으니까요. 엑셀시아의 정체와 지배 마법은 숨겨야 하겠지만, 당신의 공적 자체는 진실이니까요. 제 조수가 될 자격이 있다고, 평가해 마땅합니다."

그 생각지도 못한 낭랑한 목소리의 말을 듣고, 준페이는 눈이 휘둥그레졌다.

"……칭찬해준 거야?"

"예, 칭찬해 드리겠어요."

그렇게 말하고, 소니아는 준페이 쪽으로 더 다가와서는 볼에 가볍게 입을 맞췄다. 가슴이 두근, 하고 크게 뛴 준페이에게, 볼이 살짝 발그레해진 소니아가 웃으면서 말했다.

"이걸로 제 진정한 연인에 한 걸음 더 다가갔군요."

"으, 응."

"하지만…… 아직 임시 연인이랍니다?"

준페이는 말없이 고개를 끄덕였다. 진짜 연인이 되기 위해, 앞으로 얼마나 더 많은 산을 넘어야 하는 걸까. 하지만 시련은 뛰어넘기 위한 것이다. 그리고 언젠가 소니아에게 이 말을 듣겠다.

——저는, 당신을 좋아해요.

그때 소니아가 어떤 표정을 지을까. 그걸 상상하는 것만으로도 즐거웠다.

"뭔가 이상한 생각을 했죠?"

소니아가 준페이를 빤히 노려봤지만, 그게 전부였다. 바로 메릴 쪽으로 시선을 돌렸다.

"메릴 씨. 별이 떨어지는 위치가 정확히 어디죠?"

"유바에네 공방."

"왜 하필 내 공방인데……."

침대 위에 앉아 있는 유바에가 분개한 목소리로 말했지만, 메릴은 웃어넘겨 버렸다.

"후후후. 유바에가 운전할 수 없으니까, 메릴이 어디로든 게이트를 열어줄게. 소니아는 어쩔 거야?"

"저는 알아서 이동하겠습니다. 조금 늦을지도 모르겠군요."

"운석이 떨어지는 건 자정이잖아? 아직 5시도 안 됐는데, 시간은 충분하지 않겠어?"

그 의문에, 소니아가 아니라 에이미가 대답했다.

"그렇게 코앞까지 다가오게 둘 수는 없어. 지표 근처에서 파괴하면, 자잘한 파편 때문에 주위에 피해가 발생할 테니까. 대기권에서 파편을 태워버리려면 운석을 발견하는 대로 코스모 피스트를 우주로 날려서 파괴할 거야. 아마 해가 진 직후가 되겠지."

"아, 코스모 피스트는 대기권도 탈출할 수 있구나……."

"그런 얘기입니다. 그럼, 저는 이만. 에이미 양을 잘 부탁합니다. 잘 도와주세요."

소니아는 그렇게 말한 뒤에 준페이의 볼을 한번 쓰다듬고, 시원시원한 태도로 병실에서 나갔다.

◇

그 뒤에, 준페이 일행은 유바에를 병실에 남겨두고, 메릴의 어디로든 게이트를 이용해서 그 버려진 절로 전이했다. 메릴은 바니 슈트로 갈아입고, 에이미는 엑셀시아로 변신했다. 준페이는 휴대용 디바이스로 소니아, 카에데와 메시지를 주고받으면서 뉴스도 계속 보고 있었다. 무시무시하게도, 오늘 밤에 지구에 떨어지는 별은 달과 같은 크기라는 것 같다.

너무 오버하는 건 아닌가 싶었지만, 해가 서쪽 산 뒤로 숨어버린 뒤에 밤하늘에 빨갛고 거대한 별이 보이기 시작하자, 준페이는 본능적인 두려움 때문에 벌벌 떨었다.

　"말도 안 돼…… 불타는 달이 떨어지는 것 같잖아……."

　"그걸 어떻게든 하지 않으면, 여기서 세상이 끝나버리는 거야."

　에이미가 그렇게 말하면서 준페이 곁으로 다가왔다. 역시 얼굴이 딱딱하게 굳어 있었다. 어깨에도 힘이 너무 많이 들어간 것 같았다.

　"에이미…… 역시 긴장되네."

　"그렇지 뭐. 그래도 괜찮아, 맡겨줘. 코스모 피스트에 내 마력을 있는 대로 담아서 초강화, 초거대화 하면, 저런 별 따위는 한 방이면 끝나. 메릴 씨가 말도 안 되는 짓을 하기는 했지만, 해결 방법 자체는 잘못된 게 아니야. 나라면 파괴할 수 있어."

　말은 그렇게 했지만, 인간은 마음의 생물이다. 에이미가 조금이라도 불안이나 긴장을 느끼고 있다면, 말을 걸어서 위로해주는 게 자신이 할 일이다.

　"괜찮아. 만약에 실수하면, 내가 어떻게든 할 테니까."

　그랬더니 에이미는 깜짝 놀란 것처럼 눈이 휘둥그레졌고, 그리고는 겨우 웃어줬다.

　"말은 잘하지. 난 말이야, 단순한 파괴력만 따지면 세계 최강의 마법사야. 알기는 해?"

　"최강은 너무 부풀린 것 아닌가. 마법사의 싸움은 연구와 상성에 달렸다고 들었는데."

예를 들어서 화염 마법은 전투용이라는 인상이 강하지만, 실제로는 전투 이외의 방법으로 사용하는 마법사가 더 많다. 생활 마법이나 변신 마법도, 사용하기에 따라서는 전투에 응용할 수 있고.

"맞아, 그러니까 단순한 파괴력만 따진다고 했잖아. 뭐, 두고 보라고. 트릭시가 선택한 우리는 하나같이 규격을 벗어난 힘을 가진 엄청난 인물들이니까."

거기서 에이미는 입술에 손가락을 대고, 밤하늘의 끔찍한 별을 바라봤다.

"그러니까, 그래. 괜찮아, 고마워. 저딴 별, 박살을 내주겠어."

"에이미……."

"내가 안 해도 누군가가 해줄지도 몰라. 하지만 그건 그 누군가에게 내 운명을 맡기는 거야. 그딴 건 말도 안 돼. 내 운명은 내가 정해. 그게 전부야!"

에이미는 빛을 내뿜으면서 한 걸음을 내디뎠다. 그녀는 전장으로 향한다. 그리고 준페이는.

"에이미!"

에이미를 부르고, 뒤를 돌아본 그녀에게 엄지손가락을 세워 보였다.

"멋지게 중계해줄게."

"기대할게."

고개를 끄덕인 뒤에 선글라스를 쓰고, 준페이는 바니 메릴을 살짝 노려봤다.

"메릴. 네가 하는 일은 너무 엉망이라서 뭐라고 할 말도 없어. 하지만 에이미를 다시 일어서게 한다는 의미에서 보면 더할 나위 없는 무대라고 생각해."

"그렇지, 그렇지? 메릴, 좋은 일 했지?"

"아니, 하나도 안 좋아. 넌 나쁜 사람은 아니지만, 하는 짓이 너무 위험해. 용서해주길 바란다면 에이미…… 아니, 엑셀시아의 활약을 제대로 찍으라고."

"알았어 메릴."

메릴이 그렇게 말한 직후 마력을 끌어올리더니 등 뒤에 12개의 매지컬 카메라가 나타났다. 카메라는 색, 모양, 크기가 전부 당근 같았고, 뾰족한 끝부분에 렌즈가 달려있었다. 카메라들은 잘 통솔된 움직임으로 공중에 전개됐고, 카메라 열 개는 열 개의 각도에서 엑셀시아를, 하나는 떨어지는 별을, 마지막 하나는 준페이를 찍었다.

그리고 메릴의 등 뒤에 반투명한 은막이 나타났다. 마치 영화 스크린처럼 생겼다. 양옆에는 스피커도 있었다.

"이 은막이 메인 스크린이고, 댓글도 여기에 나올 거야. 그쪽에 카메라가 있다면 시청자 쪽 영상도 보여줄 수 있어 메릴. 음성도 양방향. 12대의 플라잉 매지컬 카메라는 메릴이 조작할 테니까 괜찮아. 그리고 시작되면 온갖 영상들이 공중에 나타나거나 아이콘이 말풍선처럼 팝업될 건데, 그래도 놀라지 말고."

메릴은 그렇게 말하고 눈을 찡긋했다. 헤드밴드에 달린 토끼 귀가 쫑긋쫑긋 흔들렸다.

"전 세계 동시 스트리밍, 동시 다언어 번역……."

주문을 외우는 메릴의 얼굴 주위에 수많은 창이 열린다. 마치 SF 영화에 나오는 AR 기술처럼. 그런 작은 창들에는 준페이와 에이미의 모습이 비치고 있었다. 시청자가 보고 있는 화면을 메릴 쪽에서 확인하기 위한 창이겠지.

"그럼 시작한다 메릴. 3, 2, 1, 액션!"

메인 스크린에 'ON AIR'가 표시되고, 곧 준페이가 비치는 화면이 나왔다. 라이브 스트리밍이 시작되고 말았다. 이 영상을 전 세계 사람들이 보고 있다. 준페이는 몸이 조여드는 기분을 맛보면서, 자세를 바로잡고서 입을 열었다.

"여러분 안녕하세요, 팔콘이라고 합니다. 지금 메릴의 힘을 빌려서 전 세계에 계신 여러분께 생방송을 전해드리고 있습니다. 제가 누구인지는 신경 쓰지 말아 주세요. 자, 여러분도 잘 아시다시피, 이제 곧 지구에 운석이 떨어집니다. 인류 멸망의 위기에 맞서 엑셀시아가 운석을 파괴하는 모습을 생중계하는 것이 본 방송의 취지입니다. 진짜로, 정말로 위험한 일이니까, 잘 지켜봐 주세요."

목소리가 약간 갈라졌다. 등에는 벌써 식은땀이 흐르고 있었다. 준페이도 이렇게 아나운서 흉내를 내는 건 처음이었다. 하다 못해 카메라 조작에만 전념하고 있는 메릴이 뭔가 사인이라도 보내주면 좋겠는데, 메릴 뒤쪽에 있는 메인 스크린 양쪽에 있는, 마력으로 공중에 구현해놓은 스피커에서 갑자기 남자 목소리가 들려왔다.

"넌 됐고, 엑셀시아 목소리가 듣고 싶다!"

그 목소리를 시작으로, 수많은 질문과 매도와 야유하는 목소리가 단번에 들려와서, 준페이는 경직되고 말았다. 메인 스크린에는 댓글들이 계속 스크롤 되고 있었다. 만약 이런 말들이 물리적인 힘이 있었다면, 준페이는 이미 K.O 되고도 남았겠지.

준페이가 계속 멍하니 있자 바니 메릴이 밝은 목소리로 말했다.

"여기서 추가 설명입니다. 디바이스에 마이크가 있는 경우에는, 여러분의 목소리가 이쪽으로 전해져요 메릴. 전세계에서 코멘트를 보내줄 수 있지만, 팔콘 씨는 일본 사람이라서, 이쪽에서 일괄적으로 일본어로 번역합니다. 하지만 여러분에게는 여러분의 언어로 들리도록 이중 번역 마법을 걸었으니까, 언어의 장벽에 가로막힐 일은 없어요~."

──분명히 양방향이라고 하기는 했는데, 영상을 보고 있는 사람들이 전부 일제히 떠들면 대화고 뭐고…… 아냐, 내가 선택해서 대처하면 되는 건가.

그렇게 생각한 준페이는 첫 번째 댓글, 즉 엑셀시아의 목소리를 듣고 싶다는 말에 대답하기로 했다.

"좋아요. 그럼 잠깐 엑셀시아를 인터뷰해보겠습니다."

준페이는 그렇게 말하고 여름풀들이 마구 우거진 사찰 경내를 걸어가서, 밤하늘의 별을 바라보고 있는 에이미에게 다가갔다. 이쪽으로 고개를 돌린 에이미는, 평소의 힘찬 미소를 지어 보였다.

"여러분, 듣고 있어? 얼마 전에는 나쁜 짓을 해서 정말 미안해. 전부 내가 못난 탓이야. 개릭한테 졌어. 그래서 약점을 잡히고 시키는 대로 할 수밖에 없었어."

그랬더니 매지컬 스피커에서 많은 사람의 목소리가 일제히 터져 나왔다. 믿고 있었어, 신경 쓰지 마, 의심해서 미안—— 그런 상냥한 말들과 반대로 에이미를 나무라는 말들이 큰 파도가 돼서 밀려왔다. 사람의 감정, 선의도 악의도 호기심도, 인간의 아름다운 모습과 추한 모습이 전부 하나가 된 것들을 가슴을 펴고 받아들인 에이미는, 눈에 눈물이 글썽거리고 있었다.

"개릭 따위가 시키는 대로 나쁜 짓을 했던 죗값을, 오늘 치르겠어. 저 별을 부수고, 세계를 구해 보이겠어. 그걸로 용서받을 수 있다고 생각하는 건 아니지만…… 그래도 지켜봐 줘."

그렇게 말하고, 에이미는 준페이한테 등을 돌렸다. 허리 높이에 대고 있는 오른쪽 주먹 끝에, 창백하게 빛나는 마법 주먹이 나타났다. 그것을 본 준페이는, 중계자의 역할을 다하기 위해서 말했다.

"……코스모 피스트입니다. 저기에 엑셀시아가 마력을 담아서 초강화와 초거대화를 하면, 별을 한 방에 부숴버릴 수 있습니다."

우와~ 사람들의 목소리가 들려온다. 그 커다란 기대에 준페이의 긴장감은 계속 더해갔다. 과연 전 세계 사람들이 지켜보는 앞에서, 에이미는 해낼 수 있을까? 아니, 할 수 있다. 에이미는 저 스위즈 엑셀시아. 항상 사람들의 기대에 응해왔던, 정의의 슈퍼 히로인이다. 오늘 밤에도 틀림없이 기적을 일으켜주겠지.

——에이미. 힘내.

시청자들의 응원하는 목소리가 들려오는 속에서, 준페이가 마음속으로 그렇게 기도했을 때였다. 에이미가 별을 향해서 주먹을 뻗고, 코스모 피스트를 조준했다.

"난 할 수 있어…… 틀림없이, 할 수 있어……."

그리고 에이미가 코스모 피스트에 모든 마력을 주입하려고 하려던 그 순간, 갑자기 옆에서 전격이 뿜어져 나와 에이미를 공격했다. 에이미는 그대로 몇 미터나 날아가 버렸다.

준페이는 상황을 이해할 수 없어 멍하니 바라보고만 있었다. 충격에 풀 위를 뒹굴던 에이미가 바닥에 손을 짚고 벌떡 일어나는 모습을 보고서야, 이상 사태라는 걸 깨달았다.

——공격이다! 누군가가 에이미를 공격했어! 대체 누가?!

벼락 화살이 날아온 쪽으로 재빨리 고개를 돌린 준페이는, 빨간 별빛을 받으며 서 있는 한 남자를 발견했다.

"개릭!"

준페이와 에이미가 동시에 소리쳤다.

개릭이 차가운 미소를 지었다.

"엑셀시아, 꼬마. 설마 이 몸이 네놈들한테 그런 굴욕을 당하고도 순순히 물러날 줄 알았나? 오늘 두 배로 갚아주마!"

271

녀석이 살아있다는 건 알고 있었지만, 하필이면 이 타이밍에서 나타날 줄이야.

준페이는 팔을 옆으로 휘두르면서 소리쳤다.

"방해하지 마! 인류가 멸망하면 당신도 곤란하잖아!"

"아니, 나로선 오히려 좋은 일이지. 난 말이야, 항상 이런 세상 따윈 당장이라도 멸망해버리는 게 좋겠다고 생각했거든."

"뭐?!"

개릭은 준페이를 노려보며 큰 소리로 말했다.

"내 마법은 사람들이 미워하고, 증오하고, 멸시할수록 날 강하게 만든다. 악의 길이라 할지라도 그것이 나의 천명! 그러니 나는 이 길을 가겠다! 세상을 파멸의 위기에서 구하려고 하는 정의의 히로인을 피범벅으로 만들어주마! 하하하하하하!"

그렇게 큰 소리로 웃는 개릭을, 준페이는 차가운 눈으로 쳐다봤다.

──이 불쌍한 바보가!

떨거지라고 멸시당하고, 짓밟힌 끝에 눈을 뜬 힘은 악에 물들어 있었다. 그리고 그 힘만이 자신의 존재 가치라고 생각해버린 남자는, 악의 길을 나아갔다.

──나도, 카에데 선배랑 소니아와 만나지 못했다면, 이렇게 돼버렸을까.

그렇게 생각하니, 준페이는 개릭이 악의 길로 빠져버린 또 한 사람의 자신 같다는 기분이 들었다. 선글라스 렌즈 너머에 있는 눈에서 눈물을 한줄기 흘렸다.

"뭐 저런 놈이……!"

에이미가 얼굴을 찌푸리며 말했다.

바니 메릴의 마력으로 구현한 스피커에서 전 세계 사람들의 욕설이 엄청나게 터져 나오고 있었다. 은색 스크린 비치는 댓글들도 그들의 분노를 보여주는 것처럼 새빨간 색이었다. 그리고 그 시뻘건 분노를 한 몸에 받은 개릭은 몸이 커진 것처럼 보일 만큼 힘을 부풀리기 시작했다.

준페이는 황급히 외쳤다.

"모두 진정해! 저 녀석은 자기한테 향하는 어두운 감정을 힘으로 만드는 마법사야! 이 영상은 전 세계로 생중계되고 있는데, 그렇게 화를 내면——!"

"꼬마야! 먼저 너부터 죽어라!"

개릭의 오른손에서 준페이를 향해 벼락이 터져 나왔다. 준페이를 숯덩어리로 만들기에 충분한 위력이었다. 그러나 어느샌가 코스모 피스트와 에이미가 다가와 마법을 막아내고 있었다. 개릭의 공격도, 에이미의 움직임도, 그야말로 순식간에 벌어진 일이었다.

"준……이 아니라 팔콘, 괜찮아?"

"그래, 덕분에 살았어."

준페이는 그렇게 대답했지만, 어깨너머로 자신을 돌아본 에이미의 표정을 보고서 가슴이 무거워졌다.

"그러면 안 돼, 에이…… 아니, 엑셀시아. 그래서는 이길 수 없어. 알고 있잖아?"

"알고는 있지만, 어떻게 할 수가 없어. 저 녀석은, 우리 아빠 엄마 원수니까."

그 말은, 메릴의 마법을 타고 전 세계에 방송됐다. 순식간에 시청자들의 놀라움과 호기심이 터져 나왔다. 지금 그게 무슨 말이지, 라는 반응이었다. 준페이는 밀려드는 설명 요구에 견디지 못해 결국 진실을 털어놓았다.

"여러분도 소문을 들었겠지만, 엑셀시아는 저스위즈 그랑디아의 딸이야. 그리고 그랑디아와 그 아내는 개릭의 손에 살해당했지."

그랬더니 이번에는 시청자들 쪽에서 에이미에 대한 동정과 개릭에 대한 분노가 들끓었다. 그것이 개릭을 더더욱 강하게 만들어줬다.

이 압도적으로 불리한 상황 속에서, 에이미는 개릭을 똑바로 보면서 말했다.

"개릭. 다른 사람한테 손대는 건, 날 쓰러트린 뒤에나 해."

"오, 눈빛이 좋은데. 분노 때문에 이글이글 타오르고 있어. 내가 그렇게 싫으냐?"

"그래, 싫어. 틀림없이, 세상에서 최고로 용서할 수 없는 사람이야!"

"좋다! 세상을 구하고 싶으면 먼저 날 죽여봐라!"

그리고 에이미와 개릭이 서로를 노리고 뛰쳐나갔다. 에이미의 주먹 넷이 개릭을 난타했다. 에이미의 보디 블로가 명중했지만, 개릭은 아무렇지도 않다는 반응이었다. 에이미는 거리를 벌린 후 코스모 피스트를 거대하게 만들어 개릭을 좌우에서 짓이기려고 했다. 하지만 개릭은 두 팔을 양쪽으로 뻗어서, 코스모 피스트를 간단히 받아냈다.

"이 싸움은 전 세계에 중계되고 있다. 뒈져버리라고 개자식아, 하고 욕하는 목소리가 날 강하게 만들어주고 있다는 말이지. 단언할 수 있다. 틀림없이, 지금, 나는, 이 우주에서 제일 강하다!"

개릭은 양손으로 억제하던 코스모 피스트를 밀치고 밖으로 빠져나왔다. 개릭이 빠져나간 공간을 코스모 피스트가 짓이겼다. 에이미의 표정은 경악으로 물들어 있었다.

"내가, 힘으로 지다니……."

"나쁜 짓을 하면 할수록 강해지다니, 말도 안 돼. 마치 악의 화신이야……."

하지만 개릭이 징그럽다고 생각하는 기분조차, 개릭의 힘이 되겠지. 그리고 이 방송을 보고 있는 사람들의 분노와 증오도, 개릭의 양식이 될 것이다.

"젠장!"

준페이는 선글라스 렌즈 너머로 메릴을 노려보며, 강한 목소리로 말했다.

"메릴! 방송을 꺼! 역효과야!"

하지만 메릴은 전혀 그럴 기미를 보이지 않았다. 마력을 돌리고, 카메라를 돌리고, 매지컬 네트워크를 유지해서 방송을 이어 갔다. 준페이의 마음속에서 짜증이 샘솟았다.

"내 말 못 들었어, 메릴?!"

"괜찮아, 정의는 이기니까 메릴."

"아니, 그러니까……!"

이기기 위해서는 카메라를 내려놓아야 한다. 하지만 메릴은 반짝반짝 빛나는 얼굴로, 한 점의 얼룩도 없는 눈빛으로 이렇게 말했다.

"엑셀시아는 슈퍼 히로인이잖아? 모두가 믿어줘야지."

그랬더니 시청자들이 환호성을 질렀다. 그 말이 맞다는 소리의 대합창, 카메라를 끄지 말라는 소리. 그런 뜨거운 반응을 보니, 준페이도 더 뭐라고 할 수 없었다. 아니, 오히려 메릴의 말에 공감하고 있었다.

"정의는 이긴다……. 젠장. 평소에는 말도 안 되는 짓만 하면서, 이럴 때만 그런 소릴 하고!"

준페이는 그렇게 투덜댔지만, 입가에는 미소를 짓고 있었다. 정의가 이긴다. 이 얼마나 기분 좋은 말인가.

하지만 당장 개릭이 우세한 건 변함이 없다. 지금도 시청자들을 엑셀시아를 응원하는 만큼, 개릭을 욕하고 있었다. 준페이는 이걸 어떻게든 하는 게 자신의 역할이라는 생각이 들었다. 그리고는 날아다니는 12개의 카메라 중에 하나를 향해서 큰 소리로 말했다.

"여…… 여러분! 개릭을 욕하지 말고 엑셀시아를 응원해주세요! 그게 엑셀시아에게 더 도움이 됩니다!"

날카로운 반응이 돌아왔지만, 준페이는 이것이 자기 싸움이라고 생각하고서 소리쳤다.

"엑셀시아에 대한 응원이 있어도 개릭에 대한 욕설이 나오면 소용없어! 엑셀시아만 응원해줘! 저 녀석은 누가 싫어하면 할수록 강해지는 특수 능력을 지녔어! 개릭을 불멸의 악으로 만드는 건 너희들이라고! 제발 좀 이해해줘!"

"그렇게 말해도, 저 자식이 열받는 건 사실인데."

시청자 중에 누군가가 그렇게 말했다. 준페이도 공감했다. 개릭을 향한 증오가 되레 개릭을 강하게 한다는 걸 알고 있는데도, 마음은 말을 듣지 않는다. 증오가 태어나고, 개릭은 강해진다. 준페이 본인조차도 이런데, 전 세계 수십억이나 되는 사람들의 마음을 하나로 만드는 건 꿈만 같은 얘기다. 그리고 사람들의 마음속에서 솟아나는 어두운 감정을 전부 자기 에너지로 만들어버리는 개릭은 그야말로 악마 같은 인간이다.

"흐하하하! 뭐 하는 거냐, 엑셀시아! 대체 언제나 돼야 날 쓰러트릴 거냐!"

그 도발에 화가 난 에이미가 코스모 피스트로 개릭을 마구 때렸지만, 개릭은 전혀 흔들리지 않았다. 육체적으로도 마력 면에서도 엄청나게 강화돼서, 코스모 피스트가 전혀 통하지 않았다. 심지어 에이미는 분노에 사로잡혀 코스모 피스트의 응용력을 전혀 살리지 못하고 있었다.

——어떻게 해야 하지?!

준페이가 멍하니 생각하고 있던 그때였다.

"엑셀시아 언니! 차에 치일 뻔했을 때 구해줘서, 정말 고마워!"

스피커에서 흘러나오는 수많은 사람의 목소리 중에서 혀 짧은 여자아이의 성원이 들려왔다.

"메릴! 지금 차에 치일 뻔했을 때 구해줘서 고맙다는 아이의 목소리……!"

"이 아이인가?"

메인 스크린에 빨간 리본을 단 초등학교 1학년 정도의 여자아이가 나타났다. 아이가 가지고 있는 디바이스의 카메라를 해킹했겠지. 바니 메릴은 어디의 누가 무슨 말을 했는지 완벽하게 파악하고 있었다. 무시무시한 네트워크 관리 능력이었다.

준페이는 그 아이를 보고서 눈이 휘둥그레졌다.

"넌, 그때……!"

준페이가 폭주하는 자동차 앞으로 뛰어들어 지키려고 했고, 엑셀시아가 구한 바로 그 여자아이였다. 그 아이는 열심히 엑셀시아를, 에이미를 응원하고 있었다. 하지만 정작 에이미한테는 그 목소리가 들리지 않는 모양이었다. 그 사실이, 준페이는 너무나 화가 났다.

"——엑셀시아! 이렇게 어린아이가 열심히 소리를 내서 널 응원하고 있잖아! 정의의 히로인이라면 손 정도는 흔들어주라고!"

그러나 에이미는 분노의 철권으로 개릭을 때리고 밀려나기를 반복하고 있었다. 느긋한 개릭과 소리를 질러대는 에이미. 이미 두 사람의 눈에는 상대만 보이고 있었다. 실제로 전장에는 적과 아군밖에 없는 건지도 모른다. 그래도 준페이는 그대로 둘 생각이 없었다.

"엑셀시아! 엑셀시아!"

마음 같아서는 본명을 부르고 싶었지만, 이 목소리가 전 세계에 들리고 있는 이상 그럴 수는 없었다. 그러나 준페이의 의도와는 상관없이, 싸움을 지켜보는 사람들을 대표하는 준페이가 엑셀시아의 이름을 외치는 모습이 사람들의 마음을 움직이기 시작했다.

"엑셀시아! 엑셀시아!"

사람들은, 처음에는 자기 나라말로 제각기 엑셀시아를 응원하기도 하고 개릭을 욕하기도 했지만, 점점 엑셀시아의 이름으로 통일되기 시작했다.

"엑셀시아! 엑셀시아!"

어느샌가 시청자들은, 단 하나의 이름만을 되풀이하고 있었다. 자신이 좋아하는 히로인의 이름을 부르고 있다. 외치고 있다. 다언어 동시 번역은 이제 의미가 없었다. 메릴의 마법을 통해서, 전세계 사람들의 목소리가, 지금 여기서 하나가 됐다. 로큰롤 라이브처럼.

"엑셀시아!"

그런 대합창이 울려 퍼지는 속에서, 마침내 코스모 피스트의 일격이 개릭에게 꽂혔다. 몇 번을 맞아도 끄떡없던 몸이 흔들리고, 개릭의 얼굴이 일그러졌다.

　　──먹혔다!

　개릭에 대한 증오가 사라지고 엑셀시아에 대한 응원만 남은 결과, 개릭이 약해진 것이다.

　　──지금이 기회야.

　이렇게나 많은 사람의 마음이 하나가 돼서 한 사람의 이름을 부르고 있지만, 그래도 오래 갈 것 같지는 않았다.

　　──부탁해, 에이미!

　사람들이 엑셀시아의 이름을 부르고 있는 동안에, 어떻게든 결판을 내야 한다.

　준페이는 마음속으로 그렇게 빌었지만, 에이미는 개릭의 수비에 틈이 생긴 것을 보고는 코스모 피스트로 정신없이 증오가 담긴 공격을 날리기에 급급했다.

　이윽고 웃음을 흘리며 휘두른 개릭의 발차기가 에이미의 몸을 때렸고, 에이미는 응원한 보람도 없이 날아가서 쓰러져버렸다.

　대합창은 순식간에 와해했고, 여기저기서 탄식이 쏟아져 나왔다.

　"틀렸어, 우리 목소리는 들리지도 않나 봐……."

　누군가가 약한 소리를 흘렸다. 준페이는 이대로 두면 응원이 끊길 것 같아 곧장 부정했다.

　"그렇지 않아! 더 큰 목소리로!"

"엑셀시아한테 우리 목소리는 들리지도 않는다고!"

"나한테는 그 목소리가 전부 들리고 있어!"

"엑셀시아한테 들리지 않으면 의미가 없잖아!"

"내가 엑셀시아한테 모두의 목소리를 전해주겠어!"

그 순간, 사람들의 목소리가 딱 멈췄다. 그랬나 싶더니 갑자기, 와아 하는 환호성이 터져 나와서 준페이의 온몸을 감쌌다. 마치 라이브 공연장에서 관중들이 가수에게 보내는 갈채 같았다. 박수와 휘파람 소리가 터져 나왔다.

준페이는 눈을 껌벅거렸다.

──어? 뭐야 이거? 이 자식들 왜 갑자기 이렇게 흥분한 거지?

외국인의 사고방식을 잘 모르겠다.

준페이가 멍하니 있자 메릴이 팔을 붕붕 소리가 날 정도로 돌리면서 뭔가를 호소했다. 무슨 의미인지는 모르겠지만, 가만히 있으면 안 된다는 정도는 알 수 있었다. 무슨 말이든 해야겠다고 생각해서 급하게 머리를 굴렸고, 혀를 움직였다.

"그래, 나한테는 모두의 목소리가 들려. 만약 엑셀시아에게 이 소리가 닿지 않는다면, 내가 반드시 전해주겠어. 다들, 나한테 맡겨줘! 내게 모두의 목소리를 들려줘! 그걸 엑셀시아한테 전달할게! 개릭한테도 들려주자! 전 세계 사람들에게 들리도록, 다시 한 번, 노래해줘!"

그랬더니 조금 전보다 더 큰 환호성이 터져 나왔고, 곧바로 한 이름을 외쳐대기 시작했다.

"엑셀시아! 엑셀시아!"

포기하려던 시청자들의 마음이 다시 한번 하나로 뭉친 순간이었다. 가히 기적이었다.

──세 번째는 없겠지.

준페이는 그렇게 생각했다. 아무리 부추기고 선동해도 세 번째 기적은 일어나지 않을 것이다. 그러니까 지금 이 기회를 놓치지 않고, 에이미가 눈을 떠줬으면 싶었다. 그런데도 에이미는 개릭과 격렬한 육탄전만 펼치고 있었다. 준페이의 존재도 잊어버린 것 같았다. 이 싸움을 지켜보고 있는 사람들의 목소리도 전혀 닿지 않았다. 준페이는 그게 너무나 답답했다.

──정말로 안 들리는 거야, 에이미? 지금, 전 세계 사람들이 이렇게 네 이름을 부르고 있는데! 응원해주고 있는데! 고작 눈앞에 있는 증오에 사로잡혀서!

그래선 개릭한테 이길 수 없다. 에이미의 격렬한 증오가 개릭을 무한대로 강하게 만들어버린다. 부모님 원수가 미운 건 당연하다. 하지만 지켜야 할 사람들이 있다는 걸 기억해야만 한다.

──뭔가. 뭐든 좋아. 에이미가 돌아보게 할, 그런 단 한 마디가!

준페이는 필사적으로 에이미의 마음을 향해서 손을 뻗으려 했고, 터져 나오는 것처럼 소리쳤다.

"엑셀시아! 나랑 결혼하자!"

"뭐?"

개릭과의 싸움에만 정신이 팔린 상태였던 에이미가, 그 순간,

싸움을 잊어버리고 준페이 쪽을 봤다. 그것은 분노와 증오로 시뻘겋게 물들어 있던 에이미의 마음을, 준페이가 거머쥔 순간이었다.

개릭은 틈을 놓치지 않고 주먹으로 에이미의 머리 옆쪽을 공격했다.

◇

충격과 어지러움, 회전하는 시야와 굴러가는 몸. 대체 무슨 일이 일어난 걸까. 개릭과 싸우고 있었는데, 갑자기 준페이가 프러포즈했고, 나답지 않게 두근거렸다. 그랬나 싶더니 엄청난 충격이 왔다. 그래, 준페이 때문에 개릭한테 한 방 맞았구나.

——준페이 이 바보! 싸우는 중에 그런 소리나 하고! 소니아도 카에데도 있는데!

하지만 신기하게도 크게 화가 나지는 않았다. 아니, 오히려 기뻤다.

——아아, 나, 기뻐하고 있구나.

에이미는 피식 웃었다. 원수와의 결전에 임하는 중에 이런 기분이 드는 게 너무나 신기했다. 그때 자산을 감싸는 것 같은, 터져나갈 것만 같은 사람들의 목소리가 들려왔다.

"뭐야? 무슨 소리가 들리는데……?"

엑셀시아! 엑셀시아!

사람들의 성원이 밀려왔다 물러나는 파도처럼 반복되고 있었다. 무한한 바다에서 밀려오는 파도 같은 목소리를 듣고 있었더니, 일어나야만 할 것 같은 사명감에 사로잡혔다.

"힘내! 엑셀시아!"

큰 소리로 응원하는 건 준페이 혼자만이 아니었다. 메릴의 마법으로 네트워크에 접속한 수많은 사람이, 엑셀시아라는 이름을 합창하는 것처럼 외치고 있었다.

"사람들이 내 이름을…… 대체 언제부터?"

에이미가 그렇게 중얼거리면서 고개를 들려고 한 그 순간, 개릭이 그 머리를 힘껏 밟았다. 개릭은 에이미의 머리를 공들여서 짓밟고는, 한숨을 내쉬며 카메라를 쳐다봤다. 그 너머에 있는 시청자들을 향해서.

"이봐, 아까부터 시끄럽잖아. 엑셀시아는 개뿔이. 날 더 욕하란 말이야. 모두가 좋아하는 슈퍼 히로인을 장난감으로 삼아서 엉망진창으로 만들고 있는 내가 얄밉잖아? 평소처럼 말하란 말이야. 이 악당, 지옥에나 떨어져라, 하고!"

하지만 개릭의 도발에 넘어가는 사람은 하나도 없었다. 엑셀시아의 이름을 외치는 목소리로 가득 차 있어 개릭의 목소리가 전혀 들리지 않는 탓이었다.

"엑셀시아!" "힘내!" "일어나!" "좋아해!" "엑셀시아!"

개릭을 욕하는 목소리는 하나도 없었다. 엑셀시아를 응원하는 목소리만이 있을 뿐이었다. 상황이 이렇게 되자 개릭도 주춤하지 않을 수 없었다. 반대로 에이미는 힘을 냈다.

——아아, 사람들이 나를 응원해주고 있어. 언제부터? 언제부터 이렇게 날 응원해준 거지? 어째서 난 그걸 빨리 알아차리지 못한 걸까.

개릭의 발밑에 있던 에이미는, 옆으로 뻗어 있는 자기 오른손을 빤히 쳐다봤다. 그 손에 코스모 피스트가 겹쳐진 것처럼 보인 순간, 문득 아버지가 해줬던 말이 떠올랐다.

——에이미, 마법은 유전된단다. 너도 아빠처럼 코스모 피스트를 쓰게 되겠지. 그러니까 기억해두렴. 이 마법의 손은 약한 사람을 지키고, 악한 자를 쓰러트리기 위해서, 도움을 바라는 사람들의 손을 잡아주기 위해서 있단다.

"그래, 그랬어……."

저스위즈가 되고 싶다고 생각한 원점. 아버지처럼 사람들을 지키는 히어로가 되고 싶었다. 트릭시한테 멋진 세상을 보여주고 싶었다. 그리고 지금, 지구를 위협하는 위기가 가까이 다가오고 있다. 저 운석을 부수지 않으면 사람들이 다 죽는데, 난 대체 뭐랑 싸우고 있었던 걸까. 뭘 보고 있었던 걸까.

"그래! 난, 저스위즈 엑셀시아야!"

에이미는 그렇게 소리치며 자기 머리를 밟고 있던 개릭의 발을 뿌리치고 일어났다. 개릭은 그런 에이미를 막지 못했다.

개릭의 표정에 동요가 엿보였지만, 개릭은 우세한 척을 이어갔다.

"일어난다고 뭐가 어떻게 된다는 건데? 넌 절대로 날 향한 증오를 버릴 수 없어."

"그래, 난 성인군자가 아니니까. 증오는 사라지지 않아. 그래서 나는, 날 버릴 거야!"

"뭐, 뭐라고!"

에이미는 떠다니는 카메라 중에 한 대를 향해서 멋지게 손가락을 내세웠다.

"아이 캔 히어 유!"

순식간에, 지금까지 들었던 것 중에서 가장 큰 환호성이 에이미를 향해서 쏟아졌다. 에이미는 환호성을 즐기며 계속해서 말했다.

"여러분, 고마워. 나한테는 당신들의 목소리가 들려. 당신들의 목소리는 전 세계 사람들에게도 들리고 있어. 그리고 여기 있는 악당한테도, 하늘에서 떨어지는 별에도, 여러분의 목소리를 들려줘!"

그러자 기다렸다는 듯이 세 번째 합창이 시작됐다. 준페이는 두 번이 끝이라고 생각했지만, 에이미는 자기 손으로 기적을 불러왔다.

그런 시청자들의 대합창 속에서, 에이미는 밤하늘을 바라봤다.

"내 마음속에서 증오를 지울 수 없다면, 난 나 자신을 버리겠어! 그리고 이 순간, 모두의 소원을 이뤄주는 히로인이 되겠어! 자 여러분, 내가 뭘 해줬으면 좋겠어?"

날려버려! 날려버려! 오른쪽 스트레이트로 날려버려!

"어, 뭐라고? 안 들려! 전 세계 라이브인데, 목소리가 너무 작아!"

그렇게 말하면서도 에이미는 오른손을 높이 들었다. 그 끝에 창백하게 빛나는 코스모 피스트가 나타났다. 거기에 마력을 있는 대로 쏟아 넣자, 코스모 피스트가 크게 부풀어 오르기 시작했다. 그것이 지금껏 본 적이 없을 정도로 거대해졌고, 순식간에 빌딩 정도 높이가 됐다.

그걸 보면서, 개릭이 입을 떡 벌렸다.

"이, 이봐, 뭐야 이거! 마력을 쏟아 넣을수록 커진다는 건 알고 있었어. 그런데 이건, 대체 무슨…… 너, 대체, 어쩔 셈이야!"

에이미는 개릭한테 대답하는 게 아니라, 시청자들을 향해서 소리쳤다.

"여러분, 내가 누굴 날려버렸으면 좋겠다고?"

"개릭!"

"개릭만 날려버리면 되겠어?"

"No! 저 별도 날려버려!"

"그렇다면 더 크게 소리쳐봐! 저 별에 전해질 정도로 노래해! 나 자신을 버리겠다고 했으니까, 최강의 응원이 필요하단 말이야!"

에이미가 기염을 토하고, 코스모 피스트가 끝도 없이 커졌다. 천 미터, 2천 미터, 4천 미터, 1만 미터. 창백하게 빛나는 손은 너무나도 커서, 하늘을 전부 뒤덮을 지경이었다. 그리고 10만 미터. 관동의 하늘을 장악한 코스모 피스트. 하지만, 아직도 끝나지 않았다.

"최강 중의 최강이야!"

트릭시조차도 이단이라고 했던, 차원이 다른 마력. 세계 최강의 마력 탱크이자 메릴이 정면으로 싸우면 도저히 당해낼 수 없다고 백기를 들었던 에이미의 힘이, 그 진가를 발휘한다. 코스모피스트는 1만 리를 넘어, 10만 리에 달했고, 일본 열도를 한 손에 거머쥘 크기를 넘어 중국을 손바닥으로 뒤덮어버릴 정도가 됐다. 태평양을 뒤덮고, 실크로드를 넘어, 지구의 절반을 넘어서 뒤쪽까지 도달했고, 결국에는 지구를 한 손에 움켜쥘 정도로 거대한 우주의 손이 됐다.

당연히, 전 세계의 하늘은 낮이고 밤이고 가릴 것 없이 코스모피스트로 뒤덮였고, 그것은 마치 신의 손이 대지를 움켜쥐려고 하는 것처럼 보였다. 덕분에 지금은 전 세계에서 광란이 벌어졌고, 이렇게 된 이유가 생방송으로 중계되면서, 사람들은 필사적으로 외치기 시작했다.

날려버려! 날려버려! 오른쪽 스트레이트로 날려버려!

거기에는 미쳐 날뛰는 신의 분노를 진정시키는 기도까지 담겨 있는 것도 같았다.

"후후후. 아주 좋아. 그래, 그거야! 난 반드시, 모두의 소원을 이뤄주겠어! 그러니까 당신들도, 진심으로 기도하고, 진심으로 소리쳐! 최강은 누구?"

"엑셀시아!"

"제일 예쁜 건 누구?"

"엑셀시아!"

"모두가 사랑하는 건?"

"엑셀시아!"

"……오케이! 아이 캔 히어 유!"

그리고 시청자들한테서 다시 한번 환호성이 터져 나왔고, 그것은 마침내 엑셀시아의 이름을 부르는 대합창으로 바뀌었다. 이젠 그 누구도, 개릭을 미워하지 않았다.

"으아아! 말도 안 돼! 내 몸으로 흘러들어오는 힘이, 사라져간다! 엑셀시아, 너한테서 오던 것도!"

"최강의 응원이 있으니까, 내 작은 증오 따위는 날아가 버렸어."

"작은 증오라고? 말도 안 돼! 증오라는 건 이 세상 전부를 상대로 해도 불타오르는 건데! 생각해봐! 난 네 부모를, 눈앞에서 죽였다고!"

영혼을 저주하는 것 같은 그 말에, 에이미의 마음속에 지옥이 되살아났다. 하지만 사람들의 목소리가 에이미를 증오라는 지옥에서 계속 건져냈다. 엑셀시아의 이름을 부르는 대합창이.

——고마워. 여러분 목소리, 잘 들리고 있어.

에이미는 맑은 눈으로 미소 지으며 주먹을 꽉 쥐었다.

개릭이 전에 없을 만큼 허둥대기 시작했다.

"어째서! 복수가 아니라면, 뭘 위해서 싸우는 거냐!"

"내가 아니라, 다른 사람을 위해서야!"

에이미의 철권이 개릭의 얼굴을 때렸고, 개릭은 코피를 흘리면서 그 자리에서 털썩, 하고 무릎을 꿇었다. 다른 사람에게서 날아오는 어두운 감정을 받지 않으면, 다른 사람들이 특별하게 생각하지 않으면, 개릭이라는 남자는 그저 평범한 사람이다. 그냥 체격이 조금 좋은 남자. 최하급 마법사. 따라서 이 남자는 이제 저 스위즈 엑셀시아의 적이 아니다.

"말도 안 돼! 날 미워하지 않는다니, 인간이 그럴 리가 없어! 이 세상은 엿 같은 곳이고, 그래서 내가 강해졌던 거라고!"

"이 세상은 그렇게 나쁜 곳만 있는 게 아니야!"

그리고 에이미의 마음을 있는 대로 담은 왼쪽 코스모 피스트가, 한 줄기 유성이 돼서 개릭의 턱을 부쉈고, 그 의식과 영혼까지 부숴버렸다. 끓어오르는 것 같은 환호성 속에서, 개릭이 뒤로 자빠졌다. 드디어 이겼다. 모두가 이기게 해줬다.

"당신이 아니라 트릭시한테 해주려던 말이었는데 말이야……."

에이미가 그렇게 중얼거렸을 때, 스피커에서 흘러나오는 사람들의 목소리는 단결력을 잃어버린 상태였다. 엑셀시아의 승리를 찬양하는 환호성과 휘파람 속에, 정신을 잃은 개릭을 욕하거나 숨통을 끊어버리라고 외치는 목소리가 섞여 있었다. 음악이 끝나는 것처럼, 꿈이 끝나는 것처럼, 불이 꺼지는 것처럼, 사람들의 마음이 하나가 됐던 시간은 끝났다.

"……역시, 이런 거구나. 하지만, 아주 잠깐이나마 세계가 하나가 됐으니까, 그것만 해도 대단한 것 아니겠어? 그렇지, 개릭?"

물론 개릭의 대답이 없었다. 그때, 준페이가 쾌재를 지르면서 달려왔다.

"해냈구나, 엑셀시아!"

에이미는 그런 준페이와 두 손으로 하이터치를 하고, 그대로 깍지를 끼고 팔을 아래로 내려서 서로 마주 봤다. 선글라스 너머로 눈동자가 살짝 보였다.

"저기, 나 말이야. 나 자신을 버리고 싸우려고 했는데, 마지막 한 방에는 내 감정이 실렸던 것 같아. 하지만 그건, 어쩌면, 개릭이 힘으로 삼을 분노나 증오 같은 네거티브한 감정이 아니라……."

이 세상은 그렇게 나쁜 곳만 있는 게 아니야. 그 마음은 증오가 아니라.

"희망이었어."

준페이가 에이미의 손을 꼭 쥐며 그렇게 말해줬다.

"자신을 버리고 싸운 결과로 희망을 거머쥐었으니까, 넌 역시 정의의 슈퍼 히로인이야. 역시 내가 팬이 될 만한 사람이니까. 최고야, 엑셀시아!"

"후후, 고마워."

에이미는 얼굴을 앞으로 내밀어 준페이한테 가볍게 키스했다. 그러자 시청자들이 비명 같은 고함을 지르면서 난리가 났다. 에이미는 굳어 있는 준페이를 슬쩍 보고, 카메라 중의 하나를 향해서 승리 포즈를 지으며 말했다.

"이긴 건 모두가 도와준 덕분이야, 고마워! 마음을 하나로 모아줘서, 정말 고마워! 나한테 희망을 믿게 해줘서, 고마워! 하지만, 아직 끝나지 않았어! 그래, 지구를 향해서 떨어지는 저 별을 모두가 원하는 대로, 오른쪽 스트레이트로 날려버릴 거야!"

에이미의 선언에 시청자들이 또다시 끓어올랐고, 엑셀시아라는 이름을 외쳐서 대답했다. 그것이 진정될 때까지 기다렸다가, 에이미가 말했다.

"자 그럼, 후딱 해치워볼까!"

에이미는 힘차게 외치고서 밤하늘을 바라봤다. 하늘을 뒤덮고 있던 코스모 피스트가 엄청난 속도로 작아져 갔다. 코스모 피스트에 담긴 마력을 유지하며 인공위성 정도의 크기로 응축했다. 다시 드러난 밤하늘에는 붉은 달처럼 보이는 별이 있었다. 이 세상에 멸망을 불러올 저 흉악한 별을 부수고 세상을 구하지 않으면, 에이미와 사람들에게 내일은 없다.

"괜찮아, 맡겨둬. 저런 별 따위, 나한텐 한방 거리라고── 간다아아아아!"

에이미가 하늘로 날아오르는 용처럼 오른쪽 주먹을 내질렀다. 거기에 호응한 코스모 피스트가 지구의 인력을 뿌리치고 가속했다. 별들의 바다를 넘어, 세상을 멸망시키려는 별에 도전하는 또 하나의 별이 되었다. 그리고 많은 사람이 기도하며 지켜보는 앞에서 빨간 별이 흉악한 빛을 잃어버렸다. 그 뒤로 아름다운 밤하늘이 펼쳐져 있었다──.

◇

"아무래도 세상을 구한 것 같으니까, 여기서 마칩니다. 지금까지 시청해주셔서 감사합니다."

준페이가 카메라를 향해서 그렇게 마무리 인사를 하자, 메릴의 마법으로 구현했던 카메라와 스크린, 스피커 등이 일제히 사라졌다.

"예, 오케이. 수고했어, 준페이."

"으아아…… 좋았어! 끝났다!"

준페이가 선글라스를 벗어서 던지며 소리치자 에이미가 웃으면서 달려왔다. 준페이는 두 팔을 벌려서 에이미를 맞이하려고 했지만, 그 직전에, 에이미가 무릎이 풀려서 휘청이고 말았다.

"에이미!"

준페이는 당황해서 에이미에게 달려가 쓰러지려는 에이미를 부축했다.

"에이미, 왜 그래? 괜찮아?"

"……응, 괜찮아. 아마 마력이 떨어져서 그래. 너무 열심히 했나 봐."

그럴 만도 하지. 개릭과의 격렬한 싸움을 시작으로, 지구를 움켜쥘 정도로 거대한 코스모 피스트를 만들어내고, 달과 똑같은 크기의 별을 부숴버렸다. 사람 몸으로 신의 힘을 발휘한 것이나 마찬가지다.

"그렇게 마력이 많은 네가 힘을 다 써버렸다는 건가. 뭐, 아무튼 잘했어. 고마워."

준페이는 그렇게 말하고, 감사의 뜻을 담아서 에이미를 끌어안았다. 그대로 조용한 시간을 느끼고 있는데, 시야 한쪽에서 메릴이 뭔가를 하는 모습이 보였다. 자세히 보니 옷 갈아입기 마법으로 바니 슈트에서 고양이 귀 의상으로 갈아입고 개릭 곁에 서 있었다.

"메릴, 뭐 하려는 거야?"

"개릭 아저씨를 감옥에 보내려고."

그렇게 말하면서 땅바닥에 어디로든 게이트를 만든 메릴은, 개릭을 걷어차서 그 안에 집어넣었다. 말릴 틈도 없었다. 개릭이 사라지고, 게이트가 닫혔다. 준페이가 당황해서 말했다.

"으에에! 메릴 너! 어? 개릭은?"

"세인트 헬레나 섬으로. 하늘의 감옥이라고 불리는 범죄 마법사 전용 감옥이 있잖아. 트릭시도 거기에 있어. 거기로 게이트를 연결해서 전이시켰어 메릴. 이제 직원들이 개릭 아저씨를 발견하면 알아서 봉인해줄 거야. 아마도."

"아마도라니, 너 말이야! 그리고, 개릭의 반지에 관한 기억은?"

"아, 지우는 거 깜박했다 메릴. 에헷."

그렇게 말하고 귀엽게 웃는 메릴을 보고, 준페이는 자기도 모르게 하늘을 우러러봤다.

——이 자식, 안 되겠다. 여전히 하는 짓들이 전부 엉망진창이고, 하나도 반성을 안 했어!

준페이는 왼팔로 에이미를 안은 채, 오른손으로 자기 휴대용 디바이스를 꺼내서 메릴에게 던졌다.

"혹시 모르니까, 전화라고 한 통 해줘."

"정말이지, 준페이는 걱정이 너무 많다니까."

그렇게 말하면서도, 메릴은 준페이의 휴대용 디바이스로 어딘가에 전화를 걸었다. 그 모습을 보고 안심한 준페이는 에이미를 부축해서 둘이 나란히 바닥에 앉았고, 메릴이 영어로 대화하는 소리를 들으면서 붉은 별이 사라진 밤하늘을 봤다. 그리고는 조용히 말했다.

"……엑셀시아의 평판이 회복되면 좋겠다. 사람들 보는 앞에서 악당을 혼내주고 세상을 구했으니까, 넌 진짜 슈퍼 히로인이야."

"세상을 구한 건 사기였지만."

"아냐, 사기는 메릴이 친 거잖아. 메릴한테서 세상을 구했다고 하면 틀린 얘기도 아니야."

준페이가 그렇게 열변을 토하고 에이미의 눈빛이 부드러워졌을 때, 사기를 친 장본인인 메릴이 휴대용 디바이스를 손에 들고 걸어왔다.

"준페이, 소니아한테서 메시지 왔어. 마법 학교로 돌아오래."

"그래, 바로 갈게. 에이미, 일어날 수 있겠어?"

"응, 괜찮아. 그럼 메릴 씨, 게이트 열어줘."

"맡겨만 줘 메릴."

메릴은 힘차게 대답하고, 어디로든 게이트를 발동했다.

게이트를 통과하자 마법 학교의 풍경이 눈에 들어왔다. 메릴과 처음 만났던, 그 교회 같은 건물 앞이었다. 교복을 입은 소니아가 준페이 일행을 맞이했다.

"어서 오세요, 그리고 수고하셨어요."

"다녀왔어, 소니아. 아까 그 생방송, 봤어?"

"예, 콘도 선생님과 같이 시청했어요. 결혼이네 키스네, 아주 멋대로더군요. 하지만 가장 큰 문제는 콘도 선생님이 팔콘의 정체가 준페이 씨라는 걸 알아차렸다는 점이에요."

"으엑……."

준페이는 깜짝 놀랐지만, 생각해보면 겨우 선글라스 하나로 아는 사람들의 눈을 속일 수 있을 리가 없었다.

"어, 어쩌지?"

"준페이 씨가 입원하게 된 이유까지 다 포함해서 시나리오를 만들어두기는 했는데, 내일, 준페이 씨도 직접 해명하셔야 할 거예요. 하지만 그 일은 뒤로 미뤄야겠어요. 문제가 발생했거든요. 내일이 오지 않을지도 몰라요."

그 말을 듣고 에이미가 바로 진지한 표정을 지었다.

"뭔가 문제가 있었구나?"

"예, 아쉽게도 아직 안 끝났어요."

소니아는 자신의 휴대용 디바이스로 생방송 뉴스 영상을 보여주면서 상황을 설명했다.

엑셀시아의 코스모 피스트로 거대 운석을 부수며 인류는 멸망의 위기를 면했다. 부서진 운석 파편은 대부분 자잘하게 부서져서, 지구에 접근한다고 해도 대부분 대기권에서 불타버릴 테니까 걱정할 필요가 없다고 했다. 하지만.

"딱 하나, 거대한 덩어리가 남았어요. 그리고 어떻게 된 일인지, 그 덩어리가 정확하게 도쿄를 향해 떨어지고 있다고 하더군요."

"마법 운석이니까. 여기를 노리고 떨어지게 했어 메릴."

속 편하게 말하는 메릴을 한번 노려본 소니아는, 두통을 참는 것 같은 표정으로 계속해서 말했다.

"물론 크기가 상당히 줄어들었으니, 그게 떨어진다고 인류가 멸망하지는 않겠지요. 다만 도쿄는 모조리 날아갈 겁니다."

"그러면 안 되지! 에이미, 미안하지만 한 번만 더……."

"나도 알아. 하지만, 이젠 마력이……."

"괜찮아. 마력이라면…… 마력이라면, 내가 로드 오브 하트로 보급해줄게!"

준페이가 용기를 짜내서 그렇게 말했더니 에이미는 얼굴이 새빨개져서 고개를 숙였다.

육체와 정신을 모두 연결해서 서로의 마력을 주고받는 에로 마법 로드 오브 하트를 사용해서 준페이의 마력을 에이미에게 보낸다면, 마력 문제를 해결할 수 있다.

"하, 하지만 그건 한마디로…… 야한 짓을 해야 한다는 거잖아."

에이미가 너무나 창피해하면서 말한 탓에, 준페이도 얼굴이 빨개졌다. 그러자 옆에 있던 소니아가 빈정대는 목소리로 말했다.

"머리가 아주 잘 굴러가는군요, 준페이 씨. 역시나 에로페이다 워요."

"제발 그 별명으로 부르지 말라니까."

"흥."

소니아는 풍만한 가슴을 아래에서 받치는 것처럼 팔짱을 끼더니, 새침한 얼굴로 고개를 홱 돌렸다. 결국 준페이도 소니아한테 지고 들어가는 게 싫어서 반격에 나섰다.

"……알았어. 그럼 에로페이답게 할게. 소니아도 같이 하자."

"예?"

의외의 공세에 소니아가 살짝 당황하는 모습을 본 준페이는, 빙긋 웃으면서 말했다.

"도쿄에 사는 사람들의 운명이 걸려 있어. 그러니까 신중에 신중을 기해서, 날 통해서 네 마력을 에이미한테 맡기는 거야! 어때, 그러니까…… 셋이서 하자!"

"무, 무무무, 무슨 생각을 떠올린 건가요!"

소니아는 얼굴이 새빨개져서 깜짝 놀랐고, 에이미는 기분 나쁘다는 표정으로 준페이를 노려보며 말했다.

"난 소니아의 마력은 필요 없어! 준페이의 걸로 충분해! 물론 소니아랑 헤어지라고 하는 건 아니지만, 이런 건, 단둘이 하는 쪽이, 더 좋은 것 같다고나 할까…….."

"그래? 그럼 역시 둘이서…….."

"기다리세요! 전 안 한다고 한 적 없습니다!"

"그럼 어쩌겠다는 건데?"

"어쩌자는 거야?"

"어쩔 거야 메릴?"

준페이, 에이미, 메릴이 차례로 그렇게 묻자, 소니아는 입술까지 깨물고서 간신히 말했다.

"셋이서 하도록 하죠! 제 마력을 에이미 양에게 맡기겠어요!"

"……응."

준페이는 막상 소니아가 승낙하니 약간 겁이 났다. 소니아는 기세 좋게 준페이를 손가락으로 가리키면서 말했다.

"잘 들으세요. 이건 재앙의 별로부터 이 땅을 지키기 위해서 어쩔 수 없이 하는 마법 의식이에요. 아시겠죠? 결코 이성을 잃어서는 안 됩니다?"

"나도 알아. 이건 어디까지나 의식! 응, 알았어."

지금까지 계속 참아왔는데, 조금 더 참는 정도야.

한편, 에이미는 가벼운 한숨을 쉬었다.

"결국 셋이서 하게 됐네……. 뭐, 어쩔 수 없지. 그래서, 어디서 할 거야?. 밖에서 하는 건 싫은데."

"이 건물 열쇠를 제가 가지고 있으니, 여길 이용하죠. 정말이지…… 준페이 씨, 바보."

소니아는 작은 소리로 그렇게 투덜대고는 열쇠로 레드 룸 분실의 문을 열었고, 손끝에 마법의 불빛을 밝혔다. 이 건물에는 아직

전기가 들어오지 않아서 조명 마법을 사용한 것이다. 소니아의 손끝에서 떠난 빛의 구슬이 반딧불처럼 날아다니면서 실내를 밝게 비췄다.

"자, 들어가죠."

소니아가 한발 먼저 건물 안으로 들어갔다. 에이미가 그 뒤를 따랐고, 그리고 어째선지 메릴이 갑자기, 옷 갈아입기 마법을 이용해서 프린세스 드레스로 변신했다. 처음 만났던 때의 그 드레스다. 밤에 달빛 아래에서 보니까, 어째선지 가슴이 두근거렸다. 그런 준페이 앞에서, 메릴은 스커트 자락을 손으로 살짝 집어 들면서 우아하게 인사를 했다.

"이 드레스에는 행운을 강화하는 효과가 있거든. 잘 되기를 바라는 메릴의 기도야. 메릴은 여기서 누가 방해하지 않게 지키고 있을 테니까, 열심히 해."

준페이는 고개를 끄덕이려다가 뭔가 석연찮은 기분이 들어서 눈살을 찌푸렸다.

"아니…… 잠깐만. 생각해보면 네가 제일 큰 책임이 있지 않아?"

"메릴도 하라고? 준페이 엉큼해~."

그 말을 듣고, 준페이의 볼이 빨개졌다. 그런 준페이를 보고, 메릴이 쿡쿡 웃었다.

"하지만, 그렇구나…… 준페이가 소니아는 물론이고 카에데랑 다른 애들도 전부 행복하게 해주면, 메릴도 생각해볼게."

"분명히 말했다?"

"말했어."

준페이와 메릴의 시선이 교차했다. 어딘가 의기양양한 얼굴로, 키는 작은 주제에 이쪽을 내려다보는 것 같은 눈으로 쳐다보고 있는 메릴은 천사일까, 아니면 악마일까.

——내 운명을 바꿔준 메릴. 넌 천진난만하고, 선량하고, 머리가 좀 이상하고, 그리고 위험해. 하지만, 그런 위험한 부분까지 전부 포함해서, 나는.

그런 자신의 마음과 만나버린 준페이는, 그런 어리석고 무모한 자기 자신 때문에 웃음이 흘러나오고 말았다.

"……메릴. 넌 나한테 아주 특별해. 없어지면 쓸쓸하고, 내버려 뒀다가 세상이 멸망하기라도 하면 곤란해. 그래서 난, 계속 네 손을 잡고 있기 위해서, 마지막에는 너한테 도전할 거야. 기억해둬. 넌 내, 열두 번째 신부(마지막 보스)야."

"응, 그거면 돼~."

메릴은 즐겁다는 것처럼 웃고, 준페이의 도전(프러포즈)을 당당하게 받아들였다.

마법의 빛이 희미하게 빛나는 실내에서, 준페이를 비롯한 세 명은 소파 근처에 모여 있었다. 여기에 침대는 없고, 대신 쓸 만한 것이라고는 소파뿐이다. 준페이는 그 소파를 의식하니까 뭔가 답답한 기분이 들었고, 소니아는 두 사람이 어떻게 나오는지 엿보는 것처럼 뭔가를 기다리고 있었다. 따라서 제일 먼저 입을 연

사람은 에이미였다.

"자, 빨리 시작하자. 꾸물대면 별이 떨어지잖아."

"에, 에이미! 그렇게 쉽게——!"

"쉬운 거 아니거든, 이 바보야!"

에이미가 그렇게 소리쳤다. 자세히 보니 무릎이 떨리고 있고, 표정도 뭔가 어색했다. 에이미는 눈물이 살짝 글썽이는 얼굴로 소니아를 봤다.

"그래도 해야만 하잖아. 자, 누가 먼저 벗을까?"

"예? 버, 벗는다고요?"

소니아가 당황하자 에이미가 힘이 담긴 목소리로 말했다.

"그야 당연하지. 파박 하고 벗어! 용기가 없다면 내가 먼저——"

"아, 아뇨. 그럴 필요는 없어요! 제가 먼저 하겠어요. 연장자니까!"

소니아가 그렇게 말하고 가슴팍의 빨간 리본을 풀기 시작했다.

준페이는 이제 와서 겁이 났다.

"자, 잠깐만! 정말로 벗으려고?! 여름방학 때 갓핸드를 시험했던 그때, 말했었잖아. 연인도 아닌 남자한테 맨살을 보여줄 수는 없다고!"

"그, 그래요. 물론이죠. 하지만, 지금은 연인이잖아요?"

준페이가 '물론이지'라고 생각해버렸을 때, 소니아는 큰마음 먹고 리본을 풀고, 교복을 벗고, 순식간에 상반신에 브래지어 하나만 입은 차림새가 됐다. 하지만 등의 훅을 풀고 나서 손이 멈춰버렸고, 준페이를 나무라는 눈으로 쳐다봤다.

"부, 분명히 말하는데, 끝까지 하는 건 아닙니다? 스커트는 안 벗을 거예요. 어디까지나 선은 넘지 않고, 절도를 지키면서…… 지키면서……."

그리고, 도화선의 불꽃이 폭탄에 거의 다가갈 정도의 시간이 지나고.

"에이얏!"

그런 기합 소리와 함께 소니아가 브래지어를 벗어 던졌고, 눈부시게 빛나는 것 같은 유방이 준페이의 눈에 들어왔다. 하지만 그것도 한순간, 소니아는 훤히 드러난 유방을 두 팔로 가리고는, 약간 위험한 빛이 깃든 눈으로 에이미를 쳐다봤다.

"후, 후후후후. 잘 보셨나요, 에이미 양? 저는 훌륭히 해냈어요. 성취했어요. 이제 당신 차례입니다. 자, 벗으세요!"

소니아는 열병이라도 걸린 사람 같았다. 볼은 타오르는 것처럼 빨갛고, 목소리와 몸은 떨리고 있다. 한편, 에이미는 자신만만한 표정으로 두 손을 목 뒤쪽으로 가져갔다.

"흥. 겨우 옷 좀 벗는 걸 가지고, 뭘 그렇게 거창하게……."

하지만 막상 배틀 레오타드의 홀터넥 고정구에 손이 닿자, 거기서 에이미의 시간이 멈춰버렸다.

"어머나~ 왜 그러시나요?"

소니아가 빙긋 웃으면서 묻자, 움직임이 멈춘 에이미가 씁쓸하게 웃었다.

"막상 하려니까, 뭐랄까, 망설이게 되네. 딱히 끝까지 하는 것도 아닌데, 조금 벗는 것뿐인데, 손이 멈춰버렸다⋯⋯."

"그렇다면 제가 도와드릴까요?"

"그렇게 되면 소니아는 두 손을 써야 하니까, 가슴을 가릴 수가 없을 텐데?"

에이미가 지적하자 소니아는 "흐익" 하는 소리와 함께 굳어버렸다. 에이미는 콧방귀를 끼고는 준페이 쪽을 봤다. 눈이 서로 마주치자, 준페이는 움직일 수가 없었다. 이윽고 에이미가 기가 세 보이는 미소를 지으면서 떨리는 목소리로 말했다.

"뭐, 어쩌고저쩌고 말은 많았다만, 좋아해, 준페이."

그 꾸밈없는 고백과 동시에, 에이미의 가슴을 가리고 있던 레오타드가 헐렁해졌나 싶더니, 예쁜 유방이 드러났다.

"우와~!"

"잠깐, 뭔데 그 반응은! 예쁘다든지, 훌륭하다든지, 다른 말들도 많잖아!"

에이미는 창피함을 감추려는 것처럼 큰 소리로 말하고는, 준페이에게 다가왔다. 가슴을 가리지도 않고. 준페이의 시선이 그 가슴에 사로잡히자, 에이미가 자기 얼굴을 준페이의 코앞에 들이밀었다. 그 파란 눈동자에는 소녀의 두려움이 담겨 있었다.

"나, 어때?"

"예뻐."

그랬더니 에이미가 안심하고 미소를 지었다. 그 부드러운 미소를 정신없이 보고 있었더니, 얼굴이 빨개진 에이미가 말했다.

"그럼, 준페이도 벗어."

"그, 그래……."

로드 오브 하트의 특성을 생각해보면, 서로의 살갗이 닿는 면적이 클수록 좋다. 준페이는 그렇게 생각하고는 에잇, 하는 소리라도 낼 기세로 셔츠를 벗고서 상반신을 드러냈다. 여름 동안에 단련한 가슴 근육과 복근이 드러났고, 에이미가 미소를 지으면서 준페이의 가슴을 향해 손을 뻗었다.

준페이가 간지럽다고 웃은 그 순간, 에이미가 갑자기 확 끌어안았다. 에이미의 유방이 자기 가슴에 닿아서 찌그러지는 감촉에 오싹오싹한 기분을 맛보고 있는데,

"준페이 씨."

뒤쪽에서, 소니아가 준페이의 등에 자기 가슴을 댔다. 갑자기 공격해온 부드러운 감촉 때문에 소리를 지를 뻔했던 준페이에게, 소니아가 속삭였다.

"제가 먼저 아닌가요? 제 마력을 에이미 양한테 보급해야 하니까."

"나, 나도 알아. 그런데 너, 이 상황에서 이성을 유지할 수……."

반라의 미소녀 두 명이 앞뒤에서 끌어안아 부드럽고 탄력 있는 유방이 앞뒤에서 밀어붙이고 있다. 부드러운 여성의 육체 사이에 끼어 있었더니, 짐승이 눈을 뜨기 시작했다.

"난 벌써, 이상해져 버릴 것 같아……."

그랬더니 에이미가 대담하게 웃으면서 말했다.

"안심해. 짐승이 마음을 차지해버리면, 내 주먹으로 다시 사람으로 되돌려줄 테니까."

"⋯⋯농담이 심하네."

"안타깝지만 진심이야. 자~!"

에이미가 준페이를 당긴 걸까, 아니면 소니아가 민 걸까. 세 사람은 뒤엉킨 채로 소파에 쓰러졌고, 적당한 위치를 찾아서 움직인 결과 준페이가 오른손으로 소니아의 유방을, 왼손으로 소니아의 유방을, 각각 겨드랑이 밑으로 팔을 집어넣어서 움켜쥔 모양이 됐다. 두 여성의 향기와 온기에 둘러싸여 있는 이 감각은, 땀이 날 것만 같은 봄날의 햇살과 꽃들을 떠올리게 했다.

"그럼 준페이 씨. 먼저 저부터⋯⋯."

"응, 알고 있어. 해볼게."

이성으로 짐승을 눌러버린 준페이는 고개를 끄덕였고, 소니아의 심장 고동에 귀를 기울었다. 머리가 이상해질 것 같았지만, 사람들을 구하기 위해서 마법을 성공시켜야만 한다. 서로의 마력을 느끼고, 그것을 조화시키고, 몸과 마음의 연결을 통로로 삼아서 순환시키기 위한 길을 만들어낸다. 그것이 바로.

"로드 오브 하트."

준페이가 마법을 발동시키자, 자신과 소니아의 마력이 굵은 통로로 연결됐다. 경계선이 사라지고, 어디까지가 자신이고 어디까지나 소니아인지 알 수 없을 지경이 돼버렸다.

"이, 이렇게 간단히, 이렇게 깊은 곳까지 이어지다니……."

"아으……."

소니아는 얼굴을 붉히고 눈을 감고 있었다. 대체 어느새, 이렇게까지 마음을 허락해준 걸까. 지금이라면 소니아의 마력을 마음대로 사용하는 것도 간단하겠지.

준페이가 그 사실에 감동해서 떨고 있는데, 소니아가 고개를 살짝 들었다.

"이제 저한테서 흡수한 마력을 에이미 양한테 전해주기만 하면 되는데, 기왕 이렇게 됐으니까 준페이 씨를 축으로, 저희 셋이서 삼위일체의 마력 회로를 만들어보는 건 어떨까요. 마왕도 연인들과 거대한 마력 회로를 만들어서 군세와 맞섰다는 기록이 있으니까요."

"오, 그거 재미있겠는데. 해볼까……."

준페이는 간신히 소니아한테서 눈을 떼고, 반대쪽에 있는 에이미를 봤다. 에이미는 미묘하게 고개를 숙이고, 모깃소리처럼 가느다란 목소리로 말했다.

"살살, 해야 한다?"

"그래. 그럴 생각이긴 한데, 왠지 긴장되네……."

준페이는 조금 전부터 무릎이 부들부들 떨리고 있었다. 소파에 앉아 있으니 다행이지, 그렇지 않았다면 서 있지도 못했을 것이다.

"하하, 정말 못났네……."

"아냐, 멋있어, 준페이. 날 몇 번이나 도와줬고, 항상 상냥했잖아. 고마워."

에이미는 그 순간, 꽃이 하늘을 향해서 활짝 핀 것처럼 웃었다. 생각지도 못한 말에 가슴이 찡해온 준페이는, 에이미를 정신없이 쳐다보면서 꿈꾸는 것처럼 말했다.

"에이미, 키스할까?"

그랬더니 에이미는 바로 고개를 숙였고, 볼이 빨개졌다.

"그래. 아니, 그건, 좀 창피한데…… 하지만 뭐, 해야겠지……."

에이미는 준페이한테서 고개를 돌리고, 한 손으로 얼굴을 가렸다. 너무 창피해서 얼굴을 보여주고 싶지 않은 것 같은데, 그런 모습이 참을 수 없을 만큼 매력적이었다.

──아아, 이 녀석, 너무 귀엽잖아.

준페이가 에이미한테 푹 빠져 있었더니, 에이미가 짓궂게 웃었다.

"……그래서, 정말로 키스할 거야, 달링?"

"물론이지, 허니."

달링과 허니. 그런 호칭으로 서로를 부르고 있는 자신이 너무나 우습다고 생각한 준페이는, 다음 순간에 에이미의 입술을 빼앗았다. 에이미가 그것을 받아들이겠다는 것처럼 눈을 감자 서로의 호흡과 심장 고동, 그리고 마력이 하나가 됐다. 소니아까지 포함해서, 세 사람을 연결하는 회로가 완성됐다. 입술을 떼도, 에이미가 소파에서 일어나도, 그 회로는 끊어지지 않았다.

에이미는 한쪽 팔로 가슴을 가리면서, 나머지 손을 쥐었다 폈다 하고 있다.

"대단해! 준페이를 통해서 소니아의 마력을 끌어낼 수 있어!"

"예. 왠지 이상한 감각이네요. 게다가 지금, 에이미 양이 준페이 씨한테서 떨어져 있는데도 회로가 절단되지 않았어요. 그렇다면……."

"마음이 연결됐다는 뜻이겠지."

"뭐야! 진지하게 말하지 마, 창피하잖아!"

에이미는 그렇게 말하면서, 소파에 앉아 있는 준페이를 덮치는 것처럼 끌어안았다. 소파가 비명을 질렀고, 에이미의 팔이 준페이의 목에 감겼고, 두 사람의 얼굴이 가까이 접근했다.

"저기, 준페이. 나한테 결혼하자고 했는데, 소니아랑 카에데한테도 똑같은 소리 했었지? 뭐, 그건 괜찮긴 한데, 각오는 돼 있겠지?"

"무, 물론이지."

그렇게 대답했더니 에이미가 빙긋 웃었고, 그리고 한 마디.

"그럼 한 번 더 키스할까, 달링."

"오케이, 허니."

"아뇨, 잠깐 기다리세요. 제 앞에서 자꾸 그런 짓을 하는 건……."

"그럼 소니아도 하지 그래?"

……그렇게 한바탕 난리가 난 뒤에, 마력을 회복한 에이미가 밤하늘을 향해서 코스모 피스트를 날렸다. 코스모 피스트는 도쿄

를 향해 떨어지던 별을 부숴버렸고, 준페이 일행의 앞날을 축복하는 것 같은 별똥별의 비가 되었다.

다음 날 아침, 세상은 평화로웠다.

그 운석이 지구에 부딪힐 거라는 소식이 보도된 뒤로 12시간도 지나지 않아서 부서졌기 때문에, 대체 왜 그 난리가 났던 건지 모르겠다는 분위기가 지배적이었고, 사회는 거의 평상시와 똑같이 돌아갔다. 그리고 마법 학교도 평소와 똑같이 수업을 진행했다.

평화로운 게 좋기는 한데, 준페이와 소니아는 평소보다 한 시간 일찍 학교에 가서 레드 룸으로 갔다. 두 사람 앞에는 콘도 선생님이 있는데, 한 손에 태블릿을 들고서 어제 방송됐던 동영상을 보고 있었다. 거기에는 개릭과 싸우는 엑셀시아, 그리고 그것을 중계한 선글라스를 쓴 남자, 팔콘이라는 소년이 큰소리로 외치고 있는 모습이 나오고 있었다.

"이치노세 군. 이 팔콘이라는 사람, 당신이죠?"

"그게……."

콘도 선생님한테 이것저것 해명해야 한다는 건 알고 있었기 때문에, 준페이는 소니아와 말을 맞춰서 핑곗거리를 준비해뒀다. 그리고 에로 마법의 존재, 메릴과의 관계, 엑셀시아의 정체가 에이미라는 것 외에는 전부 솔직하게 말하기로 했다. 새빨간 거짓말로는 속일 수 없다. 80%의 진실과 20%의 비밀, 그 정도가 적당했다.

"사실은 그렇습니다. 저는 첫날에 엑셀시아와 접촉하는 데 성공했어요. 그 사람이 개릭한테 약점을 잡혀서 어쩔 수 없이 시키는 대로 하고 있다는 상황도 파악했기 때문에, 어떻게든 도와주기는 했지만, 마력을 다 써버린 탓에 쓰러져서 병원에 실려 갔습니다. 그 뒤에 갑자기 그런 운석 소동이 벌어져서, 엑셀시아한테 협력해서 영상을 중계했습니다."

"그렇습니까. 소니아 군의 설명과도 모순되지 않는군요. 그런데 그 생방송에 마녀 메릴의 힘을 빌린 데 대해서는 어떻게 설명할 건가요. 해킹은 범죄입니다만?"

"거기에 대해서는…… 자포자기한 사람들이 폭동이라도 일으키면 곤란하니까, 최대한 빠르게 사람들을 진정시킬 수만 있다면 수단을 가릴 수는……."

준페이가 횡설수설하고 있는 것은, 그 운석 소동을 일으킨 장본인이 메릴이기 때문이었다. 그것을 숨겨야만 한다는 점이 너무나 답답했다. 하지만 콘도 선생님은 준페이의 그런 고통을, 메릴의 해킹에 가담한 데 대한 죄악감이라고 받아들인 것 같았다.

"알겠습니다. 긴급 사태였으니까 그 부분은 눈을 감아드리도록 하죠. 그것을 바탕으로 삼아, 이치노세 군을 평가하겠습니다. 엑셀시아를 찾아내서 우호 관계를 맺었고, 개릭에게서 그녀를 구출했고, 운석 파괴에도 한몫했죠. 하지만……."

콘도 선생님의 눈빛이 날카로워지는 것을 보고, 지금까지 가만히 있던 소니아가 입을 열었다.

"콘도 선생님, 뭔가 이상한 점이라도?"

"아뇨…… 특별한 건 없습니다. 하지만, 뭔가, 석연치 않군요. 특히 엑셀시아의 평판이 바닥에 떨어졌을 때 운석 소동이 일어난 것부터 시작된 일련의 흐름이, 너무 잘 짜인 것 같다는 기분이 듭니다. 논리가 아니라 직감이지만 말이죠."

준페이는 초조한 기분이 들었지만, 소니아는 미소까지 지으면서 밝은 목소리로 말했다.

"콘도 선생님, 생각이 너무 과하시군요. 그건, 그래요, 엑셀시아의 히어로로서의 힘이라고 할까, 운명적인 힘 같은 것이 작용한 결과겠죠. 세계에서 가장 인기 있는 저스위즈인 그녀에게 하늘에서 기회를 준, 단지 그것뿐입니다. 그야말로 신의 가호겠죠!"

소니아의 몰아붙이는 것 같은 말에, 콘도 선생님은 잠깐 뭔가 다른 뜻이 있는 것 같은 표정을 지었지만, 바로 부처님처럼 웃는 얼굴로 돌아왔다.

"그렇군요……. 뭐, 진실을 알아낸다고 해서 뭔가 큰 의미가 있는 것도 아니고, 여러분은 훌륭한 사람입니다. 만약 뭔가 숨기는 게 있다고 해도, 말하려야 말할 수 없는 사정이 있기 때문이겠죠. 좋습니다, 일이 무사히 처리됐다면 그걸로 됐습니다!"

"콘도 선생님……."

콘도 선생님을 보는 준페이의 눈에는 어느샌가 감사하는 기색이 담겨 있었다. 더 엄하게 캐물어도 될 텐데, 구름이 흘러가는 것처럼 넘어가고 있었다.

"……고맙습니다!"

고개를 깊이 숙이며 인사하는 준페이를 싱글싱글 웃으면서 보고 있던 콘도 선생님이, 갑자기 생각났다는 것처럼 말했다.

"그런데 이치노세 군은 소니아 양과 교제한다고 들었는데, 영상에서 엑셀시아와 키스를 했다는 건……."

준페이는 순식간에 얼어붙었고, 소니아는 그런 준페이에게 '자, 어쩔 건가요?'라고 말하는 것 같은 시선을 보냈다. 그런 두 사람을 보고, 콘도 선생님이 뭔가를 눈치챈 것 같았다.

"아니 뭐, 됐습니다. 저도 젊을 때는…… 이런, 소니아 양 앞에서 할 얘기는 아니군요. 아무튼, 그런 저도 지금은 이렇게 교직에 있고, 결혼해서 딸도 있습니다. 그러니까, 이치노세 군도 괜찮겠지요. 자기 할 일은 다 할 거라 믿고, 당신을 정식으로 소니아 양의 조수로서 인정하여 레드 룸 출입을 허가하겠습니다."

준페이는 그 말에 가슴이 찡하고 울렸고, 자기도 모르게 자세를 바로잡았다. 그러자 의자에서 일어난 콘도 선생님이 책상 옆으로 돌아서 준페이 앞까지 다가왔고, 오른손을 내밀었다.

"레드하트 브레이브에 온 것을 환영합니다. 아직은 수습이니까, 앞으로도 열심히 정진하세요. 그리고 마법 실력은 더 능숙해졌으면 좋겠군요."

"예…… 감사합니다!"

준페이는 그렇게 말하고, 당당하게 콘도 선생님과 악수했다. 크고, 두툼하고, 따뜻한, 부처님 같은 손이었다.

그리고 다시 의자에 앉은 콘도 선생님이, 갑자기 표정이 어두워졌다.

"자, 슬슬 오키타 양과 나가쿠라 양이 올 때가 됐군요. 그 두 사람이 카에데 양의 후임 자리를 두고 경쟁하고 있다는 건 알고 있나요? 소꿉친구에 라이벌이라는 것 같은데, 왜 그렇게 으르렁대는 건지…… 카에데 양이 돌아오면 한마디 해달라고 해야겠군요."

그 말을 듣고, 준페이는 바로 쓸쓸한 표정을 지었다.

"카에데 선배는 학교를 그만뒀으니까요."

"음? 아뇨, 그만두지 않았습니다."

그 발언에 준페이는 물론이고 소니아까지 "예?" 소리를 내면서 눈이 휘둥그레졌다.

"콘도 선생님, 그게 무슨 말씀이시죠?"

"그게 말이죠, 여름방학이 끝날 무렵에 카에데 양이 혼자서 제 병문안을 왔고, 그 자리에서 제게 퇴학 신청서를 제출했습니다. 제 손으로 학교에서 내보내 주길 바란다면서 말이죠. 그리고 저는 그걸 제 선에서 휴학 신청서로 바꿔놨습니다. 아무리 그래도 졸업은 시켜줘야 하지 않겠습니까? 안 그래요?"

준페이는 입을 떡 벌린 채, 눈만 움직여서 소니아 쪽을 봤다.

──너, 알고 있었어?

이심전심. 소니아가 고개를 저었다. 그렇겠지, 이건 콘도 선생님이 독단으로 처리한 거니까. 카에데 본인도, 정말로 학교를 그만뒀다고 알고 있을 것이다.

"뭐, 이대로 돌아오지 않으면 정말로 퇴학 취급이 되겠지만요."

그렇게 덧붙인 콘도 선생님에게, 준페이가 힘차게 고개를 숙였다.

"콘도 선생님, 정말 너무너무 감사합니다! 카에데 선배에게 기회를 남겨주셔서…… 제가 레드하트 브레이브가 된 것보다 더 기뻐요!"

"후후. 그렇게 말해주니, 저도 그렇게 한 보람이 있군요."

그때 콘도 선생님이 지은 아르카익 스마일은, 그야말로 부처님 그 자체였다.

레드 룸에서 나와 보니, 복도와 교정은 학생들이 이야기를 나누는 소리로 떠들썩했다.

그런 복도를 걸어가면서, 준페이는 흥분한 얼굴로 소니아에게 말을 걸었다.

"정말 깜짝 놀랐어. 설마 카에데 선배가 휴학으로 돼 있었다니."

"그러게요. 역시 콘도 선생님이시군요. 이제 카에데 양이 품고 있는 문제만 처리하면, 다시 이 학교에서 같이 지낼 수 있을지도…… 그리고 준페이 씨도 드디어 레드하트 브레이브가 됐군요. 아직 수습이기는 하지만, 스텝 업, 축하해요."

"고마워. 정말 운이 좋았어."

"당신이 열심히 한 덕분이에요."

소니아는 웃으면서 살며시 준페이의 손을 잡았다.

"자, 서둘러요. 수업이 시작되기 전에 마지막 안건을 처리해야죠."

그리고 소니아가 준페이의 손을 잡아끌고 복도로 들어섰을 때, 반대편에서 나가쿠라 아이와 오키타 하나요가 나란히 걸어왔다. 아이가 준페이와 소니아를 알아보고 힘차게 손을 흔들었다.

"안녕~. 오, 뭐야뭐야, 손까지 잡고 어디 가는 거야?"

"잠깐 개인적인 볼일이 있어서요. 두 분이야말로, 콘도 선생님께서 기다리고 계십니다."

걸음을 멈추지 않고 그렇게 대답한 소니아가, 아이와 하야요 옆으로 지나갔다. 소니아와 손을 잡은 준페이도 똑같이 지나가는데, 하나요가 안경 렌즈 너머로 재미없다는 것 같은 시선을 보내왔다.

"아침부터 참 뜨겁네요."

"아뇨, 딱히 그런 건……."

준페이는 창피해서 변명하려고 했지만, 소니아가 발을 멈추지 않아서 결국 아무 말도 못 하고 그 자리를 뒤로했다.

그렇게 해서 도착한 곳은 레드 룸 분실이었다.

열쇠로 문을 열고 들어갔더니, 메릴과 에이미가 소파에 앉아서 쉬고 있었다. 메릴은 고양이 귀 의상이었고, 에이미는 사복 차림이었지만 안경은 쓰지 않았다. 에이미는 준페이를 보자마자 활짝 웃으며 자리에서 일어났다.

"준페이, 어떻게 됐어?"

"간신히 혼나지 않고 끝났어."

"다행이다. 유바에 씨는 가까운 시일 내에 퇴원할 수 있대. 스타링 실버 일본 지부에서 보호하고 있던 오쿠무라라는 사람은 정서불안 조짐이 있었지만, 상담 치료도 받았다고 하니까 곧 다시 일할 수 있겠지? 그리고 개릭 말인데, 무사히 세인트 헬레나 섬에 있는 하늘의 감옥에 들어갔대."

"마법사용 최강 감옥이라. 얼음에 갇힌 트릭시도 거기 있다고 했지?"

준페이가 그 이름을 말했더니, 에이미는 쓸쓸한 표정으로 고개를 끄덕였다.

"이 세상을 더 좋게 만들고, 언젠가 트릭시를 그 얼음으로 된 관에서 꺼내준 뒤에, 이 세상은 정말 멋지고 사람들은 아름답다는 걸 증명하는 게 내 꿈이야. 그러니까── 아직 할 일이 있으니까, 일단은 미국으로 돌아갈게."

"응, 나도 알고 있어."

준페이는 아직 학생이다. 에이미는 귀국해야하고, 카에데의 속죄는 언제 끝날지 모른다. 소니아의 유학도 기간이 정해져 있을 테고. 이대로 손도 쓰지 못하고 그냥 흘러가는 대로 맡겨두면, 모두의 인생은 언제까지고 한곳에 모이지 못하겠지.

"……우리는 국적이 달라. 그건, 어떻게든 해야겠지."

"그러게. 하지만 바로 돌아올 테니까, 조금만 기다려줘."

에이미는 그렇게 말하면서 준페이 앞으로 다가왔고, 준페이의 오른손을 두 손으로 꼭 쥐었다. 손을 잡힌 준페이가 두근두근하고 있는데, 소니아가 질 수 없다는 것처럼 말했다.

"제 유학 기간이라면 걱정하실 필요 없어요. 당신과 조금이라
도 오랫동안 같이 있기 위해서, 조정하도록 하겠어요."

"고마워. 하지만, 꼭 런던에 돌아가야 하는 일이 생기면, 그때
는 나도 같이 갈게. 이번에는 내가 영국에 유학해서."

그 힘찬 대답이 의외였던 걸까, 소니아는 가슴이 찡한 기분을
맛보고서 입을 다물었다. 준페이는 피식 웃고, 다시 에이미 쪽을
봤다.

"하지만 그렇게 되면, 이번에는 널 귀찮게 만들겠네."

"신경 쓰지 마. 어디까지고 따라갈 테니까."

에이미가 힘차게 선언했더니, 이번에는 메릴이 소파에서 일어
났다.

"자, 자~ 여기서 메릴이 보고할게요~. 저기 말이야, 유바에한
테서 나머지 여덟 명의 정보를 받았는데, 메릴, 생각이 났어. 그
중에 한 명, 카에데가 의식불명으로 만든 사람을 회복시킬 수 있
을 것 같은 마법을 쓰는 애가 있었던 것 같아……."

그 말을 듣고, 준페이는 머리 위를 뒤덮고 있던 구름이 날아가
버린 것만 같은 기분이 들었다.

"저, 정말?! 정말로 정말이지!"

"정말로 정말 메릴."

얼굴이 환해져서 그렇게 대답하는 메릴에게 다가간 준페이는,
메릴의 가느다란 어깨에 두 손을 얹었다.

"그럼 부탁할게, 제발 찾아줘! 그 의식불명이 된 사람들을 구하지 않으면, 카에데 선배도 구할 수 없으니까!"

그리고 가능하다면, 졸업식에서 졸업하는 카에데를 배웅해주고 싶다. 그리고.

"응, 좋아."

반짝반짝 빛나는 것 같은 웃는 얼굴로 고개를 끄덕인 메릴이, 눈을 살짝 치켜뜨고서 말했다.

"그 대신, 그 아이도 행복하게 해줘야 한다?"

준페이는 바로 대답할 수가 없었다. 여성에게 있어, 신부가 되는 것만이 행복은 아니다. 하지만 신부가 되고 싶다면, 그 사람들이 결혼할 상대는 준페이밖에 없다.

"……알았어. 행복의 정의가 결혼인지 아닌지는 일단 미뤄두고, 할 수 있는 데까지 해볼게. 있는 힘껏, 모두를 행복하게 해줄 길을 찾을 거야. 약속할게."

"그래, 결정~!"

메릴은 밝게 웃고서, 공간에 어디로든 게이트를 열었다. 빛의 고리 너머에 처음 보는 풍경이 보인다.

"그럼 에이미, 돌아가자."

"그래. 미국에 남겨둔 일을 재빨리 처리하고 올게. 그다음에는……."

에이미는 거기서 말을 자르고, 준페이한테 장난스러운 눈빛을 보냈다.

"이 학교로 전학 올까 봐. 다음 사람이 오면 날 잊어버릴 것 같으니까."

"안 잊을 거야."

그 말만은 바로 해야 할 것 같아서, 준페이는 다시 한번 빠르게 말했다.

"절대로 안 잊을 거야. 언제가 될지는 모르겠지만, 기다릴게."

"응, 기다려줘. 바로 돌아올 테니까. 어제도 말했지만, 좋아해, 준페이."

에이미는 그렇게 말하고 한쪽 눈을 찡긋하고는, 메릴의 어디로든 게이트 너머에 펼쳐진 뉴욕의 야경 속으로 뛰어 들어갔다.

"안녕 준페이. 다음 주에 또 봐~."

메릴이 그런 소리를 하면서 게이트 너머로 모습을 감췄고, 게이트가 닫히자 실내에는 준페이와 소니아 두 사람만 남았다.

"다음 주라니……."

그렇다, 메릴은 장점도 단점도 전부 행동력(스피드)인 사람이다. 나머지 여덟 명의 신부 후보를 팍팍 찾아내서 준페이한테 보내겠지. 그리고 그 사람들을 전부 신부로 삼았을 때, 자신은 틀림없이, 마지막 한 사람에게 사랑의 싸움을 도전할 것이다. 어쩔 수 없이 도전할 것이다. 그 사람과 계속 같이 있기 위해서. 메릴의 스피드는 위험이면서 동시에 매력이다.

——아, 이런. 대체 뭐냐고. 그 녀석은 틀림없이 위험할 텐데!

준페이가 메릴한테 마음이 끌리는 자기 자신 때문에 조마조마한 기분을 맛보고 있는데, 등 뒤에서 소니아가 살며시 안아줬다. 고귀한 향기와 온기를 느끼고, 준페이는 깜짝 놀랐다.

"소니아?"

"……세 번째 연인이 생긴 기분은 어떤가요?"

그 목소리에 담긴 가시를 예민하게 포착한 준페이는 약간 굳어진 표정으로 말했다.

"……어쩔 수 없잖아, 메릴이 그렇게 만들었으니까."

"그렇겠죠. 그런데 준페이 씨, 질투하는 여자는 좋아하나요?"

"그야 뭐…… 도가 지나치면 좀 그렇지만, 전혀 안 하는 것도 좀 그렇겠지."

"그렇군요……. 다행이네요. 한마디로, 해도 된다는 뜻이군요."

소니아의 온몸에서 불꽃 마법이 펼쳐지는 것을 느끼고 준페이는 엄청나게 당황했다.

"아니, 잠깐만. 뜨거운데! 이거 물리적으로 뜨거운데!"

"물리적으로 뜨거울 리가 있나요. 왜냐하면 이건 환상으로 만든 불꽃이니까요! 그러니까 안심하고 불타버리세요. 준페이 씨는, 에로에로에로에로, 에로페이!"

그리고 소녀의 마음이, 사랑의 마법이, 불꽃이 돼서 타올랐다. 그 열기와 기세에 준페이가 기뻐했는지 괴로워했는지, 그것은 본인도 알 수가 없었다.

◇

그리고 며칠이 지나, 월요일.

술렁거리는 교실의 창가 제일 뒷자리에 앉아 있던 준페이는, 조례가 시작되기를 기다리면서 휴대용 디바이스로 최근에 뉴욕에 나타났다는 레이디 무라사메라는 이름의 저스위즈를 촬영한 동영상을 보고 있었다.

──이거, 틀림없이 카에데 선배다. 에이미 대신 열심히 하고 있구나.

하지만 역시 슈퍼 히로인으로 활동하는 게 창피한지, 카에데 선배한테 레이디 무라사메에 대해 아무리 물어봐도 무엇 하나 대답해주지 않았다. 그런 카에데도 지금은 메릴과 함께 뉴욕을 떠나, 세 번째 각인이 새겨진 소녀와 접촉하기 위해 다른 나라로 이동하는 중이라고 했다.

──다음 사람은, 어느 나라의 어떤 사람이려나.

준페이가 아직 본 적 없는 소녀를 막연히 떠올리면서, 이번에는 카에데가 보내준 뉴욕에서 찍은 사진과 동영상을 보고 있는데, 교실 문이 열리고 구부정한 자세의 젊은 여성 교사가 들어왔다. 준페이네 반 담임선생님이었다. 일반 과목을 담당하는 일반인이다. 그 여성 교사는 교단에 서더니, 타고난 가냘픈 목소리로 나름대로 열심히 말했다.

"저기~ 들어주세요. 갑작스럽지만, 오늘은 미국에서 온 전학생…… 전학생을, 전학생을 소개할게요!"

학생들이 조용해지지 않아서, 담임선생님이 웬일로 큰소리를 질렀다. 콜록, 하고 기침을 했을 때는 완전히 조용해져 있었다. 준페이도 휴대용 디바이스를 한 손에 든 채로 굳어져 있었다.

——미국에서 온 전학생이라니?

모든 사람의 시선이 집중된 가운데, 문을 통해서 당당하게 교실로 들어온 사람은, 갈색 머리카락에 안경을 쓴, 가슴이 큰 미소녀였다. 마법 학교 교복을 입었고, 가슴에는 1학년을 뜻하는 녹색 리본이 달려있었다. 그 모습을 본 순간, 준페이는 의자를 박차고 일어났다.

"벌써 온 거냐! 너무 이르잖아! 반년 정도는 있다가 올 줄 알았는데!"

"그렇게 꾸물거릴 리가 없잖아. 난 행동이 퀵 하거든."

"뉴욕의 평화는?!"

"그건 라파엘네 아들한테 맡겼어."

"아들? 혹시, 이혼한 부인이 친권을 가져갔다고 했던?"

"맞아. 내가 이쪽에서 이것저것 하는 사이에, 레이디 무라사메가 열심히 해줬는지, 라파엘이 헤어졌던 부인이랑 화해했더라고. 그리고 이번에 그의 아들이 새로운 히어로로 데뷔할 거야. 그래서 내 역할은 끝났어. 그리고 앞으로는 네 곁에서 사건이 자주 일어날 것 같은 예감이 들더라고. 그래서 세계의 평화를 지키기 위해서라도, 앞으로는 네 곁에 있어 줄게. 기쁘지?"

그렇게 말하고 웃으며 윙크를 하는 전학생을 보고, 준페이는 심장이 꿰뚫리는 것 같은 기분을 맛봤다.

"응…… 기뻐."

그랬더니 조금 떨어진 자리에 앉아 있던 남학생, 예전에는 가장 친했던 친구였지만 메릴과 만났던 날 싸웠고 지금은 약간 소원해진 니노미야 쇼키가, 겨우 준페이한테 말을 걸 기회가 생겼다는 것처럼 물었다.

"준페이, 뭐가 뭔지 잘 모르겠는데…… 혹시 아는 사이야?"

그 질문에 준페이가 아니라 전학생이 발랄한 목소리로 대답했다.

"난 준페이 피앙세야!"

피앙세, 즉 약혼자. 그 사실에 교실이 싸~ 하게 조용해졌고, 다음 순간에는 모두가 일제히 야단법석을 피웠다. 벌집이라도 쑤셔놓은 것 같은 난리 속에서, 담임선생님은 안절부절못하고, 준페이는 믿을 수 없다는 표정으로 의기양양한 얼굴의 전학생을 빤히 쳐다보고 있었다.

"대체 무슨 짓이야!"

"난 당당하게 지내고 싶다고!"

전학생이 환한 얼굴로 그렇게 말하자 겨우 난리가 진정됐고, 담임선생님이 전학생에게 쭈뼛쭈뼛 말을 걸었다.

"그러니까 저기, 자기소개……."

그러자 전학생은 고개를 한번 끄덕이고, 교실 전체를 둘러보고서 대담해 보이는 미소를 지었다.

"에이미 맥퀸입니다. 잘 부탁해!"
이렇게 해서, 세 번째 신부가 찾아왔다.

작가 후기

　여러분 안녕하세요. 또는 처음 뵙겠습니다. 타이요 히카루입니다.

　이렇게「에로티컬 위저드와 12명의 신부」제2권을 세상에 내놓게 되었습니다. 이게 다 독자 여러분의 응원이 있었기에 가능한 일입니다. 정말 감사합니다.

　덕분에 제3의 신부인 에이미를 세상에 내보낼 수 있게 돼서, 저는 정말 기쁩니다! 12명의 신부가 다 모일 때까지 앞으로 많이 남았지만, 독자 여러분이 응원해주시면 도달할 수 있을 테니까, 부디 잘 부탁드리겠습니다.

　참고로 아직 등장하지 않은 히로인즈 외에도 메릴에 대한 도전(이라고 적고 프러포즈라고 읽습니다), 카에데와의 재회, 소니아의 유학 기간 종료 문제, 준페이의 가족 관계, 레드하트 브레이브 멤버들과의 교류, 얼음에 갇힌 채 감옥에 갇혀 있는 트릭시 등등, 회수하고 싶은 에피소드가 아주 많습니다. 전부 쓰고 싶습니다.

　그리고 이번에 이름만 등장한 서브 캐릭터도 있습니다. 그중에 한 명, 나가쿠라 아이 선배는 에로위즈(이쪽이 공식 약칭입니다) 1권 발매 당시 점포 특전 SS에서 처음 등장했었고, 준페이를 놀리거나 카에데 선배한테 보라색 속옷을 사게 한다든지 해서, 카에데 선배한테 야단을 맞았습니다. 아주 짧은 쇼트스토리라서 읽지 못한 분들도 크게 지장이 없도록 썼는데, 만약 나가쿠라 양을 기억하는 분이 계신다면, 작자로서는 정말 기쁘겠습니다. 정말 감사합니다.

또 한 사람, 마지막쯤에서 갑자기 이름이 튀어나온 같은 반 니노미야 쇼키 군은, HJ 문고에서 운영하는 소설 투고 사이트 『노벨 업+』의 공식 콘텐츠에서 공개했던 이 작품의 전일담에 아주 잠깐 등장했었습니다. 그는 소위 말하는 연애 게임의 친구 포지션 같은 캐릭터인데, 준페이하고는 지금 약간 싸운 상태라서, 그 친구하고 화해하는 에피소드도 어딘가에 집어넣었으면 좋을 것 같습니다 (여담입니다만, 준페이의 이름은 1식 전투기 하야테에서, 쇼키의 이름은 2식 전투기 쇼키에서 따왔습니다).

그리고 노벨 업+에서 에로위즈 1권에 해당하는 이야기가 전부 공개 중입니다. 아직 1권을 읽지 않으신 분은 그쪽부터 보셔도 상관없으니까 한번 접속해 보세요. 그리고 마음에 드셨다면, 1권도 사주시면 정말 감사하겠습니다.

그리고 앞으로, 노벨 업+에서 쇼트스토리 등을 공개할지도 모릅니다. 이 후기를 쓰고 있는 시점에서는 미정 상태다 보니 반드시 하겠다고 약속할 수 있는 건 아니지만, 독자 여러분이 재미있게 보실 수 있는 뭔가를 보여드리자고 생각하고 있습니다. 잘 부탁드리겠습니다.

여기서부터는 감사 인사입니다.

먼저 일러스트를 담당해주신 마하야 선생님, 이번에도 멋진 그림을 그려주셔서 감사합니다. 많이 바쁘신 와중에 상당히 무리한 스케줄로 에이미의 캐릭터 디자인을 해주시고, 게다가 표지 일러스트까지 그려주셨다고, 담당 편집자분께서 말씀해 주셨습니다. 마하야 선생님의 노력 없이는, 이 이야기는 서적이라는 형태를 갖추지 못했을 겁니다. 이 은혜는 잊지 않겠습니다. 정말 감사합니다!

돌이켜보면 에이미라는 여자아이가 제 안에서 빼꼼하고 모습을 드러낸 것은 작년, 2019년 8월 2일이었습니다 (그래서 에이미 생일은 8월 2일이라는 설정입니다). 그때는 아직 2권 이야기가 나오지도 않았었는데, 어디까지고 갈 수 있게 준비 정도는 해두자는 생각에, 스토리를 짜기 시작했습니다. 그 뒤로 대략 1년, 에이미의 캐릭터 디자인을 봤을 때, 이제야 에이미와 만났다는 생각에 정말 기뻤습니다. 다음 기회가 있다면, 또 잘 부탁드리겠습니다.

담당 편집자님, 이번에도 많은 신세를 졌습니다. 에로위즈 2권을 내기 위해, 제가 모르는 곳에서 열심히 일해주셨다는 걸 알게 됐을 때, 정말 감사했습니다. 정말 감사합니다. 아직 부족한 점도 많지만, 앞으로도, 계속, 잘 부탁드리겠습니다.

교정 담당을 비롯해 이 이야기가 책이 될 때까지 많은 수고를 해주신 모든 분, 트위터에서 제 선전 트윗을 리트윗해주신 분들께도, 이 자리를 빌려서 감사를 드립니다. 정말 감사합니다.

그리고 독자 여러분. 1권부터 함께 해주신 분도, 2권부터 읽기 시작하신 분도, 정말 감사합니다. 이 책을 조금이나마 재미있게 읽으셨다면, 작자로서는 그것이 제일 기쁘고 감사할 따름입니다.

그럼, 에로위즈 3권에서 다시 뵙기를 기원하며.

굿럭, 카우보이!

2020년 7월 길일
타이요 히카루 올림

Erotical Wizard to 12nin no Hanayome 2
©Hikaru Taiyo
Originally published in Japan in 2020 by HOBBY JAPAN CO., Ltd.
Korean translation rights ©2020 by Somy Media, Inc.

에로티컬 위저드와 12명의 신부 2

2021년 4월 15일 1판 1쇄 발행

저　　자 타이요 히카루
일 러 스 트 마하야
옮 긴 이 김정규
발 행 인 유재옥
본 부 장 조병권
담당편집자 조찬희
편집 1팀 이준환 정현희
편집 2팀 정영길 김민지 조찬희
편집 3팀 김혜주 곽혜민 오준영
라 이 츠 김슬비 한주원
디 지 털 박상섭 이성호 최서윤
발 행 처 ㈜소미미디어
등　　록 제2015-000008호
주　　소 서울시 마포구 토정로 222, 403호 (신수동, 한국출판콘텐츠센터)
판　　매 ㈜소미미디어
제 작 처 코리아피앤피
마 케 팅 박소연 이주희 한민지
전　　화 (02)567-3388, Fax (02)322-7665

ISBN 979-11-6611-627-8
ISBN 979-11-6507-778-5 (세트)